論創海外ミステリ14

FALL OVER CLIFF

Josephine Bell

断崖は見ていた

ジョセフィン・ベル

上杉真理 訳

論創社

読書の栞（しおり）

ジョセフィン・ベルは、一九三七年に *Murder in Hospital* でデビューして以来、四十編を超す長編ミステリを発表しているが、日本では『ロンドン港の殺人』（一九三八）が紹介されているにすぎない。『断崖は見ていた』と同年に発表された『ロンドン港の殺人』は、本書でも活躍するスティーヴン・ミッチェル警部が登場し、毒殺トリックなども盛り込まれている。だが、作品自体はスリラーとでもいうべき内容であり、テムズ河畔の下層階級が活き活きと描かれているあたりに、小説家としてのベルの力量がうかがえるとはいえ、謎ときミステリ作家としての力量をうかがうものとしては、物足りないといわざるをえない。以降、日本でのベルの紹介が途絶えてしまったのは残念であった。

『断崖は見ていた』では、デビュー作にも登場する代表的なシリーズ・キャラクターであるデーヴィッド・ウィントリンガム医師が探偵役を務めている。関係者の一人から真相の究明を依頼されたウィントリンガムは、富豪の遺産相続者が次々と事故や病気で死んでいることに不審を抱くのだが、こうした展開は、イーデン・フィルポッツ『赤毛のレドメイン家』（二二）に代表される一族皆殺しものの流れにあるといえよう。だが、本書の読みどころは、連続殺人の恐怖とサスペンスよりも、犠牲者たちの死の事情を探るためにイギリス各地に飛ぶウィントリンガムの調査行と共に、当時のイギリス中流階級の意識や風俗、行楽・観光地事情がユーモラスに点綴《てんてつ》されている点にある。読んでいて飽きさせないのは、ミステリと並行して普通小説の著作もある作者の面目躍如であろう。

　ウィントリンガムも、超人的な名探偵ではなく、妻や息子へ愛情を注ぐ平均的な父親として造型されている。家族との交情が事件の真相を突き止めるきっかけにもなるなど、アットホームな雰囲気がほほえましい。ウィントリンガムのような素人探偵がすべての謎を解き明かすのではなく、最終的にはプロの探偵であるミッチェル警部に現実的な詰めをゆだねているあたりは、作者の良識を感じさせて、好感が持てる。

　平凡でさりげない日常描写が、最後の最後になって伏線であったことが判明するあたりの呼吸は、ベルが、伝統的なミステリの文法を自家薬籠中のものとしていたことを、よく示している。謎ときミステリの醍醐味を味わうことのできる好編である。

装幀・画　栗原裕孝

目次

「読書の栞」　横井　司（よこい・つかさ／ミステリ評論家）

主要登場人物

デーヴィッド・ウィントリンガム……ロンドンに住む内科医
ジル・ウィントリンガム……………その妻
ニコラス・ウィントリンガム………その子供

＊

リリアン・メドリコット……………レディングに住む資産家
キース・ワーウィック………………リリアンの弟の孫。転落死
ジュリア・カーショー………………リリアンの甥の義妹。キースの叔母
バーナード・スコット………………リリアンの姉の孫
フィリス・ワーウィック……………リリアンの兄の孫。溺死
ヘンリー・ワーウィック……………リリアンの弟の息子。病死
ヒルダ・マクブライト………………リリアンの妹の娘。轢死
ガーサイド……………………………メドリコット家の顧問弁護士
ミス・フルー…………………………メドリコット家の使用人
アニー・ホード………………………キースの恋人
テッド・ホード………………………アニーの父親、沿岸警備員
ロバートソン…………………………ボーイ・スカウトの教員
ミセス・チャップマン………………ヘンリーの下宿の女家主
メーザーズ……………………………チャップマンの友人
ミス・スチュアート…………………ヒルダの遠戚
ユーニス・フォサーギル……………バーナードの婚約者
フォサーギル大佐……………………ユーニスの父
ピーター・フォサーギル……………ユーニスの兄

＊

スティーヴン・ミッチェル…………スコットランド・ヤードの警部
ワトキンズ……………………………イースト・ロウ署の部長刑事
ガトリー………………………………ヘモック署の巡査

第一部　サセックス

1

イングランド南部の町レディング。ある晴れた六月の早朝、その郊外に建つ大きな屋敷で、年老いた女主人が二度目の脳溢血《のういっけつ》に倒れ、死にかけていた。

屋外では、庭師が土壇《テラス》の壁際で、あふれ咲くフクシアを剪定《せんてい》中だった。朝日が鮮やかな緋《ひ》色《いろ》、深紅、紫の花々を暖かく照らし、板石を敷いた沿道に温もりを与えている。一方、芝生のはるか先は、斜めに伸びる日の光を今も木立の影がさえぎり、空気もひんやりとしたままだ。鳥が濡《ぬ》れた草の上を静かに飛び跳ね、小さな足跡をつけている。

芝生の端にはイチイの生垣が立ち、その向こうにはバラの花壇がある。日差しに埋もれ、どの茂みにも朝露のかかる蜘蛛《くも》の巣がうっすらと張り、きらきらと輝いて見える。そこではもう一人の庭師が、バラのあいだを縫う小道の芝を刈り込んでいた。彼はふと手を止め、間違いなくまた日盛りの一日になりそうな空を見上げた。

庭師頭は菜園で見習いの少年に指示を与えながら、弟子には任せられぬ作業についてメモを取っていた。駐車場には運転手がいて、すでに汚れのないダイムラーを磨いている。車はこの一週間使われていない。運転手は、もう二度と使われることはないだろう、少なくとも今の主人には、と思った。そして屋敷の窓に目を上げ、首を振った。彼はミセス・メドリコットが好きだったし、ずっとこれまでどおりにいられたらと願っていた。

召使たちが廊下を静かに伝い、広間に来ると、階段を見上げて立ち止まり、耳を澄ました。仕事を始めたが、ためらっているのかと思えるほどのろのろとカーテンを開けた。死神が早くもその手を屋敷の上に置き、ひっそりと暗い邸内にしておけと命ずる声を聞いたかのようだ。それも、朝一番のお茶を夜間の看護婦に運んだメイドが、召使部屋に知らせてきたからだった。ミセス・メドリコットは衰弱し、明日をも知れぬ命だと。

病人のいる部屋では、日勤の看護婦が夜勤の看護婦と交代したところだった。二人の若い女は糊《のり》のきいた白衣を着て、ベッドの両側に立ち、意識不明で横たわる女主人に目を落とした。一人は朝の入浴をすませ、さっぱりとした血色のよい顔、もう一人は徹夜の看護から少しやつれ、顔色も青白い。大柄で不器量な老婦人の顔は、麻痺《まひ》して片側にゆがんでいる。半開きの口からはよだれが垂れ、両まぶたも半分閉じていない。そのせいでいっそう醜くなっていた。

ミセス・メドリコットは若いころも綺麗《きれい》ではなく、料理、裁縫と何でも器用にこなすものの、なりの大きな垢抜《あかぬ》けない女で、魅力らしい魅力といえば、珍しいほど低く、響きのよい声といった具合だった。彼女の両親は売れ残るだろうと考えていたし、親しい友人たちにも見放されはじめていた三十歳のとき、ヘンリー・メドリコットに出会った。彼はよくわきまえた彼女に目を留め、のちの夜会でその声に心を動かされた。そして求婚し、受け入れられたのだった。そんなわけで、親兄弟の予想に反してリリアンは幸せに嫁ぎ、しまいには彼らの誰よりも豊かな暮らしを手に入れた。なぜならヘンリー・メドリコットは着実に富を築き、引退を機に、レディング近郊の広い敷地と屋敷を没落した貴族から買いとった。そして穏やかに、ほどほどのところで楽しみながら余生を送り、他界したのだ。二、三の動産収入に加えて、妻である彼女は、もちろん無条件で、ありあまるほどの財産をすべて相続した。一度目に脳溢血《のういっけつ》で倒れたのは七十六歳のときだった。ちょうど四年前のことだ。

日勤の看護婦が枕にのった白髪頭をそっと撫《な》で、苦しげな息遣いに耳を傾けた。時計を取り出し、病人の脈を計りはじめた。夜勤の看護婦は両腕に本と縫い物を抱えたまま、ベッドの足元にまだ立っている。

「そろそろ危ないんじゃないかしら」彼女は声を潜めながらいった。「先生がいつおいでになるか、ミス・フルーに確かめたほうがいいと思うわ」

「あら、昨夜の先生のお話では、朝早くいらっしゃるってことよ」日勤の看護婦は答えた。

「もう手の施しようがないでしょうし、この方もとても安らかなお心ではないかしら。あとはこのままお迎えを待つばかりだと思うわ」

「そうね」夜勤の看護婦はドアに向かう足を止めていった。「慌しく亡くなってしまう方の看護はつらいわ。気がもめるし、ご臨終がお気の毒なんですもの。少しずつよくなっていく、たちの悪くない肺炎の患者さんか誰かいないかしら。そのほうが私向きだと思うの」

ドアが開き、ミセス・メドリコットの付き添い《コンパニオン》が入ってきた。夜勤の看護婦は「おはようございます」と小声であいさつし、出て行った。ミス・フルーはベッドの脇《わき》に進み、女主人を見つめた。日勤の看護婦は向かい側にいる彼女をうかがうように見たが、ミス・フルーは反応を表に出さなかった。

「どうですか?」しばらくして口を開いた。

「さらにお悪いようです」看護婦は答えた。「今日一日持つかどうか」

「ストーリー先生がもうじきお見えになりますわ」

「ご親戚《しんせき》の方はこちらへいらっしゃるのでしょうか?」看護婦が尋ねた。「その、なるべくそっとして差し上げたいのですが、もしどなたかおいでになるのであれば、少しお顔などをきれいに——」

「その必要はありません」ミス・フルーは厳しい口調でいった。「今のところ、どなたもいらっしゃるご予定はありませんから。義理の方も含めて、そうご親戚《しんせき》は多くないのです」

「このように恵まれていらして、お子様が一人もいらっしゃらないなんて、おかわいそうな気がしますわ」

「一人お坊ちゃまがいらしたんですよ。八つのときにジフテリアで亡くなられました。ご夫妻はお金を惜しまず、手を尽くされたのですが、当時は今のような治療法もなく、助からなかったのです」

「何てことでしょう！」看護婦はそのような昔話を聞くといつもそうなのだが、心底驚いたような顔をした。さぞかしむごい話だったに違いない、どうあがいても適切な処置が受けられないなんて！　今だったら、きっと助かったのに。

ミス・フルーはベッドに少し背を向けた。

「さて、滞りはないですね？　であれば、下がって先生を待ちますわ」

彼女は階下《した》へ降りながら、親戚に改めて電報を打つのはストーリー医師が来たあとにしようと決めた。だが、顧問弁護士のミスター・ガーサイドには電話で主《あるじ》の容態を知らせておくことにした。そしてそれが初めてではないが、ご主人様は自分にも何かを遺してくれただろうかとふと考えた。まあ、時が来ればわかることだ、それも、もうまもなくだろう。

ミス・フルーはため息をついた。ミセス・メドリコットに仕えてきて、本当に幸せだったと思えたのだ。

崖《がけ》の上の小さなくぼ地。キース・ワーウィックは荒草にひじ枕をつきながら、アニー・ホードが来るのを待っていた。斜面のへりに立てば、七十メートルほど先、崖っぷちから少し引っ込んだところに沿岸警備員の小さな家が見える。地ならしをした、吹きさらしの一角に建つため、頑丈に造られた四角い平屋だ。バラ線（有刺鉄線）を張ったフェンスが周りを囲み、その内側にぽつぽつと花の姿がある。海風に揺さぶられながら、根付きにくい土地にしがみつくようにして咲くみすぼらしい花。暮らしに疲れ、もはやなりふり構う余裕もない女のようだ。

キースのいるくぼ地から崖際までは斜面になっている。なだらかではあるが、低い段々が続き、その上を彼の周りにも伸びた固い雑草が覆う。後方には、崖沿いの小道がある。ただし、崖際からは二十メートルほど間隔を置く。身を横たえたすぐ先は、空と海に向かってぐっと張り出した崖だ。だが、編み枝作りの柵《さく》がカーブに沿って立ち、人々に危険を知らせている。なぜなら、サウスダウンズの丘陵は海に突き進むように広がり、海岸線に切り立つ崖となって終わるからだ。その白亜《チョーク》でできた崖は雨風に容赦なくさらされ、いまだ浸食を受けて少しずつ崩れ落ち、日差しのなか白く輝きながら、ただじっとそびえている。

キース・ワーウィックは目を閉じ、遠くの海でかもめが鳴く声に耳を傾けた。暑さのせいでまぶたが重い。くぼ地は心地よく、そよ風になびく生暖かい草の匂いもほっとする。と、顔をくすぐられたような気がして、彼はそれを手で払った。笑い声がする。知らぬ間に、アニー・ホードが傍らにいた。ひざを抱えて座り、楽しそうに微笑《ほほえ》んでいる。

「虻《あぶ》か何かに刺されたかと思ったでしょ」そういって、ちぎった草をひらひらさせた。

「いたずら娘だなあ」キースは気だるそうにいい、横向きになると、頭を彼女のひざに乗せた。彼女はキースの髪を撫《な》ではじめたが、彼はその手を取って唇に当てた。

「父さんに見られたらたいへん」アニーは不安げにいった。

「何だよ」キースはむすっとした声を出した。「どうしてそういつも親父さんのことばかりいうんだ？　ぼくはもっと二人のことを話したいのに」頭を回し、彼女を見つめた。「きみがどんなに素敵か、わかってないの？」

「あなたはそういってくれるけど」アニーは恥じらいながらつぶやいた。

「キスして」

彼女はほほを染め、首を振った。キースはひざから頭を滑らせ、隣に座ると、彼女を抱きしめた。アニーは吐息を漏らし、彼に顔を向けた。唇が離れたとき、彼女は震えていた。指先で身繕うように服と髪を撫でた。

「いいじゃないか！」キースはかすれた声でいい、また両腕を彼女に回そうとした。だが、アニーは拒んだ。

「こんなことを続けてはいけないわ」彼女はいった。「結婚するつもりはないんでしょう、わたしと」

「したいさ」キースは答えた。「でも、わかってるだろ、どんな状態か。今はまだ一人前にやっていけるだけの稼ぎもなくて、ジュリアおばさんの家に居候の身なんだから。結婚しようなんて、誠実な男だったらいえるわけないじゃないか」

「遺産が入ったのかと思っていたわ」

「リリアン大おばさんから？　どうなるかな。遺言の内容を変えたかもしれないし。まあでも、容態が悪いことは確かだ。今朝、電報を受け取ったんだ。『危篤』ってね。それがどういう意味か知りたいよなあ」

「亡くなりそうなの？」

「さあどうだか」キースは腹立たしそうに顔をしかめ、足元に咲いたハリエニシダの一塊を蹴《け》った。「前にも一度、倒れたんだ。もうだめだっていわれてたんだけど、助かったんだよ。四年前のことさ。もしかすると今回も命拾いをして、また四年生きるかもしれない」

「助からなければ、遺産がもらえるの？」

「わからない――こればっかりはね」彼は苛立《いらだ》ちを抑えて、彼女に向き直った。「わかってるのは、ぼくがきみを愛してるってことだけさ、アニー」そういうと、彼女の腕をそっと撫《な》ではじめた。「金の話なんていいじゃないか。今は暑くてだるいし、かわいいきみのことしか考えられないよ」

「なんて人！」アニーがいった。「だから父さんがあなたのこと、ちゃらんぽらんだっていうのよ。ぶらぶらしてばかりで、いい加減だって」

「ほっといてくれよ」キースは苦い顔をした。「四六時中、ジュリアおばさんにやいのやいのいわれて、もううんざりなのはわかってるだろう？」

家のほうから、大きなしわがれ声が聞こえた。「アニー！」

娘ははっとして、おどおどと小声でいった。「父さんだわ。立ち上がらないで。呼び疲れたら中へ入るはずよ。そのあと、あたしは裏手からそっともぐりこむわ。よかったら今夜また来て。何とか抜け出すから。とにかく、帰る姿を見られないようにしてね」

「親父さんなんか恐いもんか」彼は口を尖《とが》らせたが、結局アニーが帰っても腰を上げることはなく、傍らの雑草を時折むしっては投げながら、じっと海を見つめていた。

ジル・ウィントリンガムは珊瑚《さんご》色《いろ》の水着姿でうつ伏せになり、背中を焼いていた。一歳十か月になる息子のニコラスは、見つけた小さな砂地を掘って遊んでいる。小石だらけの浜なのでやや傾いたビーチパラソルの下では、子守《ナニー》が崖《がけ》を背にして座りながら、ニコラスが冬に着るベストを編んでいた。

小石をざくざく踏みつけて、誰かがやって来た。デーヴィッドの足音ではない、とジルは思い、顔を上げぬまま、その人物が通り過ぎてくれるのを待った。残念ながら足音はすぐ脇《わき》で止まり、キース・ワーウィックの声がした。「やあ、ジル。邪魔しちゃったかな」

「はっきりいって、そのとおりよ」そういって、ジルは仰向けになり、彼を見た。「でも、まあいいわ。お座りなさいな」

「いい？」

キースはぎりぎりまでそばに寄ると腰を下ろし、彼女をうっとり見つめた。ジルは目を閉じ、胸の中で悪態をついた。ろくでなし！　何てくだらない男。またいとこだっていう、あのバーナードもだめだけれど、この人はもっとひどいわ。でも、バーナードは気の毒なところもあるかも。稼ぎがよくないからフィアンセにうるさくいわれて。いえ、その親がやかましいのだったわ。だからかしら、ボーイ・スカウトの子供たちにも苛々してばかり。まあ今さら驚くことじゃないわね。知るもんですか！

「ふう、暑くてたまらない！」キースがいった。

「気持ちいいじゃない」ジルはつぶやいた。

「上のほうがましだな。さっき、昼飯の前に行ってきたんだ」

アニー・ホードとお楽しみだったんでしょ、顔に書いてあるわ、ジルは思ったが、尋ねるのも面倒な気がした。

キースの手が、彼女のむき出しの肩をすっとかすめた。ジルは片目を開けて、彼をちらりと見た。

「あなたがどんなに素敵か、わかっている?」彼は声を落とし、思いつめたようにいった。

ジルはまた目を閉じた。

「ええ、もちろんよ」彼女は答えた。「デーヴィッドがよくそういうもの」

その思いがけない出方に、キースは鼻白み、口をつぐんだ。

泣き叫ぶ声が聞こえ、ジルはさっと上体を起こした。ニコラスがこちらに向かおうとして、小石につまずいたのだ。顔を真っ赤にして大きく口をあけ、頬《ほほ》に涙のすじをつけながら、持ち手の片方が外れたバケツを握りしめている。シャベルが足に絡み、弾けとんだ。泣き止む様子はない。

「ぼうや!」ジルが呼んだ。「どうしたの?」

子守は編み物を置いたが、ミセス・ウィントリンガムが息子を見ているのだからと、またそれを手にした。

もう一度ニコラスがつまずいたせいで、キース・ワーウィックに砂利が跳ねた。彼は舌打ちしてそれを払うと、ひりひりする両足をさすった。ニコラスは片足をジルの足首にひっかけ、そのひざに倒れこんだ。バケツの薄いふちが、したたかにジルのひざ頭を打った。

「うっ、ぼうやったら！」彼女は苦しげな声を上げた。「痛かったわ」

「こわえた」ニコラスが泣きながらいった。

「何が壊れたの？ ああ、バケツね。持つところが外れただけよ。ママに貸してごらんなさい、直してあげるわ」

「こわえた――こわえたあ！」ニコラスは癇癪《かんしゃく》を起こして泣きわめき、小石の上で地団太を踏んだ。ジルはバケツを取り上げると、持ち手の端を穴に押し込みはじめた。ニコラスは覗《のぞ》き込んでいる。

「ママ、なおる？」彼は心配そうに訊《き》いた。

「だいじょうぶよ」

デーヴィッド・ウィントリンガムが水着にタオルを引っかけ、やって来た。ジルの隣に座り、肩に手を回した。キースはジルに睨《にら》まれ、みるみる色をなくした。彼女はバケツと格闘している。ニコラスは父の向こうずねを踏んでまたよろけ、ひざに倒れこんだ。シャベルがデーヴィッドのわき腹を突いた。

「こわえた」ニコラスは訴えるようにいった。

「そんなことないさ」デーヴィッドはわき腹をかばいながら答えた。

「でも危なかったね。それにこの足もだ」彼はそっと向こうずねをさすった。

「バケツのことをいってるのよ」ジルが説明した。「持ち手が取れちゃったの。さあ、ニック。なおったわよ」

「ママ——なおったあ！」ニコラスはバケツを受け取ったが、勢い余って小石にぶつけた。その拍子に持ち手はまたはずれ、彼はきょとんとバケツを見つめた。

「こわえた」あっさりいうと、はいはいをしながら向こうへ行った。

「泳ごうか？」デーヴィッドが誘った。キース・ワーウィックに顔を向けた。「いっしょに、どう？」

若者は首を振り、バンガローに水着などを置いてきたといった。ジルはタオルを拾いあげ、小石をそろそろと踏みながらデーヴィッドに続いた。水泳帽に髪を入れ、話しかけた。「あの人にも困ったものね」

「だれ？　スコット？」

「そういえばそうだわ、ある意味じゃ。でも、彼はかわいそう。今はとても苦しいときなんでしょう?」

「自分のせいさ。とにかく、だめなやつだよ。で、困ったやつって、ワーウィックのことだったの?」

「まあね」

「なぜ? 言い寄ってきたとか?」

「そうしたいらしいわ。あれは一種の癖ね。条件反射みたいなものよ」

「どうしようもないやつだな!」デーヴィッドは苦々しげにいった。「ミス・カーショーが気の毒だよ」

ジルは岸辺を振り返った。

「あの人ったらもう、ナニーをくどいてるわ。まったく、ご苦労なことね」そういった。

デーヴィッドは初めに来た波に飛び込み、次の波に潜っていった。ジルもあとを追った。じきに白と黒の二つの頭が浮かびあがり、それはしばらくのあいだ波間に見え隠れしていた。

ミス・ジュリア・カーショーは崖《がけ》の小道を登っていた。時おり足を止め、呼吸を整えたり、紙くずを拾ったりしながら、少しずつ進んでいく。道をきれいにしていくのは趣味のようなもので、散歩に出て、袋一杯にごみを詰めて帰らないことはないほどだった。

およそ三十五メートルの白亜《チョーク》の道は、急勾配《きゅうこうばい》のうえ、たくさんの足跡のせいででこぼこだし、その足跡にしても方向や間隔がばらばらだ。五十一歳の女にとっては骨の折れる上り坂だが、ミス・カーショーはすぐに弱音を吐くようなたちではなかった。息が切れそうだと感じたら、必要なだけ休む。彼女はいつも着実で前向きなやり方を持って困難を乗り越えてきたし、これからもずっとそうしていくつもりだった。だから、甥《おい》のキースが丘のカーブに沿った遠回りの道を使い、大儀そうに頂上へ向かう姿をバンガローの窓から見るにつけ、意気地のない男だと思えてならなかった。

きつい坂の終わりで、彼女はもう一度休み、くぼ地に並ぶバンガローを見下ろした。家々は岸辺ではなく、海から六メートルほど高い、谷あいの平らな草地に建っている。ヘモック村からの道は二キロ半ほど続いてこの草地の端で終わり、もう先はない。木の家は両側の崖《がけ》際《ぎわ》に引っ込んでいるが、いくぶん頑丈そうな煉瓦造《れんがづく》りの小さな雑貨屋だけは、その道の入り口近くに陣取っていた。卸商人とのやりとりが途切れぬよう、先頭にしがみつくかのようだ。木の階段が崖から海岸に降りていて、すぐ上の草地に並ぶ車や、岸辺で寝そべる人影から、その辺りがよく利用されていることがわかる。

ミス・カーショーはアイスクリームの空箱をひとつ拾い、海辺の避暑客に眉をひそめた。また西へ向かって歩きだし、固い夏草の生えた頂上を目指した。今年の夏は何かと過ごしにくい。そもそもこのソーリー・ギャップに人が増えてきたことがいけない。去年から新しいバンガローが三軒、しかもその一軒が目と鼻の先に建ったせいで、寝室の窓からの風景が半分さえぎられ、美しい海もその分見えなくなってしまった。それにトレーラーの人々。勝手に居すわり、だらしのないさまをさらけ出している。窮屈な車から出て新鮮な空気を吸おうと、日がな一日、外で寝転がる姿は目を覆うばかりだ。週末が来るたびに、日帰りの行楽客も増えているように思う。つくづく、ソーリー・ギャップはやりきれない土地になってきた。来年はバンガローを貸してどこかほかの場所へ行こう。キースさえいなければ、もうそうしていたかもしれない。だが、彼はここが気に入っているらしく、今年の初めにこの夏はデヴォンシャーへ行こうといったときも、不平を並べ立てたのだ。

ミス・カーショーはため息をついた。キースはどうしてああいつも態度が悪いのだろう。もう突き放し、彼の裁量に任せよう、いくらか生活費を渡し、自分で頑張ってみなさいといおう、そう何度思ったことか。だが、そのたび姉のシビルのことを思い、踏みとどまってきた。シビルは夫のジョン・ワーウィックが戦死してからというもの、ぼんやりと悲しみに打ち沈むばかりで、具合が悪くなっても身をいたわる気力さえなくした。手の施しようのないほど弱り果て、最後に振り絞るような声で、息子を見てやってくれとジュリアにすがったのだ。

「自立できるようになるまででいいの――次の学期にはクレアベリー高校に行くわ――だ

から、休みのあいだだけお願い——あの子が好きな道を見つけたら、進ませてやってね」

ジュリアはそうすると約束した。だが、キースは好きな道を見つけるどころか、卒業後オックスフォード大学に進んでも、ぶらぶら遊んでばかりいた。それ以降も、あれやこれやと手を出すものの職は一向に定まらず、それを気にするふうもない。人に取り入るうまさにかけては間違いないので、難なく仕事には就けるのだが、無能さを露呈してすぐ首になる。

そして三十歳。あのくどき上手もそろそろ年貢の納め時だろうか。ミス・カーショーは沿岸警備員の家をちらりと見ながら、通り過ぎた。この家の娘は気の毒だ、それに愚かだと思う。だが、心配しても仕方がない。キースはこと恋愛に関しては、上手に始末をつけてきた男でもある。

ジュリア・カーショーは崖《がけ》の端にたどり着くと、引き返す前に一息入れた。ちょうど太陽が水平線にかかったところだ。下の小道は谷に降りていき、荷車の通る細いでこぼこ道とつながって、丘の端を曲がり、見えなくなる。光り輝く川はくねくねと蛇行《だこう》しながら、泥砂を越えて河口へと続いていく。かつてこの谷は港であり、船が丘のあいだを奥深くまで行きかう地だった。だが、川が氾濫《はんらん》を起こし、一本の細い流れを残してすべてを肥沃《ひよく》な牧草地と変えたのだ。川辺では鷺《さぎ》が長い足で立ち、かもめが騒がしく羽ばたいている。

ボーイ・スカウトのキャンプ用テントが、手前に連なる丘の斜面に並んでいるのが見える。

今日は向こうへ降りるのはよそう、と彼女は思った。一回の登りでもう十分だし、どのみち明日はバーナードに会うはずだ。ミセス・メドリコットの容態はますます思わしくないという。今日はまだ持ちこたえているが、医者はもう回復の見込みはないといっているらしい。バーナードとキースはメドリコットの姉と弟の孫に当たるのだが、二人ともレディングに見舞うべきだと、ジュリアは思っていた。そうして当然のことだ、おそらく彼らはあの老婦人の莫大な遺産を分け合うのだから。だが、バーナードはボーイ・スカウトの子供たちを放り出すわけにはいかない、といってきかず、キースはキースで例によって処置なしだ。くだらない言い逃ればかりして、のべつどこかへ雲隠れしている。

ミス・カーショーは夕日とテントに背を向け、帰路についた。太陽が水平線に深く沈んだせいで、目の前には不気味なほど長く伸びた自分の影がある。薄暗くなり、辺りは見えにくくなってきたが、雑草やとげのある低木などにはまだ夕日がきらきらと差している。彼女は美しい黄昏《たそがれ》の風景を楽しむと同時に、それを台無しにするごみに目を光らせていた。洗えるシルクで仕立てよく作られた、くすんだ青の服に、歩きやすい黒の靴。ほっそりした身体で背筋を伸ばし、歩いていく。先ほどの家に近づいたとき、彼女は不快感から声を上げた。編み枝の柵《さく》のそばに、並外れて目障りなごみが、草むらに張り付くように落ちていたのだ。ミス・カーショーはその新聞の切れ端に近づき、憤慨しながらじっと見つめた。たまりかねたように拾い上げ、すでにごみで膨らんだ袋に突っ込むと、苛立《いらだ》たしげに首を振り振り、急ぎ足でバンガローへ戻った。そして、運動後にふさわしい夕食をとったのだった。


「いいですか、先生?」

「ああ、どうした?」

「あの、ボルトンに訊《き》いてこいといわれました。今夜、歌の会に来ていただけますか?スコット先生は出かけるそうです」

「そう。わかったよ。すぐに行く」

「ありがとうございます、先生」

ロバートソンは便箋《びんせん》を片付け、灯油ランプを消すと、テントの外へ出て、出入り口の垂《た》れ蓋《ぶた》を下ろした。テントの並ぶ向こうに、赤々と燃えるキャンプファイヤーを囲んで少年たちが座っている。彼はその様子を見て、目を細めた。彼はこの仕事が好きだった。野外の生活。大雑把な作り方だが、健康的な食事。外で食べると堪えられないほどおいしい。海や丘。そして子供たち。キャンプファイヤーやコーラス。そういった何もかもが好ましい。男にとってこれほど素晴らしい休暇はないのではないかとさえ思う。学年末に、もう子供たちにはうんざりでしょう、とよくいわれる。男子初等学校の校長なので、うんざりして当然といえば当然だが、彼はそんな言葉をいつも笑いとばした。そして毎年、ボーイ・スカウトの監督者としてソーリー・ヘイヴンにやって来て、キャンプを成功させていた。

彼はショートパンツのポケットにあるパイプと煙草を探しながら、テントのあいだを縫っていった。と、背の高い人影が目の前に現れた。慌てず、彼は声をかけた。「やあ、スコット。出かけたのかと思っていたよ」

「ええ、これから行くところです」

「真っ暗な晩だぞ。今夜は月が出ない、そうだろう?」

「ヘモックへ行って、すぐ帰ってきます。新しい郵便物が届いていないかどうか見たいと思って」

「ああ、大おばさんのことだね。いいかい、もしレディングへ行くなら、ここは任せてくれ。スティーブンソンも代わりを引き受けてくれると――」

「とんでもない。いいんです」バーナード・スコットの声は苛々と尖っていた。

「まあ、きみ次第だがね。じゃ、気をつけて」

ロバートソンはキャンプファイヤーへ向かいながら、なぜスコット青年はこの仕事を引き受けたのだろうと首をひねった。もちろん、婚約しているから節約するためもあるだろう。ロンドン郊外にある中等学校の平教員ではたいして給料もよくないし、このキャンプで子供たちの世話をすれば、健康的な三週間の休みをただで手に入れることができる。それにしても、見ていてはっきりわかるが、ちっとも楽しそうではない。おまけに大おばさんの危篤の知らせを受けてからというもの、そわそわしてばかりいる。

焚《た》き火《び》の周りに近づくと、小さな子供が声をかけてきた。

「先生、見て。マーティンとぼくが捕まえたの」

毛で覆われ、ぐにゃりとした獣が二匹、彼の前にぶら下げられた。

「おっと、これはだめだ。ここは『禁猟区』といってね、とってはいけないことになっている。でも、どうやって——罠《わな》をしかけたの?」注意しているはずなのに、興味もあるし、感心するような気持ちも手伝い、どうしてもそれが言い方に出てしまう。

「はい、先生」二人は口を揃《そろ》えていった。興奮から声が甲高くなっている。「ぼくたちは——」

「わかった、わかった。かごに入れて。食堂に持って行きなさい。それから、もうこんなことをしてはいけないよ」逃げ出した子供たちに、彼は付け加えた。

だが、ロンドンっ子にしては上出来だ、と彼は誇らしい気持ちになった。輪の中に入り、最初の歌の名を告げた。

バーナード・スコットは谷を降りながら、後方のコーラスがだんだん遠ざかっていくのを聞いていた。ふもとを行き、ソーリー・ギャップからヘモックへ行く道を目指す。キャンプから離れると、まだ空に夕闇《ゆうやみ》がわずかに残っていて、いくらか辺りは見えた。だが、急速に暗くなっていくようだ。彼はポケットを探り、懐中電灯を探し当てるとほっとした。海の上から分厚い雲が近づいている。ロバートソンがいっていたように、今夜は月が隠れたままだろう。

風が崖《がけ》に吹き付け、草むらをざわざわと鳴らしながら渡っていく。時折、沿岸警備員の家を騒がしく煽り、わびしげに伸びた電線を泣くように震わせている。沖では波がうねり、崖下をめがけてこれでもかと打ち寄せていた。だが、潮は変わりかけている。もうじき、その勢いは弱まるだろう。谷にあるボーイ・スカウトのキャンプは見えない。真っ暗な闇にテントのぼんやりとした影も埋もれているし、このような夜更けでは明かりもすべて消えている。

崖の上を歩いていた男は、風に震え、上着の襟を立てた。手にした懐中電灯で時計を確かめ、ひとり毒づいた。遅い、それに何て夜だ！　何だって約束の時間に遅れるんだ？　懐中電灯を消し、辺りを包む暗闇に目を凝らした。数歩行っては戻り、まごつきながら足を止める。右手に、岸壁を打ちつける波音が聞こえる。風は唇に冷たく塩辛い。だが、何も見えない。待つ身に漆黒が張り付いてくるような気がする。灯りをまた点け、半ば向きを変えると、前へ進んだ。すると目の前に、例の崖っぷちに立てられた危険防止用の柵《さく》が見えた。きびすを返し、少し柵から離れたあと、ふたたび右を向き、そのまま前へ歩いた。二、三歩じれたように進んでは止まる。草むらを懐中電灯で照らし、その小さな光の輪を覗《のぞ》き込むようにしながら、ぎくしゃくと動いた。

不意に、そのせかせかした足が止まった。何かに勢いよくつまずいたのだ。しまったと思い、彼はうめきながら、つんのめっていった。懐中電灯が手を離れ、空を切る。慌てて両手を広げ、体を支えようとする。柵《さく》に叩《たた》きつけられた。壊れた柵にひざが引っかかり、またつんのめる。と、あろうことか足元ががくっと落ち込み、固そうに見えていた岩肌が崩れた。がらがらと音を立てる小石やチョークとともに、彼は百メートル下の海岸に落ちていった。

瞬間、彼は悲鳴を上げた。だが、風がその鋭い声をさらい、まばらな草の上に吹き飛ばした。それは谷の森を抜け、遠い丘に散っていった――誰に聞かれることもなく。

2

ジル・ウィントリンガムはやかんを持ち、トレーラーの階段を下りた。曇り空を見上げ、かすかに身を震わせた。寝苦しい夜だった。風が吹きつけ、車をうるさく揺らし、そのうえデーヴィッドも怒り声で寝言をいっていたので、目を覚ましてばかりいたのだ。ソーリー・ヘイヴンに来て初めて、やはりレンガ壁の一軒家は何といってもいいと思った。車体の下に手を入れ、石の水がめを引きずり出す。やかんに水を満たすと、また階段に戻った。ドアのすぐ内側、手の届くところに携帯用石油コンロがあり、燃え始めの火がぼっぼっと音を立てている。ジルはやかんを階段の上に置くと、前かがみになり、コンロのポンプノブを何度か勢いよく動かして、空気を送り込んだ。一瞬、吠えるような音とともに、黄色い炎が上がった。やかんを置いて火の手を押さえ、もう一度ノブを上下させる。火が落ち着き、音も静かになった。彼女は両肘《りょうひじ》を階段につき、ほっとしたように青白い炎を眺めた。

「ご苦労さま」寝床から、デーヴィッドが眠そうな声でいった。

「ご苦労って――ふん！　お茶を飲みたいし、やらなきゃって思うからじゃない。たまにはあなたが起きて、火を点けてよ」

「朝のお茶はそう好きじゃないからね」

「これは――朝ごはんよ。今日は寝坊したから。風がうるさくて、ろくに眠れなかったんですもの。工具はどこ？」炎がまた、途切れそうになっている。

「マッチのとなり」

「ねえ、取って。うんざりだわ、もうすぐ消えそう」

デーヴィッドはうなりながら起き、錐《きり》を探した。バーナーをつついて掃除をし、ポンピングを繰り返す。勢いの強くなった炎を得意げに見つめ、寝床へ引き返した。

「変だよな、どうして女にはうまくできない――いてっ！」彼は叫んだ。ジルが中へ駆け込み、彼の髪を引っ張ったのだ。

外から、ためらうような声がした。「あのー、ウィントリンガムさん、泳ぎに行きませんか？」

「あ、どうぞ入って」デーヴィッドが答えた。「助かったよ。危うくこの人のヒステリーにやられているところだった」

「まだお休みでしたか？」バーナード・スコットがドアの前で訊《き》いた。

「いえいえ、起きていましたよ」デーヴィッドは体裁を繕うようにいった。「コンロをつけて、今ひと休み、でね」

「来てくれてよかったわ」ジルはバーナードに耳打ちした。「彼をへとへとになるまで泳がせて」

「一緒に来ないいんですか?」

「ええ、朝ごはんを食べなきゃ。ナニーに約束したのよ。早めに迎えに行くって」

デーヴィッドはさっと起き上がり、二人を外へ押し出した。そして、たちまちカーキ色のショートパンツにはき替え、首にタオルをかけて現れた。ジルの耳にキスをし、水着を物干し網から引っ張ると、スコットと海へ向かった。ジルは夫の後姿に見とれながら、二人が崖《がけ》を曲がり、見えなくなるまで立っていた。そしてトレーラーの階段に座り、髪や顔を整えはじめた。そうしながら、ときどきボーイ・スカウトのキャンプにいる少年たちに目をやった。彼らは二百メートルほど先で、朝の日課をこなしている。やがて彼女は谷を仰ぎ見た。木立のそびえる一角に農場があり、そこでニコラスと子守が食事をし、寝泊りしているのだ。ジルは改めて思った。いいやり方だったわ。戸外での休暇は楽しいし、雑用に追われることもない。ニコラスもトレーラーで食べていたらおなかを壊すだろうけれど、そんな心配もいらない。それに、元気のいい子供にトレーラーは窮屈だし、子守もあの農家の奥さんに、我が家のことをいろいろ聞かせてやるのが楽しいらしい。

一方、バーナード・スコットとデーヴィッドは崖下《がけした》で手早く着替え、勇んで海へ飛び込んだ。水は冷たく、ゆうべの名残でまだ波が荒い。二人は沖には向かわず、ソーリー・ギャップのほうへ海岸伝いに泳ぐことにした。行く手に阻まれ、バーナードはすぐに足の立つところまで戻り、あえぎながら息を継いだ。デーヴィッドもほっとしたように彼にならった。二人は灰色の水面から上半身を出し、身を打つ波を振り切ってやり過ごした。

「だれもいませんね」バーナードが少し得意げにいった。

「あそこの崖下で、寝そべっているやつだけだな」デーヴィッドが答えた。「ぼくたちがいるから、裸になるのを遠慮しているんだろうか、それとも朝の海の眺めを楽しんでいるのかな?」

「いえ、そうじゃないと思いますよ。ぼくにはどうも、寝ているように見えますね」

「変だな、こんな時間にあんな場所で」デーヴィッドはそういって、波ひとつ分ほど岸辺へ寄った。目を凝らすと、人影は身じろぎせず、その周りをかもめが飛び跳ねている。やがて弾けるように、彼はそこへ向かいはじめた。波にもまれ、小石が足にぶつかるが、構う様子はない。

近づくにつれ、とんだことに、男は寝ているのでも休んでいるのでもないことがわかった。

片腕をねじるように身体の下に入れ、斜め横向きに倒れている。頭がそれとは思えぬほど潰《つぶ》れ、その石の仕業に、かもめが徹底的に手を貸すという有様だ。デーヴィッドは死体を一回りすると、あとを追ってきたバーナードに恐ろしい光景を見せまいとするかのように、両手を広げた。

「死んでる」バーナードの目を見すえながら、いった。彼の視線がすぐに自分から離れるのを恐れたのだ。「きっと転落したんだろう。まだ、きちんと確かめたわけじゃないが。まったく——見られたものじゃないよ」どうにもならないというように少し肩をすくめ、脇《わき》へどけた。バーナードは死体にちらりと目をやっただけで縮み上がり、背を向けて座り込んだ。

「どうします?」彼はおずおずといった。

「すぐ警察を呼んできてくれないか。こういうことには不慣れで、どうしたらいいかよくわからないんだが。警察が来るまで、ぼくがここを見ているよ。その前に、ぼくのタオルを頼む。それから、戻るとき、ジルにもひと言」

バーナード・スコットはおぼつかない足取りで歩きだし、とりあえず、片手に自分の服、もう片手にデーヴィッドのものを抱えて戻ってきた。青ざめたその顔を見て、デーヴィッドは気分が悪いのだろうと思った。二人は濡《ぬ》れた指で煙草を探し、火をつけた。急いで身体《からだ》を拭《ふ》き、ショートパンツをはく。バーナードはそのとき、デーヴィッドに自分のセーターを手渡した。

「どうぞ。待っていると、寒いでしょうから」そういう彼も歯の根が合わない。デーヴィッドは同情するように、彼を見た。

「今、よく見てみたんだが」深刻な顔つきでいった。「知り合いだと思う。きみはどう――見るのは嫌だろうね？　いずれはっきりすることだし、ここはぼくに任せてくれたほうがいいかもしれないいな」

「ぼくも知っている人ですか？」バーナードはかすれた声を出した。

「ああ、そう思う」

デーヴィッドは様子を見守った。彼は死体に近づき、しゃがみこんだ。と、気絶したかのように前にのめり、がくりと手をついた。そして振り向き、唇を震わせながら上ずった声でいった。

「キース――またいとこのキース・ワーウィックだ」

デーヴィッドは黙ってうなずいた。

バーナード・スコットが行ったあと、デーヴィッドは煙草をもう一服しながら、崖下《がけした》から少し離れ、白くそびえる絶壁を見上げた。高さは約七十メートル、二、三本の垂直な線が滑らかな表面に走るだけの切り立つ崖だ。頂上近く、彼の位置から見ると少し左手に、狭い岩棚のような形をした、チョークの突き出たところがある。その下にはでこぼこした岩壁が続き、それが崖の突っ支《つっか》いのように傾斜しながら、岸辺まで伸びている。そこにはいくつもの崩れ落ちた岩が転がっていたが、デーヴィッドは、突き出たところと元々の崖のあいだに、草の生えた土の塊が上から新たに崩れ、散らばっていることに気づいた。なるほど、あそこだ。キース・ワーウィックが転落した場所は。あの突き出た岩棚に叩きつけられて頭を砕き、そのまま崖下まで転げ落ちていったのだ。彼の傷と、下の崩れ落ちた岩に飛び散った血がそれを物語っている。首を伸ばし、高いところに目を凝らす。白いチョークのまばゆさに目が潤み、一瞬、視界が消えたが、その前にちらりと見えたような気がした。はるか上の崖際に、今までにはなかった小さな裂け目がある。

彼は目をこすり、視力が回復するのを待った。そして死体のところまで戻り、その状態をじっくり確かめた。ねじれたような姿勢で倒れているところから見ると、落ちたと同時に死んだか、もう意識はなかったのだろう。だが、あの高さからであれば、無理からぬことだ。それはともかく、頭への致命的な一撃は崖の上で受けたものに違いない。なぜなら、辺りの小石にも血はついているが、傷から見て十分な量ではないからだ。丹念に小石を眺めるうち、崖際に藻屑《もくず》やごみがあるのを見つけた。潮がそこまで来るということになる。彼は死んだ男の服に手を置いた。完全に乾いていて、すでに死後硬直が始まり、身体《からだ》はこわばっている。つまり、キース・ワーウィックが転落したときは引き潮だったのだ。これで、そのときが早くても何時か、そして硬直の状態から遅くとも何時間前か、がわかるだろう。まあ、こういった即死の場合、一概にはいえないのだが。デーヴィッドは腰を下ろし、きのう泳いだときの波の状態を思いおこしながら、考えてみた。目の前の波打ち際を見て、頭を整理していると、バーナード・スコットが遠くに現れた。ヘモック署のガトリー巡査とボーイ・スカウトの監督、ロバートソンを伴っている。デーヴィッドは立ち上がり、そばに来た彼らにゆっくりと近づいた。ガトリーはすぐにいった。「お医者様だと聞いたもので、パーソンズ先生にはおいで願いませんでしたよ。この時間はたいていお出かけですし、最近は少しお年を召されて、この石の上を歩いていただくのはお気の毒でしてね。死因に不審な点はありませんか?」

「ええ。でも、よくお確かめになってください」

巡査はそうしたが、その無残な姿を見たとたん、思わず顔をゆがませた。やがて彼は顔を上げた。

「三年前にも同じことが起こりましてね」沈んだ声でいった。「こんなことをいっては何ですが、バラ線で柵《さく》を作らなければだめなんですよ。あの程度ではまったく警告にはならない、ということです」

そして身をかがめ、デーヴィッドが少し前にしたように、そろそろと死体に触れた。

「水に浸かってはいない。潮が引いたあとに落ちたんでしょう。とすると、少なくとも十一時半から十二時のあいだ以降ということですな」

「さっき、ちょうどその時間について考えていたところだったんです」デーヴィッドは感心したようにいった。「どうしても思い出せませんでしたよ」

「海のそばに暮らしていれば、わざわざ思い出すまでもない」巡査はあっさりいった。「潮のことなら、わかっていますから」

彼は赤と白の大きなハンカチを一枚取り出すと、男の顔にそっとかぶせた。そして静かに、男の身を起こそうとした。デーヴィッドも手伝い、男を仰向けにし、硬くなった手足をできるだけまっすぐにした。

「先生、お願いします」ガトリーがいった。「もう一度傷の状態を見て、説明していただけませんか。そのあとで、運びたいのです」少し離れたところにいるスコットとロバートソンに顔を向けた。

「戻って、担架隊を差し向けてくれませんか。イースト・ロサムから救急車でソーリー・ギャップへ向かい、海岸伝いに来るはずです。急がないと、潮が来て、厄介なことになる」

彼は話しながら、ソーリー・ギャップのほうを指し、海に目をやった。二人はうなずき、海岸を歩いていく。ガトリーは仕事に戻り、義務と割り切って、男のポケットを改めた。出てきたものはわずかだが、それもよくある話で、いたしかたない。ボタンをかけた尻《しり》ポケットに煙草入れ、コートの内ポケットに電報と、たたんだメモが一枚ずつ。電報はソーリー・ギャップ、アンダークリフ、ワーウィック宛《あて》、昨日、レディングの郵便局で午後一時十五分に受け取ったことになっている。電文は「キトク、ノゾミナシ、フルー」。メモは線の入った青い紙。明るい緑のクレヨンを使い、ブロック体の大文字で「今夜十一時、ギャップの真ん中で会おう。必ず来てくれ」と書いてある。宛名も差出人名もなく、無造作に、横に二度たたまれている。

「どういうことですかね?」ガトリー巡査は、まごついた顔をデーヴィッドに向けた。

「電報の意味はわかります。大おばさんが何日か前から重体なんですよ。差出人は、その付き添いのかたでしょう。ひょっとすると、もう亡くなっているかもしれないな」

巡査は黙ってもう一枚の紙をデーヴィッドに手渡すと、制服から手帳と鉛筆を取り出そうとした。

「上で待ち合わせていたようですね」デーヴィッドがいった。「ということは、落ちたことを誰かが知っているはずだな」

「約束を守っていれば、ですがね」

「おっと、そのとおり」

「何か匂《にお》うな」巡査は少し厳しい調子でいった。「調べなければ」

「このメモですが」デーヴィッドは紙をひらひらさせた。「奇妙だと思いませんか？　謎《なぞ》めいてますよ。まったく名前がない、略したような文だし、こんな変わったものが使われている。青い紙に緑のクレヨン——また派手な色で書いたもんだな」

警官は低くうなり、物思いを断ち切るように、話を現実問題に戻した。

「ところで、頭のほかに傷はありますか？」

「ああ、そうだった。右大腿骨《みぎだいたいこつ》が折れていますが、たぶん何本か肋骨《ろっこつ》も。それから、右肩を脱臼《だっきゅう》。だが、致命傷は頭蓋骨骨折《ずがいこつこっせつ》ですね。あそこの突き出た岩にいきなり叩《たた》きつけられて、すぐに頭が潰《つぶ》れたんでしょう。でもかえって、そのほうがよかったかもしれない、かわいそうに」

ガトリーは神妙な顔でうなずき、メモを取っている。デーヴィッドは海岸線の向こうに目をやった。ソーリリー・ギャップからの階段を下りた、担架隊の姿が見える。慎重な足取りだ。砂利だらけの海岸を急げというのも無理な話だろう。ざくざくというその足音が聞こえたとき、巡査は安堵《あんど》の色を浮かべた。手帳に紐《ひも》をかけて閉じ、デーヴィッドにいった。「来た、来た。とにかく、遺体を移さなければ」

キース・ワーウィックの肉体がこれ以上損なわれるはずもないのに、なぜそのように急ぐのか、デーヴィッドはいぶかしく思ったが、巡査は自分や担架隊の歩く速さを考慮しているのだろうと、何も訊《き》かなかった。そして、目を見開いた。バーナード・スコットが一緒に戻り、担架隊から少し離れたところに立っている。彼はバーナードに近づいて行った。

「てっきり、もう来ないと思ってたよ」少し皮肉な言い方をした。

「ロバートソン先生が、ジュリアおばさんに知らせてくれるといったので」スコットはぼそぼそと答えた。「おばさんの顔を見るのがつらくて。引き返して、あなたを迎えに来ようと思ったんです。先生はおばさんに会ったら、崖《がけ》を通って帰ると」

彼は崖を見上げて身を震わせた。岸辺を戻ってきたのは、崖の小道を通るのが恐ろしかったからだろうと、デーヴィッドは思った。

ガトリー巡査が手招きをしたので、二人はそばに行った。「この電報のことはウィントリンガム先生から、ちょっと聞いたんですがね」彼はそれを見せながら、スコットにいった。「もうひとつ、これについて、何か心当たりはありませんか？」

電報の下から、あのメモを引き出すと、手のひらに載せた。そのとたん、風が吹き、それは空を舞った。慌ててデーヴィッドが摑《つか》み、巡査に返したのだが、そのとき彼は自分の連れがはっと息を呑《の》むのを耳にした。顔を見ると蒼白《そうはく》で、ひざも震えている。デーヴィッドは腕を取って支えてやった。一方、ガトリーは何も気づかなかったかのように、話を続けた。「もしや見覚えなどありませんか。紙やクレヨンのことでもいいんです。先生もおっしゃるとおり、かなり特徴的ですからね」

バーナードは一、二度つばを飲み込み、ささやくようなか細い声で答えた。「いえ、ぼく──は何も知りません」

嘘《うそ》だな、とデーヴィッドは思った。俄然《がぜん》、興味が湧《わ》いてくる。だが、とりあえず今、自分にできることはこれまでとして、名前と住所を巡査に教え、またすぐに連絡をもらう約束をした。バーナード・スコットのひじを引くようにしながら、トレーラーに向かって歩きだす。胸の奥底が興奮と疑念から、少し波立ちはじめていた。事件性はあるのか、根拠も何もないことではあるが、朝食のあと、ジルが農場へ行き、ニコラスと子守を連れかえるあいだにでも、辺りを調べてみようと思う。所詮《しょせん》あのへモック署の巡査は、人柄はよいもののあまり切れ物とはいえないようだ。

そんなふうに思いをめぐらせるなか、もしデーヴィッドが振り返り、ガトリー巡査を見ていたら、さぞかし驚いたに違いない。彼は食い入るように見つめていた。初めは帰っていくスコットの後姿、次に布をかぶせた担架の上、そして最後は百メートル上の壊れた柵《さく》。何もかも見通しているといいたげな目で。

事故の話を聞き、しんみりとする妻に、生ぬるい朝食を出してもらったあと、デーヴィッドは食器洗いを手伝い、それから崖《がけ》の小道へ向かった。ジルは息子と子守を呼びに、農場へ急いだ。

ボーイ・スカウトのキャンプは熱を帯びたようにざわめいていた。どうやら、崖の上に行ってはいけないという指示が出たらしい。騒がしさは、子供たちが小さなグループに分かれ、先ほど起こった悲劇とその成り行きについて、がやがやと話し込んでいるためだった。彼らはスコットがそれほど好きではなかった。ケンブリッジ訛《なま》りが耳障りだし、彼らに対して意欲的に接していないことがわかるからだ。だから、これで何日かでも、彼がここにいなくなればいいと大いに期待していた。ロバートソンはテントの前で、伏せたオレンジの箱に座っている。デーヴィッドを見つけると、手元のパイプを振ったが、立ち上がりはしなかった。

バーナード・スコットの姿はない。

デーヴィッドはすぐにキャンプをあとにし、少しずつ崖を登っていった。空は曇ったままだが、空気は湿り気を帯びていて、水平線にかかる黒雲が、これから霧か霧雨になることを約束している。崖際から眺めるには、ありがたい天気とはいえない。頂上にさしかかり、ほん少し足を止めて、デーヴィッドは思った。まあいい、この現場に乗り込んだのは自分が先だろう。ガトリー巡査は遺体の処理に手が離せず、すぐに調査には取りかかれないはずだから。

そんなわけで、ソーリー・ヘイヴン側から例の柵《さく》へ近づいていったとき、デーヴィッドは仰天した。小道の先、ソーリー・ギャップ側に、ソフトハットをかぶり、レインコートの肩をいからせた三つの人影が見えたのだ。草むらを越え、柵のそばへ行き、下を指差している。デーヴィッドは彼らを横目に、歩を早めた。目指す地点は頭に入っているし、彼らがそれを見逃したこともわかっている。急げば、立ち入るなと注意される前に、ひと目、転落現場を見ることができるだろう。目の前に、柵がかしいだ部分が見え、駆け寄っていく。間違いない、ワーウィックはここから落ちたのだ。柵の一部がなくなっていて、その裂け目のすぐ先は崖っぷちだ。そこが崩れ、新たな切り口を見せている。デーヴィッドは注意深く身体を横にするようにして近づき、おそるおそる下を覗《のぞ》いた。思っていたとおりだ。海岸から見えた岩棚がはっきりと確認できる。二メートルほどの幅があり、その端には血痕《けっこん》とおぼしき黒っぽい染みが広がっていた。かけ落ちた柵も、崖を支えるように張り出した岩棚の片隅にある。ハンカチのような小さな白いものも落ちている。

「おい！」遠くから、怒鳴り声がした。振り向くと、男の一人が走ってくるのが見えた。

デーヴィッドは風に逆らって話しても無駄だと思い、黙っていた。せかせかした足取りで、男がすぐそばに来る。と、いきなり何かにつまずき、つんのめった。デーヴィッドはとっさに彼を突き飛ばした。男は横へ転がり、デーヴィッドの一撃に息が継げない様子だ。だが、ともあれ命は助かった。

「危なかった！」デーヴィッドは、肝を冷やしたといった声を出した。「また転落事故を起こす気ですか」

残る二人も、連れが倒れたのを見て飛んできた。「ちょっと、どうしたんです？」背の低い男が詰め寄った。

「もう少しで転がり落ちるところでしたよ」デーヴィッドは説明した。「ちょうどここにいたので、何とか食い止めました」

「わざと突き飛ばしたように見えましたがね」男はなじるようにいった。「どうなんだ、ボブ？　本当に助けてもらったのか、え？」

地べたに転がり、震えながらもやっと深く息をつけるようになった男は、上体を起こし、うなずいた。ハンカチで顔を拭《ふ》き、またひとつうなずいた。

「足を取られて」憮然《ぶぜん》とした面持ちで、いった。

「何に？」

「わからない。とにかく何かにつまずいたんだ。こちらがいらっしゃらなければ、落ちているところだった」デーヴィッドを見て、また頭をこくりと振った。デーヴィッドはそろそろと前へ進みながら、何かを探すように足元を見ている。

「これだ」彼は落ち着いた声でいった。「片端が外れてます。たぶん今、取れたんじゃないかな。このせいですよ。それに、キース・ワーウィックが落ちたのも、きっとこれのせいだ」

三人の男は、彼の手元の針金に目を移した。その針金の先は地面にくくりつけられている。

「失礼ですが、お名前は?」上司と思しき男が尋ねた。

「医師のウィントリンガムです」デーヴィッドは答えた。「遺体を発見しましてね。担架隊が来るまでのあいだ、ガトリー巡査にご協力させていただきました。イースト・ロサム警察の方、とお見受けしますが」

「まあ、ご想像に任せますよ」男はぶっきらぼうにいった。「ここで何をされていたんですか?」

「ちょっと見ていただけです。ところで、お名前を聞かせていただけませんか? そのほうがずっとお話しやすい、そうでしょう? もちろん、『警部』とお呼びすることはできますが、あなたは『警視』でいらっしゃるかもしれない。だとすれば、ご無礼申し上げることになってしまいます」

「部長刑事のワトキンズです」思わず相好を崩し、その男は答えた。「あなたがいてくださったおかげで、部下のプラットは命拾いをしました。ですが、野次馬のような行動は感心しませんな。それに、あと一、二時間もすれば、観光客などがどんどん来てしまう。部外者が立ち入る前に、段取りをつけなければいけませんのでね」

「なるほど」デーヴィッドはつぶやいた。「ところで、この針金はだれが置いたんでしょうかね？」

刑事は答えに詰まった。しばらく口をつぐんでいたが、想像がつかないようだったので、デーヴィッドは静かに切り出した。「あの、たまたまここにあったんでしょうか。仕掛けられているところを見ると、そうではないでしょうね。何らかの目的があっておいてあったか、誰かを罠《わな》にかけようという特別な目的があったか。キース・ワーウィックが足を取られて死んだ、ということは、彼を殺そうとしていたのかもしれない。でも、おわかりのように、こちらのプラットさんも危ういところでしたからね。つまり、こういえるんじゃないでしょうか。キース・ワーウィックをおびき寄せたのだとしたら、ええ、彼のポケットにあったメモからもそういえないことはないが、どうして、ことがうまくいったあと、その仕掛け人は証拠を消さなかったのか。となると、罠はワーウィック君をはめようとしたものではない。うさぎか何かを捕まえるものだったのかもしれませんね。いやはや運の悪いことだ」彼は針金を前後に振った。「でも、プラットさんのブーツがこの罠を完全に壊したことは間違いない。それもまた気になる点だ」針金で丸く輪を作り、続けた。「ワーウィック君が落ちたときには、それほどだめにならなかったってことです。でなければ、プラットさんが足を引っ掛けませんからね」

「お話は以上でしょうか」ワトキンズ刑事がいった。「よろしければ、その大事な証拠に触るのはもうやめていただけませんか。で、我々を仕事に戻らせてください」

「どうぞ」デーヴィッドはあっさりいった。「念のためいっておきますと、谷にボーイ・スカウトのキャンプがありましてね。子供たちはちょっとした紐《ひも》などを使って、工夫することを教わっています。ですから、針金を使うことだってないとも限らない」

「ご親切にどうも」刑事は皮肉たっぷりな言い方をした。「ガトリー巡査がキャンプの先生方のお名前を書きとめております。そのお一人は亡くなられた方のまたいとこだそうですな。聞きましたよ、先ほど。ともかく、ありがとうございました」

「どういたしまして」デーヴィッドは答え、その小さな集団から離れた。頭をめまぐるしく働かせ、キース・ワーウィックについて知りうる限りを思い出そうとする。彼のまたいとこ、おば、そして友人のこと。集中するあまり、小道をそれたことにも気づかない。そして小さなくぼみの前で、危なく人に足をかけそうになった。アニー・ホードがそこにうずくまり、うつろな顔で泣いていたのだ。彼女はデーヴィッドを見たとたん、立ち上がり、逃げだそうとした。だが、彼は引き止めた。

「ぼくを知ってるよね、アニー？　お母さんから、ぼくや妻はよく卵を分けてもらうんだよ」

「ああ、ウィントリンガム先生。キースのこと、本当ですか？　どうか嘘《うそ》だといってください！」

そういうと、逆に彼の腕にすがりつき、真っ赤に泣きはらした目で、悲しげに彼を見つめた。

「気の毒だが、本当なんだ。おそらく、いや間違いなく一瞬のことだったと思う。だから、苦しむことはなかったはずだよ」

アニーはまた泣き崩れた。デーヴィッドはしばらくそのままにしておき、やがてやさしく話しかけた。「なぜ彼が昨夜ここへ来たか、知っているかい？　ひょっとして、きみがあのメモを渡したんじゃないよね？」

アニーは目を見張った。

「メモ、あたしが？　何のことやら。夜に会ってはいませんし」彼女はぱっと頬《ほほ》を染めた。

「誰がそんな嘘を」

「違う違う、もういいんだ。ぼくはただ訊《き》いてみただけ――」

「あの人、メモを持っていたんですか？　その目で見たんですね――」彼女は身を震わせ、両手に顔をうずめた。

「そうなんだ」デーヴィッドはそれだけいうと、彼女を見つめた。メモの内容については説明したくない。噂《うわさ》が噂を呼び、デマがたくさん飛び交うことになるからだ。

アニーが顔を上げた。悲しみでいっぱいだったその表情に、今はおびえるような影が差している。

「もしかして、父さんが送ったのかしら？　あの人が大嫌いだったんです。私にはふさわしくないって。でも、あの人はそのうち結婚しよう、お金ができたら一緒に暮らそうって、いってたから。二人は喧嘩《けんか》をしたんでしょうか、違いますよね？」

「さあ、お母さんのもとへ帰ったほうがいい」デーヴィッドはそういって、なだめるように片手を彼女の肩に置いた。「これ以上しゃべっていると、あとで困ったことになる。ぼくのことは信用していいけど、今のような話をほかの人にしてはいけないよ。さあ帰って。いい子だから」

家の門に向かって、デーヴィッドは彼女をそっと押しだした。そしてきびすを返し、海辺にいるジルのもとへ急がなければと、ソーリー・ギャップへ向かった。

キース・ワーウィックの叔母、ジュリアはリビングの窓際にぽつねんと座り、海を見つめていた。ひざに一通の電報を広げ、その上に組んだ両手を置いている。甥《おい》の死を深く悼んでいるわけではない。彼は叔母に対して、ひとかけらの愛情も示さなかったし、逆に求めようともしなかったからだ。だが、その恐ろしい死に方と、遺体のむごたらしさに衝撃を受け、体中が麻痺《まひ》したように、まるで力が抜けてしまった。重い疲労感がのしかかっている。だから、じっと動かず、海を見ていることぐらいしかできない。目の前を、過去がのろのろと流れていく。それはいくら努力をしても、虚しい空回りの日々だった。挫折《ざせつ》と絶望ばかりを味わってきたように思う。「一生懸命やったのよ」彼女は心の中で、亡き姉に泣きながら詫びつづけていた。キースのこれまでが頭をよぎる。クリケットで活躍する息子が自慢だった母親を、父に続いて失ったこと。奨学金もあまりもらえず、何とかオックスフォード大学を卒業したこと。車のセールスマン、電気器具の訪問販売とめまぐるしく職を変え、そのすべてが稼ぎにならなかったこと。何も学ばず、長続きせず、いつまでたっても自立しようとしないばかりか、必要とあらばすぐ彼女に無心したこと。近頃は色恋にばかりうつつを抜かし、それが見ていて新たな頭痛の種だったこと。自分はこちこちの潔癖主義者ではないが、世代の感覚からいっても、キースのような生き方をする人間と親密な関係でありたいとは思わない。必要に迫られてそうしていただけで、彼女はそれに腹を立て、不満を口にしていた。何とすべては不毛だったことか。そして無益で、疲れるばかりだった。

「一生懸命やったのよ、シビル。信じて」

この数年、彼に親しい友人はいなかった。学生時代の仲間は、ほとんどきちんとした仕事を持っている。ふた月と仕事が持たない怠け者と付き合っている暇などないし、文句の多い彼に嫌気がさし、遠ざけるようになったのだ。そして親戚《しんせき》。これも、あまりいない。またいとこもバーナード・スコットだけになってしまった。そういえば、彼はこの訃報《ふほう》を持ってやっては来なかった。あの感じのいいミスター・ロバートソンに、気の重い仕事を託しただけだ。まったく、近頃の若い者の気持ちはよくわからない。気が弱すぎて、礼儀を守ることや、形式にのっとり、人生におけるいっときの苦しみを和らげることができないらしい。やはり、型どおりの悔やみにも意味はある。心がこもっていないとか、つまらないなどの向きもあろうが、厳粛なものであるし、むき出しの感情表現を避けてもくれる。結局、若いうちは死や病気が恐いのだろう。まあ、無理もないかもしれない。だが、たとえそうでも、ミセス・メドリコットを見舞いにレディングへ行く、少なくともいくらかは気を使うといった優しさを見せることはできなかったのだろうか。彼女はあんなにも良くしてくれていたのに。キースもバーナードも休暇をつぶすのを嫌がり、いささかの義務感も覚えず、ミス・フルーに手紙を書こうとさえしなかったのだ。そして、とうとう――。

ジュリア・カーショーはそっとひざの電報を持ち上げた。「ケサ8ジ15フン、セイキョ、フルー」これが一年前、イースト・アングリアにいたときだったら、いや、ひと月前のロンドンにいたときでもいい。どんなにキースはその遺産を喜んでいたことだろう。彼はあけすけとも思えるほど、それを心待ちにし、バーナードと分け合わなければならないのを残念がっていた。ところが何時間か前に、彼はすべてを失ってしまった。

「そうなって当然よ」ジュリアはかっとなり、頭の中で叫んだ。だが、許しを請うように、言い訳をした。「私のせいじゃないわ、あの子はもう大人だったんだから、私に責任はない。一生懸命やったつもりよ」

彼女は電報をたたみ、机に向かった。こちらからも不幸を知らせなければならない。送り先は、自分のいとこたち、ミス・フルー、そしてワーウィック家の二十年来の弁護士である、ミスター・ガーサイドだった。

3

デーヴィッドがいなくなったのを見計らって、ワトキンズ部長刑事は部下がソーリー・ギャップから担いできたロープを解き、身体《からだ》に巻きつけた。崖《がけ》の淵から下の岩棚に降りるためだ。そこで柵《さく》の一部とハンカチを確保し、状況分析をしたあと、ほかにも遺留品などがないかと探した。だが、めぼしいものはないようだ。イースト・ロサム署で聞いた報告では、犠牲者は腕時計をしていなかったという。だから、それを探して目を皿にしたのだが、成果は得られなかった。見つけたものは、数枚のコイン。男のポケットから落ちたらしい。それ以上の発見はないだろうし、上で命綱を握る二人もたいへんだと思い、彼は合図をして、引き上げてもらった。

部長刑事は頭の切れる男ではない。生来、ことに対して慎重に当たるたちなので、それがかえって彼を鈍い男に見せている。だが、徹底的に理解するまでは慌てないうえ、学習と経験がそういったよい面を伸ばし、今や信頼できる腕利きの警官となっていた。崖上《がけうえ》でのとりあえずの検分を終え、ともあれキース・ワーウィックの落ちていった経路がわかったため、彼は部下に仕事を割り振り、自分も調査を続けることにした。プラットはあの針金と拾ったフェンスを持って、イースト・ロサム署にパトカーで戻り、立ち入り禁止の綱を張るなどして頂上地点を警戒するよう、要請する。もう一人は、当面、代わってここの見張りに立つ。そして自分は海岸へ下り、死体が発見された場所を調べに行く。

小石の浜には、朝方からずっと出ていた海霧がすでに垂れ込めていた。波や崖《がけ》の高いところはもちろん隠れている。どうあがいても、視界はよくない。現場には波が打ち寄せ、血痕《けっこん》を洗い流していく。崩れたチョークをどこかへ運び、落石を収まりよく置くようにしながら、また返していく。一つ二つの少し大きな岩が重なるように転がり、落下した場所を示してはいるものの、崖の上のほうに飛び散った血のあとのほかには、事故があり、確かにここに遺体があったということを物語るしるしは何もない。それでも、ワトキンズ刑事は浜辺をいくつかに区切り、それぞれを行きつ戻りつしはじめた。その目は小石を丹念に見ている。収穫があった。小さく快哉《かいさい》を叫んで屈み、濡《ぬ》れそぼり、つぶれた腕時計を拾う。それはベルトがちぎれ、音も立てず、表面のガラスもなくなっていた。おまけに針が折れ曲がり、転落時刻を知ろうにもかなわない。ワトキンズは悔しそうにうめいた。だが、いろいろ考えるうち、思いなおした。昨夜の満潮時は十一時十五分。それ以前ではないという周知の事実と検死結果を付き合わせれば、必然的に正確な時間が割り出せるはずだ。ガトリー巡査がイースト・ロサム署に来て、興奮を押し殺しながら、この件に関する不正行為の影をほのめかしたとき、彼はその安っぽい愛憎劇のような筋書きを頭から追い払うことにした。そして今、これは単なる事故だろう、そうなるはずだ、と判断した。もちろん、針金の問題は残るが、それもボーイ・スカウトの子供たちが、うさぎを捕まえようと仕掛けたものに間違いないだろう。自分も子供の頃、同じことをしたものだ。

彼は時計をくるみ、ポケットにしまうと、ミス・カーショーのバンガローで、もうひと仕事するため、ギャップへ引き返した。

バンガローのベランダで返事を待っていると、小さな雑貨屋のそばで立ち話をしていた村人たちが彼を見つけた。そのうちの一人が手で合図をよこし、彼には聞き取れぬ言葉を叫んだ。ほどなくドアが開き、ミス・カーショーのもとで働く村の女が顔を出した。カーショーは外出中だという。

「イースト・ロサムへ行ってます。電報を送りがてら、買い物に」ミセス・タックはエプロンで手を拭《ふ》きながらいった。「お急ぎですか?」

「甥御《おいご》さんの事故のことで、ちょっとお訊《き》きしたいと思いまして。ワーウィックさんの――」

いいかけたワトキンズをタックはさえぎった。

「あ、警察の！　カーショーさんからいわれてます。キースさんの身の回りのものを見せてくれといわれたら、そうするようにと。午後には戻るから、またおいでくだされば、質問に答えますということです。入りますか？」

ワトキンズは申し出を受けることにした。イースト・ロサム署の連中は、みな情報に明るく早いと自認している。より詳しい報告を求められることだろう。

家政婦は入り口を閉め、ワーウィックの部屋へ案内した。窓が崖《がけ》へ行く小道に面していて、すでに細い流れを作り、斜面を登る人の姿が見える。刑事は眉《まゆ》をひそめたあと、室内に注意を戻した。

あまり家具もなく、殺風景な部屋だ。どのバンガローも似たようなもので、休暇を過ごすための一時的な住まいだからだろう。片隅にカーテンが引かれ、内側にコートや上着が並べてある。ベッドと椅子《いす》が二脚。衣類用の小型整理だんす。その上の壁には小さな鏡があり、若い娘の写真が留められている。肌の色が明るかったり、暗めだったり、ふくよかな感じだったり、痩せた印象だったり、といろいろだが、すべてこぼれるような笑顔を見せている。ワトキンズはあご先を向け、じっと見ているのがつらくなった。黙ってあとについてきたミセス・タックがひじで彼をそっとつつき、写真を指差した。

「わかります？」彼女は訊《き》いた。「誰だか」

「おっと！　もちろんですよ。アニー・ホードさんですね。あの美人コーラス隊のなかでは、どんなことをしているんですか？」

「さあ、訊いてみるといいですよ。もっぱらの噂《うわさ》じゃ、午後になるとたいてい、てっぺんでキースさんと会ってたってことですけどね。それに夜も。まあ、そうでしょうよ」

「テッド・ホードさんに、そんな話をしちゃいけませんよ」ワトキンズは戒めるようにいった。「あの人の耳に入ったら、どんなことになるか」

「おっしゃるとおり」タックは答え、それ以上口にするのが恐いというように後ずさりした。

刑事は顔をしかめた。テッドをこの件で混乱させるようなことにならなければいいがと思う。あの沿岸警備員は仕事もよくできるし、近隣の村やイースト・ロサムでもよく知られ、一目置かれる存在だ。唯一の欠点はかっとなりやすいことで、一、二度どうにも歯止めのきかなくなった過去がある。この頃はずっと、警察の厄介にならずにすんでいるが。

ワトキンズはもう一度、キース・ワーウィックの部屋を一回りした。特に目を引くようなものはない。リビングをのぞくと、タックがたちまちそばに来て、いろいろなものを指差しはじめた。予備のパイプ、二冊の本、ビーチシューズ、ステッキ。すべて死んだ男のものだというが、どうあれ事件の手がかりになりそうなものではない。

「趣味はありましたか？」刑事は尋ねた。

「さあ、見たところ、何も」

「毎日どんなことをしていましたか？」

「話したじゃありませんか。崖《がけ》の上で、その――」

「ええ。でも、一日中ってわけにはいかないでしょう」

「いかないって、あの人が？　ええまあ、そうでしょうよ。ごもっともなことで」

ミセス・タックは気を悪くして、もう話は終わりといいたげに、炉棚を雑巾《ぞうきん》で拭《ふ》いた。

「海辺には行っていましたか？　友達の一人や二人はいたでしょう」

「ああ、ウィントリンガム先生のことですか？　ご家族で、ときどきお茶を飲みに来ましたよ。奥さんは素敵で若くて。きれいな髪なんですよ。自然な巻き毛で、柔らかい栗色をしてて。それに、坊やのかわいいこと。でも、あの子守はいけ好かない。やけにすましてるんです」

待てよ、とワトキンズは思った。思い違いでなければ、先ほど会ったあのお節介で知ったかぶりの若い男がウィントリンガムという名だった。親しい友人だったのなら、嗅《か》ぎまわるような行動に出るのもわかる。だからといって、必ずしもそれが許されるわけではない。まあ、これ以上の話はミス・カーショーが戻ってからのことだ。いったん、引き揚げたほうがいいだろう。

ミセス・タックに礼をいい、ワトキンズはバンガローをあとにした。中にいるあいだに、野次馬がずいぶん増えていた。彼は人々から少し離れたところに座り、イースト・ロサムから応援部隊を連れて戻るパトカーを待った。

ミス・カーショーは返信料つきの電報をワーウィック家の弁護士に送り、そのままイースト・ロサムで返事を待つことにした。郵便局で必要な手続きを取ったあと、三十分ほど近くの喫茶店でひと息入れる。

ミスター・ガーサイドの返事は短く、積極的なものだった。「4ジ15フン、イースト・ロサム、ツク」——ソーリー・ギャップまで行く次のバスに乗ると、彼のほうが先にバンガローへ着いてしまう。代わる方法はただひとつ、ヘモック行きの早いバスに乗り、終点から歩くことだ。だが、カーショーはここで彼を迎えようと思い直した。喫茶店で手紙を書きながら待つうち、少し楽しみに思った。ギャップまでタクシーを使うのだ。そんな贅沢《ぜいたく》にはとんと縁がないため、余計にありがたさを覚えてしまう。

汽車は定刻に着き、バンガローへのドライブも順調だった。弁護士とは初対面だったが、その親しみやすく明るい人柄や、年輪を重ねたハンサムな風貌《ふうぼう》に、カーショーは好感を持った。自分の弁護士が頭に浮かぶ。とても好印象とはいえない。礼儀上、控えるべきとして医者を替えるのが難しいように、弁護士もそうなのだろうか、とふと思う。初めにしかるべき悔やみの言葉を述べたあと、ガーサイドは二度とキースの悲しい死については触れず、ギャップが見えるまで、いろいろな話題を口にした。おかげでカーショーは休暇の様子やバンガローのこと、景色の美しさなどについて存分に語った。

ミセス・タックが湯を沸かしておいてくれたので、お茶はすぐに出すことができた。だが、ガーサイドは二杯飲み干してからやっと、車中でも大事そうに抱えていた黒い革のかばんを引き寄せ、大きさの異なる書類を数枚取り出した。

「この件について、私の対応が性急だとお考えにならないでいただきたい」彼は切り出した。「この状況から考えて、一刻も早く事態の整理に当たらなければと思ったのです。関係者の方、すべてのために」

「とんでもない」カーショーは答えた。「お越しくださって、心からありがたく思いますわ。そうでなければ何通も手紙をやり取りして、おまけに誤解などを生むようなことがあったかもしれません」

「そうですね」ガーサイドはカーショーの聡明さをたたえる目で、彼女をまっすぐに見つめた。と同時に、つまびらかにする難しい問題について、静かに耳を傾け、集中してほしいという思いも込めながら。カーショーは椅子《いす》に寄りかかり、彼の話を待った。

「ご存知かもしれませんが、ワーウィック家とのお付き合いはかれこれ四十年になります」

「そんなに！」口を挟んではいけないと思っていたのに、ジュリア・カーショーは思わず声を上げた。

「ええ、長いんですよ。私の父がヘンリー・メドリコットさんの弁護士をしておりまして、彼が亡くなられてからは奥様のもとで仕事をさせていただきました。奥様も今朝お亡くなりになったことはおわかりですね」

カーショーは深くうなずいた。

「父が引退し、私が奥様やご一族の件を引き継いだのです。奥様の甥《おい》に当たるチャールズ・スコットさん、お姉様のクリスティーナさんのご子息ですが、一九一六年、フランスで戦死されたことはご記憶にありますね。当時六歳だった、たった一人のお坊ちゃんを残して。それが、いうまでもなく、バーナード・スコットさんです。確か、今、このお近くにいらっしゃると思いますが」

「そうです」ジュリアはぽつりといった。「いますわ」

「ちょっとその前に」ガーサイドはそういって、封筒から電報を取り出した。「よろしければ、キースさんの訃報《ふほう》に関して、ひとつふたつお話を聞かせてください。お気の毒な出来事があったばかりで心苦しい限りですが、重要なことなので。死亡時刻が知りたいのです。この電報にはありませんでしたから」

「昨夜十一時半から午前零時のあいだ、ではないかということです。何しろ、目撃者がいないもので、はっきりしたことは。少なくとも十一時半より前ではないそうです。潮の干満から考えて」

「でも、もっと遅い時間ということも考えられるでしょう」

「遺体を見た医者が、そうではないといっています」

「なるほど。今朝の九時というほど、あとではないだろうと」

「いえ、まさか。バーナードと医師のウィントリンガムさんが、ちょうどその頃、遺体を見つけたんですもの」

ガーサイドは黒いかばんを探り、小さな手帳を出すと、メモを取りはじめた。やがて顔を上げ、いった。「警察が死亡原因などについて調査していると思いますが」

「ええ。タックさん、通いの家政婦なんですが、今日、ワトキンズ刑事がいらしたといっていました。夜にならないうちに、また顔を出すそうです。バーナード・スコットも来たようですわ。あら、ちょっとまだはっきりしないけれど、今へモック方向からやって来るのは彼じゃないかしら」

ガーサイドは窓に寄り、道の遠くにいる、痩《や》せて背の高い男に目を凝らした。

「話はすぐすむのですが、先にあなたに申し上げたほうがいいのかどうか。本当に、あの青年はバーナード・スコット君かな。いや、あなたのほうがはっきりおわかりでしょうからね。遠くて、私にはちょっと。あの、キースさんが亡くなられた以上、おわかりだと思いますが――あ、そうです、バーナード君だ。五分くらいで話は終わりますよ」

そういって、弁護士はまた椅子《いす》に座り、書類を整えはじめた。ジュリアはいささか気分を害した。話の内容など、はなからわかっている。本人を目の前にしなければいえないものなのか、自分を蚊帳《かや》の外にしようとする態度に、お門違いかもしれないが、腹が立ったのだ。そして、やはり弁護士をこの人に替えるのはよそうと思った。

バーナード・スコットが道のつきあたりにある雑貨屋の前を通り過ぎたとき、男が中から出てきて、彼のあとを追うようにミス・カーショーの家へ続くわき道を歩きはじめた。同じ玄関で足を止めた二人は、お互いにぎこちなく黙り、タックがドアを開けるのを待った。タックは二人を紹介するでもなく、いきなり中へ入れた。

「バーナードさんですよ、それにさっきいったとおり、ワトキンズ刑事も」

カーショーは立ち上がり、どちらから先に挨拶《あいさつ》すべきかと迷った。二人が同時に来たことに少し慌てたし、むかっ腹を立てていたこともあり、言葉が口をついて出るに任せて話しはじめた。

「すみません、刑事さん。留守をしておりまして。イースト・ロサムへ甥《おい》の弁護士さんを迎えにいかなければならなかったものですから。こちらはそのガーサイドさんです。バーナード、ガーサイドさんがいらしたわけはわかっているわね。すべて相続できてよかったわ。でも、キースが受け取れなかったことを思うと、かわいそうで――」

彼女はそこで口をつぐんだ。三人が驚いたような顔をしていることに気づいたのだ。刑事はぽかんと口をあけ、弁護士は彼女の失礼な発言に身を固くしている。バーナードも青みがかった灰色の目に、怒りと不安を浮かべていた。

「ちょっとよろしいですか」ガーサイドがにこやかな顔を取り戻し、とりなした。「あなたが刑事さんにお力を貸すあいだ、私はスコットさんと二人で話すということにしませんか」

「どうぞ、どうぞ」ジュリアはいった。「キースの部屋へお連れして、バーナード。内密な話ができるでしょうから」

バーナードは蒼白《そうはく》だったが何も答えず、ガーサイドにドアを開け、先を譲ると、それに続いた。

ジュリアは失態を演じてしまったと小さなため息を漏らし、ワトキンズに顔を向けた。刑事は炉辺の敷物の上にたたずみ、思うところがあるかのようにちびた鉛筆を舐《な》めていた。

翌日の日曜日、キャンプの朝。子供たちの活動は二つある。昼食のバーベキューの用意と、軍隊さながらに厳格さを求められる儀式、礼拝だ。これは英国国教会の心優しい牧師が執り行ってくれる。こうして彼らは心身ともに十分に満たされる。そのあとは満腹で動きが鈍くなることでもあるし、安息日の午後を静かに過ごし、先生たちが午後のお茶を終えるまで迷惑をかけないようにしなければならない。年長の少年たちは、先生の希望どおり、そのほとんどがテントの中でくつろぐ。手紙を書いたり、雑誌を読んだり、禁止されているトランプで遊んだり。だが、幼い子供たちは、おなかがいっぱいになったことでかえって元気になってしまう。それに、食事のとき以外はじっとしていられない、まだそんな年代だ。二十人ほどの彼らは、大きなプッシュボールを出してきて、いくらか平らな空間へ転がしていく。そういった場所は、小道が浜辺から谷へ上がってくるところにしかない。そして楽しそうに、押し合いへしあいを始める。華奢《きゃしゃ》な背中を大空に向け、日に焼けた細い足を固く突っ張り、上体を前に倒す。奮闘で、顔は真っ赤だし、汗まみれだ。やがて、あちこちから押されるせいで、ボールは地面からふわりと浮き、ゆっくりと大きく弾んで離れていく。はしゃぎながら、子供たちはそれを追いかけ、捕まえ、周りを囲む。そしてまた、かわいらしい闘いを繰り返すのだった。

バーナード・スコットはテントの外に座り、そんな子供たちを見ていた。午後の監督を引き受けているからだ。ロバートソンはスティーブンソンと散歩に出かけた。先ほどまでフィアンセに長い手紙を書いていたのだが、それを封筒に入れて傍らに置き、パイプに改めて葉を詰め、火をつけたところだった。彼女に伝えた素晴らしい話を、何度も頭の中で反芻《はんすう》する。『二人はあと何か月かで結婚できる。そして大金持ちだ。きみが望むなら、あの美しい庭園のあるレディングの屋敷に住んでもいい。いつか訪ねたとき、きみはその素晴らしさに舌を巻いていたね。きみの兄さんがまだ俳優になりたいというなら、援助することもできる』それもこれもすべてはキースが崖《がけ》から落ちて、死んでしまったからだ。いや、必ずしもそうではない。たとえ彼と遺産を等分に分けていたとしても、ことはうまく運んだだろう。退屈な今の仕事に見切りをつけ、どこかで安楽に暮らしていたに違いない。だが、その程度とは桁《けた》が違う。今、彼は掛け値なしの富を手に入れ、力と権威を得ることができた。未来の義父の様子が目に浮かぶ。退役した大佐で、まったく癪《しゃく》に障る男なのだが、これで思い知らせてやれるだろう。彼は好意にすがろうとやって来て、借金の申し込みを前提に、いい話はないかなどというに決まっている。その予想図に、バーナードの胸は踊った。会うときも別れるときもつっけんどんな言い方であしらわれ、いつも傷ついていたのだ。ガーサイドは何の支障もないだろうときっぱりいった。ミセス・メドリコットの身辺はきちんと整理がついている。遺書も完全なものだ。付き添いだったミス・フルーに年金を与えること。召使や庭師に、勤続年数に応じてまとまった退職金を出すこと。友人たちにいくらかの贈り物、二、三の慈善団体へ寄付。そして残りは、メドリコット夫妻に直系相続人がいないということから――すべて彼のものになる。

また、このありがたい結論に行き着き、彼は芝草の生えたところに心地よく背中を預け、目を閉じた。ほどなく低い声が響き、また目を開けた。「すみません、先生。少しお話を聞かせてくれませんか」

すぐに相手が誰かはわかった。昨日、ジュリアおばさんの玄関先で出会った刑事だ。プッシュボールに群がっていた子供たちがゲームをやめ、闖入者《ちんにゅうしゃ》をもの珍しそうに眺めている。バーナードはみなの視線にはっとして、慌てて立ち上がった。

「テントに入りませんか」彼はうながした。「静かに話せます」

ワトキンズは身をかがめ、中へ入った。バーナードも続き、荷箱を引き寄せて椅子《いす》代わりに勧めると、自分はマットレスに座った。ワトキンズは手帳を取り出し、新しいページを開いた。

「ひとつふたつ伺うだけですから」彼は繰り返した。「ほんの少し時間をください」

バーナード・スコットはうなずいた。刑事は氏名、住所、年齢、職業、その他の経歴を書きとめていく。最後に、死んだ男との詳しい血縁関係を訊ねると、深く息をついた。バーナードが差し出した煙草を受け取り、お互いに一服する。

「ところで先生、彼とはいつ、最後に会いましたか？」

スコットは少し考えた。

「金曜日の朝です」やがてひとことといった。

「間違いありませんか？　そのあと顔は合わせず、翌日、土曜の朝、遺体を発見した、と？」

「そのとおりです」

「金曜の午後から夜にかけて、何をしていたか、お聞かせ願えませんか？」

「はい。まず、子供たちに海水浴をさせてから、おやつの支度をして、そのあと夕食までちびたちとラウンダーズ（野球に似た球技）をして遊びました。夜はちょっと出かけたんです。出がけにロバートソン先生と会ってます。ギャップから歩いてヘモックへ行ったんですよ。『小麦亭』で一杯飲んで、コインはじき《ショヴヘイペニー》をひとゲームして、また歩いて戻りました。同じ道をね」

「はあ、ずいぶんとすらすら。言っては何だが」ワトキンズ刑事はそういって、何とか一、二行、手帳に書きつけた。「何度も考えたんですな」

「当然でしょう」バーナードは少し表情を堅くしている。

「で、お帰りは何時ごろ？」

「十一時十五分。閉店時間に店を出ましたから。ここに着くと、十一時十五分でした」

「なるほど、そうなりますか」ワトキンズは思案顔でうなずいた。

鉛筆をくわえ、やや考え込んだが、また口を開いてもそのことには触れなかった。

「ロバートソンさんから、針金についてお聞きだと思うんですが。われわれが見つけ――いやその、ワーウィックさんが落ちた場所の近くにあった」

「ええ、知っています。子供たち全員に訊《き》いてみましたよ、でも――」

「らしいですね。何か獲物を持ってきたいたずらっ子がいるとか。でも、針金を置いたとは認めないそうですな。ま、無理もないことでしょう。私にはその子たち、マーティンとフリンですか、のしわざのように思えるんですがね。ロバートソン先生は、嘘《うそ》をつくような子供たちではないといいはるんですよ。罠《わな》は違う場所にしかけた、崖《がけ》の上ではない、といっていると」

スコットは肩をすくめた。

「ロバートソン先生は子供たちが大好きで、信じきっているんです。ぼくもずっと子供たち相手にやってきましたが、先生のように手放しで信用してよいものかどうか。特に、大目玉を食らいそうなときは、彼らだって嘘をつくこともありますからね」

「私もそう思いますよ、先生」ワトキンズは彼の返事に満足した。子供に対する見方が一致したからだ。それは警察官として、あまり感心しない少年たちをたくさん見てきたという経験に基づいた考えでもある。

「では、あの針金はうさぎを捕まえるために仕掛けてあったと思いますか？　子供たちがほかに作った罠《わな》と同じたぐいだと」

「ええ、おそらく間違いないでしょう」

「検死審問で、また同じことを聞かれるはずですよ」ワトキンズはいい、少なくともこの点に関しては思ったとおりの答えが出たといいたげに、手帳に一本、線を引いた。

バーナードはほっとした顔を浮かべ、これで解放されると考えたのか、勢いよく煙草の火をもみ消した。

だが、ワトキンズはそれで話をやめたわけではなかった。ひどく慎重な手つきで手帳の最後のページをめくり、中から折りたたんだメモを取り出した。そしてそれを広げ、スコットに渡した。

「見覚えがおありですね」ゆっくりといった。「もう一度、伺いたいと思いましてね。この筆跡にもしや心当たりがあればと。ワーウィックさんをよく知る者が書いたに違いないんですよ——おっと！」

刑事は素《す》っ頓狂《とんきょう》な声を上げた。メモをじっと見ていたバーナードが目を上げると、刑事は思いがけぬ身軽さで、テントの床に置いてあった筆記用具を拾い上げた。

「なんてことだ！」ワトキンズはひとことといい、バーナードの手からメモを奪うと、手元のひと綴りの紙と見比べた。「これは同じ紙じゃありませんか。どういうことです、先生？」

バーナードは黙って座ったまま、マットレスに両手を押しつけた。灰色の目で、平然とワトキンズを見る。

「メモは誰が書いたものか、わかりません。その紙はキャンプで使っているメモ用紙です」やがて、いった。「ここではみなそれに書いているんです。食堂の売店に置いてありますからね。どのテントでも見つかると思いますよ。それに丘を注意深く探せば、間違いなくあちこちに散らばっているでしょう。いろいろな目的に使いますからね」

「ははあ、なるほど。さて、今日のところはこの辺で失礼しましょうか」刑事はそう答え、見本として紙を一枚持ち、キャンプを出て行った。

子供たちは彼を追いかけ、その後姿を見ていた。やがていっせいに戻り、猿のようにじゃれ合ったり、しゃべったりしはじめた。

「どうしてそんなにやかましいんだ？」テントの入り口から、いきなりバーナードの怒鳴り声がした。

ジルとデーヴィッドは海辺に並んで座り、七メートルほど先をねらって小石を投げていた。そこには石の上に載った使い古しの缶がある。デーヴィッドは十回、ジルは二十回に一回のわりで当てることができた。ジルにはかなり時間が経ったように思えるのだが、デーヴィッドがまだ楽しんでいるので、頑張って続けている。ともあれ、ニコラスと遊ぶためにはいい鍛錬になる。何といっても、彼の遊びにはきりがないからだ。

ニコラスは遠く、水辺に子守といて、岩によじ登ったり滑り降りたり、かと思えば岩のあいだにできた、海草が揺らめく小さな水溜りにしゃがみこんだりしている。

「つまらないな、こう潮が引いてちゃ」デーヴィッドはそういって、うまく当たりそうな大きめの石を投げ、缶を倒した。面倒で、それをまた立てに行く気はない。「泳ぎたいよ」

ジルも大いに喜びながら、寝そべった。

「どうしてそういつも何かをしたいわけ?」不満をいった。

「うーん、そりゃ火曜日に帰らなきゃならないからだと思うよ」

「ああ、お願い、帰らないで」

「ぼくだってそうしたいさ」彼は妻の肩に頭を寄せた。

ジルは夫の髪を、やさしく慣れた手つきで撫《な》ではじめた。デーヴィッドはその手を取り、唇に持っていく。

「安らぐね、だけど子供をあやしてるみたいだ」彼はつぶやいた。

「あら、デーヴィッド、そんな！　婚約時代だって、髪を撫でてあげたじゃない」

「うん、気持ちよかったな。新鮮な感じがして」

「その前にも、ほかの人にしてもらってたくせに」

「きみみたいに、どきどきさせてはくれなかったよ。ぎこちなかったり、気取ってたり、計算づくだったり。へたくそで煩わしいだけのこともあった」

「今じゃ、わたしの手も煩わしいってこと？　何よ、骨みたいにこちこちの髪のくせに。どうして髪の撫で方なんてくだらないことで、喧嘩《けんか》になるの？」

「『骨』とはひどすぎるな」デーヴィッドは頭を悔しそうに軽く叩《たた》きながら、いった。「いくら強い整髪料を使ってるからって、『エナメル』ぐらいにいってよ」

「わたしたち、いったい何の話をしてるの？」ジルは身を起こし、両手でひざを抱えた。

「どうやら、きみの母性はまだ満たされていないようだね。撫でられていると、何だかニコラスになったような気がして来るんだ。きみにそんなつもりはないんだろうけど――」

「で？」

「ニックはこの頃ちょっとわがままになってきたと思わないかい？　せっつくわけじゃないけど、年の近い家族が必要なんじゃないかな、彼の頭をぽかんとやるような」

「えっ、次は女の子がほしいのに」

「どっちにしろ、喧嘩《けんか》はするさ。女の子だったら、顔をひっかくかも」

「小さいときはそうね。ひっかいたり、かみついたり。わたしも一回、弟にかまれたことがあるわ。血がにじんじゃって」

「きみがしつこくしたんだろう、きっと」

「デーヴィッド、女を馬鹿《ばか》にするような言い方はやめて。いったいどうしちゃったのよ？」

彼は顔を妻の腕にすり寄せて、つぶやいた。「もうすぐ、きみと離れるからじゃないか。ほかにどんなわけがある？」

「パパ！」ニコラスが遠くから叫んだ。

バケツを揺らしながら、両親のもとへ向かって来る。やがて二度ほど転び、子守がバケツを持ったので、少し歩みが早くなった。大切なことを知らせたいという気持ちでいっぱいなのだろう。今にもつんのめりそうな姿だ。

「パパ！」着くなり、息もつかずにいった。

「どうしたの？」

「き、きゃに。ニッキー、きゃに！」

デーヴィッドは息子を胸に乗せた。

「おりこうだね。どこで見つけたの？」

「うみ。きゃに」手柄の入ったバケツを持つ子守を指差す。するとまた新しいことを思いついたらしく、父の胸にまたがり、どんどんと身体を弾ませた。

「お馬。パパ、どうどう！」

「こらこら、だめだったら。パパは降参」

ニコラスはこの最後通告を呑《の》み、ジルのもとへ身を乗り出した。彼女の両手をどけ、曲げたひざに危なっかしい体勢でよじ登った。

「ママ、お馬は？　お馬、ママ？」

ジルは聞き入れ、ニックをひざで揺すりはじめた。ニックの笑い声が楽しげな叫び声に変わっていく。やがてフィナーレ。「はい、ドボン」のかけ声とともにひざから下りる。そして転がり、身をよじって笑った。

子守がバケツを持ってそばに寄る。

「かにさんよ、ニコラス。ママに見せてあげたら？」

「きゃに」ニコラスは気乗り薄な声を出し、ジルのひざに戻った。「お馬！」駄々をこねるように叫んだ。

「これは貴婦人の乗り方、パカパカパカパカ。これは紳士の乗り方——」

「ニッキー、お絵かきをしてもらいなさい。ママが汗びっしょりになっちゃうぞ」

子守は座り、ひざに紙を広げて絵を描きはじめた。

「ぼく《ミー》」ニコラスはそういって、立ち上がった。「ぼく——ぼく！」

「ぼくを描くの？　できるかしら」

「ちがう」何とかわかってもらおうとして、上手にしゃべろうとしている。「ニッキーじゃないの。ぼく」

「ナニー！」唐突に、デーヴィッドが叫んだ。不思議でたまらないといった興奮した声だ。

子守は驚いて顔を上げた。

「どこでその紙をもらったの？」

「このあいだ、確か金曜日の朝、スコットさんが置いていったんです。坊やに動物の絵を描いてあげていました。先生が奥様と泳ぎに行かれていたときに」

「そのクレヨンも？」

「はい、これも置いていきました。落としたのかもしれませんけど。スコットさんが行ったあと、ワーウィックさんがそれで何かを描いていました。それとも、あれは午後のことだったかしら。でも、スコットさんが持ってきたのは確かです。帰り際に片付けていたとき、見つけました。今度お会いしたらお返ししようと思っていましたが、それ以来いらっしゃらなくて」

子守は口をつぐんだが、何かいいたげに崖《がけ》を見上げた。デーヴィッドは紙とクレヨンを手に取った。薄く線の入った水色の紙。ばらばらになった四枚だ。そしてクレヨンは、間違えようも忘れようもない、あの明るい緑だった。

4

八月三日、火曜日、一般公休日《バンク・ホリデー》の翌日。キース・ワーウィックの検死審問が、イースト・ロサムのメソジスト・ホールで開かれた。死亡時刻は先週金曜日の七月三十日、午後十一時半ごろ。検死結果とガトリー巡査による潮位からの推定に基づき、そう判断された。バーナード・スコット、ミス・カーショーはともに証人として召喚されたが、身元確認と、自殺の可能性を否定する正式な発言をいくつか求められたに過ぎなかった。

陪審団がいささかためらいがちに下した評決は「事故死」だった。全員一致の結論だが、死因は「腕白盛りの児童がうさぎ捕りの目的で草むらに置いた罠《わな》に足を取られ、転落した」ことだという。

二人の少年、マーティンとフリンは初めこそ潔白を声高に主張していたものの、検死官の尋問によって、混乱し、口ごもるようになり、やがてさらに手厳しい追及を受け、泣き出してしまった。怒った陪審員は評決文に、少年とその無分別な行いによるもの、と付け加えた。

ロバートソンは懸命に二人を擁護したが、無実を証明する手立てがなく、慇懃《いんぎん》に発言を無視され、激怒した。謎《なぞ》のメモについてはワトキンズ刑事部長が答えた。当の証人が否定したにも拘らず、その説明は陪審員をまた納得させるものだった。なぜなら、刑事はアニー・ホードが事件当夜、キースと会っていたことを明らかにしたからだ。しかもその時刻は、転落の少し前だったという。十五分ほど、家の門の外で彼と話をしたが、中からドアの閉まる大きな音が聞こえたため、部屋にいないことを父に見つかるのではと恐ろしくなり、逃げるように帰ったらしい。彼女は涙ながらにメモとの関連を否定した。キース・ワーウィックに抱いていた好意は軽く無邪気なものであり、その夜会うことは口で約束した。そのようなものは書いていない、と。そして、次のことを認めた。キャンプで使っている筆記用紙は丘のあちこちに落ちている。少年たちがその紙で、投げ矢やそのたぐいの遊び道具を工夫して、遊ぶからだ。緑色のクレヨンは、弟が学校で使うクレヨンの箱に混じっている。だが、その箱に触れたことはない。

テッド・ホードは娘の行動が露見したことに苦虫を嚙《か》み潰《つぶ》したような顔をしていたが、ともあれ二人のデートを裏付ける証言をした。ばたんというドアの音で目を覚まし、直後に娘がまた部屋へ入る気配がした。窓の外を見ると、少し先、小道を上がったところに懐中電灯の光が見え、そのなかに黒い人影が浮かんでいた。男はだんだん遠くへ行き、電灯を消した。

それ以降、戻ってきた様子はない。テッドはまた寝床につき、朝が来たらアニーに意見しようと心に決めた。だが翌日、その機会をうかがっているところへ、例の若者が死んだという知らせが入った。それでこの件については一切口外しないことにして、うまく立ち消えになればと願った。アニーの行動から考えて、検死官は父の沈黙も無理からぬこととみなし、陪審員はメモに関するアニーの証言は嘘《うそ》だとあっさり片付けた。というのも、アニーは死んだ男との関係を控えめにいっている、それは彼らの知るところだったからだ。どうあれ、キース・ワーウィックは誰かに呼び出された。そして、アニーに会っている。この二つの事実が結びつかないとは考えにくい、という見解に落ち着いたのだった。

デーヴィッド・ウィントリンガムはそうは思わなかった。イースト・ロサムからの道すがら、先ほどの評決は腑《ふ》に落ちない、やり取りのなかで非常に気がかりな点もいろいろあった、という思いを強くしていた。たとえば、ワトキンズ刑事がまったく明らかにしなかった事柄がいくつかある。いい忘れたのか、それとも持論にそぐわないという理由で捨て置いたのか？

それにロバートソン。少年たちがとがめられ、激昂《げっこう》したが、詳しい事実を突き止めてやるといいたげな強い感情を押し殺してもいた。怒りを鎮め、教師という公務にある者の自覚を取り戻したとき、新たな証拠として何を示そうと思ったのだろうか？　デーヴィッドはできるなら警察の先手を打ち、ロバートソンの力になろうと決めた。

バーナード・スコットのこともある。彼に対してはきりがないほど疑問があり、今この運転中の身では考えたくないとさえ思う。イースト・ロサム、ヘモック間の道は丘陵を鋭角に曲がって海へ向かう。ごみが散らかっているという理由ひとつをとっても、たいへんな注意を要する。堅い危険物も転がっているし、休日の昨日、浮かれて騒いだ連中が撒《ま》き散らしたせいでさんざんなありさまだ。

ヘモックに着き、デーヴィッドは「小麦亭」で車を止め、外へ出た。昼食には戻れないだろうと、ジルにはいってきた。思いのほか早く陪審は終わったが、空腹でトレーラーに戻り、家事の段取りを狂わせては悪いと思ったのだ。それに「小麦亭」がどんな様子か見たいという気持ちもある。

女のバーテンは古くからの知り合いで、デーヴィッドは挨拶《あいさつ》を交わし、ビールとサンドイッチを頼んだ。そして天井の低い部屋へ行き、奥に陣取った。そこにはコインはじきの平盤が二つ載った、頑丈な木のテーブルがある。くたびれた山高帽をかぶり、のどから耳元までを覆うひげ面の老人がハーフパイントのビターをひと飲みしてはコインを親指で突いている。じっくり正確に狙《ねら》いをつけ、穴に落としていく。

「ひとつ、やりましょうや」

イステッドというその年寄りは気さくに声をかけてきた。デーヴィッドは彼に相手をしてもらえる数少ない旅行客の一人だ。

「ええ、いいですね」

老人はコインをひと塊にしたあと、台から少し離れ、パイプに火をつけた。デーヴィッドが平盤に向かう。だが、それが木製よりずっと滑りやすいスレート製だということを忘れていて、強くはじきすぎてしまった。二枚のコインは上の縁まで飛んでいき、あとの三枚も一枚が四列目の得点圏に入っただけだった。

「初めっから、ちと飛ばしすぎですな」イステッドがやんわりと釘をさした。「手前の列から入れていくといい」

そしてひとしきり手ほどきを続けると、三枚を並べて前列に、二枚を二列目にきっちりと入れた。だが、うち一枚が狙《ねら》いどおりではなかったらしく、それをすっと取り除けた。

「きちきちだ」しくじったことに首を振り、そう漏らす。「あまりにも近すぎた」

「お見事ですね」デーヴィッドはつくづく感心しながらいった。

「年季、ですかな」老人は答えた。「かれこれ六十年もやり続けてりゃ」

お互いに飲み食いしながら、二人はのんびりとしたペースでゲームを続けた。イステッドはビールを飲み干して、デーヴィッドに振舞われた二杯目に口をつけた。残りの客も寄ってきて、二人のゲームを見はじめ、デーヴィッドがうまく入れると、控えめに声援を送ってくる。

「時間ですよ、みなさん」いきなり、店の女が叫んだ。

「おっと!」食べ終えてはいたものの、デーヴィッドのゲームはあと少しで片が付くし、面白くてたまらないところだ。みな早く切り上げてしまおうと、心持ち慌てはじめた。だが、イステッドだけは悠然と構えている。

「閉店です」

「そこを何とか」デーヴィッドは頼みこんだ。「五分だけ」

「あいにくですねえ。時間厳守なもので」

客はしぶしぶ席を立ち、日差しの中へ出て行った。

「どうしてあんなに急かすんです?」デーヴィッドは車へ向かいながら、横にいるイステッドに訊《き》いた。

老人はふっと笑った。

「びくついてるようだったな。いなかったからわからんだろうが、このあいだの晩、時計が止まってましてね。みんな十一時くらいまで残ってたんですよ。そんなありがたいことはめったにありゃしない。サムの顔は見ものだった。ダーツをしていた人が声をかけたんですよ。『今何時?』ってね。『十時十五分』とサムが答えたら、見かけない顔の男が『そりゃ違う、六時のラジオの時報に時計を合わせてきた。もう十一時だ。時計が止まってるんじゃないか』なんていいましてね。サムのあっけに取られた顔ときたら。『閉店です』いきなり叫びましたよ。『とにかく急いで！』わしらは五分とたたないうちに外へ出されてしまった」

「いつのことですか？」

「先週の金曜日だったな」

「サムはまずいことに？」

「いや、まさか。だれもガトリー巡査に告げ口などしやしないし、もし小耳に挟んだとしても、ほら、彼は物分りのいい若者だ、聞かなかったことにしてくれますよ。サムはわざと閉店を遅らせるようなやつじゃないですしね」

「へえ、なるほど。人生とは驚きの連続だ」デーヴィッドはそういって、車に乗り込んだ。「お手合わせをありがとうございました。また今度、続きをやりましょう。それじゃ」

走り去りながら、彼はミスター・イステッドに心の底から感謝すべきだと思った。

ジルは寝そべり、雲ひとつない空から降るように響く、高らかなひばりの歌に耳を傾けている。生暖かい草の香りと潮の匂《にお》いが混じりあい、息をするたび、鼻腔《びこう》をくすぐる。トレーラーのなかの薄暗がりはとても落ち着く。遠くから車の音が聞こえた。顔を上げ、両手にあごを乗せて外を見る。谷の道をがたごと揺れながら、ゆっくりと一台の車が近づいてくる。だが、まだ動きたくない。デーヴィッドはトレーラーの脇《わき》に車を停め、降りて伸びをした。彼女はようやく半身を起こし、片手でひじ枕をつくと、そっと声をかけた。「ねえ、あなた、いかがでした?」

「ああ、きみか、会いたかったよ! どうしてそんなところにいるの?」

「ナニーがニコラスをお散歩に連れていったのよ。たまには気分を変えたほうがいい、っていって。だから、わたしも気分を変えることにしたの。審問のことを聞かせて」

「着替えるから、ちょっと待って。あっ、そうだ、明日からこういう服を着る暮らしに逆戻りか、やれやれ」

「かわいそう! 何ていってあげればいい?」

「別に。そのまま見ていてくれればいいよ」

「ドアは開けておいて大丈夫よ。わたしはここから見てるわ。今、この辺りにはだれもいないから。スティーブンソン先生は子供たちと牧場へ行ったの。子羊に所有の印をつけるところを見せるんですって。学ぶものがあるんじゃないかって——子供たちがね」

「どうりでやけに静かだと思ったよ。そういうことだったのか。お茶の前に泳ぐ?」

「あなたがそうしたければ」

「わかった。じゃあ、とにかく着替えを放って」

彼はジルが投げた水着にすばやく着替え、トレーラーの外へ彼女と一緒に出た。イースト・ロサムでの審問の成り行きをざっと説明し、イステッドに聞いた話を付け加えた。

ジルは興味深く耳を傾け、考え込むようにいった。「だったら、バーナードは十一時半から十二時のあいだに帰ってきたことになるわね。キースが落ちた時間に」

「そのとおり」

「バーナードは谷のほうから帰ったの、それともギャップ？」

「何もいってなかった。あの夜の行動については訊《き》かれなかったんだ。でも、例の太っちょ刑事が審問の前に訊いてるかもな。きっと答えは筋が通ってたんだろう」

「三十分ほど遅い店じまいだったってこと、ワトキンズ刑事にいってないんじゃないかしら」

「ぼくもそう思う」

ジルは長い草を一本むしり、物思いにふけりながら、それを噛《か》みはじめた。

「何回いったらわかるんだ」デーヴィッドがいった。「放線菌症（ある細菌が人間や家畜の口や消化器官に入り、化膿症状を引き起こす病気）にかかったら、ひどい目に遭うぞって」

「いいじゃない」ジルはいった。「この草は何でもないってば。そんなにうるさくいわないで。こうするとよく考えられるんだもの。次はニコラスに抗破傷風血清を打つっていうつもり？　まったく、あの子がひざをすりむくたびなんだから」

「そうしなきゃならないからじゃないか」

「ああ、そうですか。そのあと具合が悪くなって、それを看病するのはだれ？　わたしに決まってるのよ、うんざりだわ。いっておきますけどね、あの子は――」

「バーナード・スコットのことだけど」デーヴィッドが穏やかに、妻の言葉をさえぎった。「どう思う？　人格的に見て」

「わからないわ」ジルはまた草を選びながら、ぽつりぽつりと答えた。「最近、悩んでいたのよね、フィアンセのことで。その人のお父さんがほかの人、もっとお金持ちと結婚させたがってるって聞いたわ。バーナードは心配してるのよ、いえ、してたっていったほうがいいわね。ほとんど会えないということもあるし、彼女がごたごたを避けてお父さんの言うとおりに流されていくんじゃないかって。変わってるわ。ものすごく気が小さいのね、きっと。だから、かえって虚勢を張っているのよ。やりにくいタイプだと思うわ、わかるでしょう？」

「うん、そのとおりだよ。きみも同じように感じているかどうか、訊いてみただけなんだ」

「デーヴィッド」ジルは一瞬、間を置き、続けた。「本当に事故だったの？」

「キース・ワーウィックのことかい？」

「え――ええ」

「いや、違う」

「まあ、デーヴィッド!」ぞくりと身を震わせ、真横に来たジルを、デーヴィッドは片手で包み込むように引き寄せた。「じゃあ、いったい――だれの仕業かしら?」

「たぶん、メモを書いた人間だよ」

「アニー・ホードではない、のね?」

「アニーが書いたなんて、ぼくがいったことがあるかい? それどころか、彼女じゃないと断言できるね。あの家に行って、弟のクレヨンとやらを見てみるよ。でも、きっと微妙に違う色だと思う。ワトキンズ刑事はちょっと目がおかしいのさ。何たって、ほらあの、バーナードがナニーのところに置いていったっていうクレヨンが、間違いなく同じ色なんだから」

「針金はどうして子供たちが仕掛けたんじゃないと思うの? そうかもしれないわよ」

「位置がおかしいよ。崖《がけ》に沿ったくぼみに、うさぎの巣穴がいくつかあるけど、あんなところにはどう考えてもないからね。うさぎだって御身大切さ。崩れやすい崖っぷちに穴を掘るわけないよ。あそこでうさぎが獲れるなんて思うのは、虫けら程度のおつむの人間だけさ。それに、刑事が見逃していることがあるんだ」

「何を?」

「あの柵《さく》は動かされてる。前より崖っぷちに寄っている部分が三つあるのさ。七十センチほど手前に、昔、柵の刺さっていた穴が残ってる」

ジルははっと息を呑《の》んだ。顔色が少し青白い。

「ワトキンズ刑事には話してないの?」

「うん。土曜に会ったきりだからね。審問でそのことに触れるかなと思ったけど、やっぱり違った。のっけから事故だと決めつけてたんだよ、きっと」

「これからいうつもりはないの?」

「ないね」デーヴィッドが頑としていったので、ジルは驚いて彼を見つめた。「もうたくさんだ。これはものすごく汚い話だし、裏にはいろいろなことが隠されている。金持ち、とはいえ中流の上ってところの過去をほじくり返すと、得てして生臭い話ばかりが出てくるものさ。だから、これ以上首を突っ込む気はないよ」

ジルは彼の腕をぽんとたたいた。

「賛成。あなたに探偵みたいな真似をしてもらいたいなんて、これまで一度も思ったことがないわ。さあ、泳いで、忘れましょうよ。お気の毒なワーウィック家のことも一族の揉《も》め事《ごと》についても」

バーナード・スコットはトレーラーの脇《わき》で足を止め、夕食を終えたウィントリンガム夫妻を遠慮がちに見つめた。

「少しだけお話があるんです、ウィントリンガムさん」

「ああ、どうぞ」

「二人でお話して、バーナード。コーヒーを入れるところだったの。あなたもいかが?」

ジルはさっと立ち上がった。スコットはおずおずといった。「気を使っていただいて、すみません。ちょっと個人的なことなんです――でも」

「キース君に関係した話なら、ジルはぼく同様よくわかっているよ」デーヴィッドが彼の表情を読むようにいった。

バーナードは眉間《みけん》にしわを寄せたが、落ち着いて答えた。「ええ、その話です。検死審問の結果はよくおわかりですね、あの場にいらっしゃいましたから。ぼくには何もかも筋が通っているように思えたんですが。あのあと、ロバートソン先生がぼくのテントにやって来て、妙なことをほのめかしたんです。ぼくがあえていっていないことがあるんじゃないかって。いったいどういう意味か訊《き》きましたよ。すると、あの晩、ぼくがテントに帰ったとき、懐中電灯の光を見た、それは――」

「十一時四十五分くらいだった」デーヴィッドがあとを引き取った。

スコットは驚いたように眉を上げた。

「周知の事実、なんですね」苦い顔でいった。「痛くもない腹を探られに来たようなものだな」

「ばかな」デーヴィッドはいった。「だれもきみのことを探ってはいないよ。ぼくは『小麦亭』で聞いただけさ。店の時計が止まっていたってね。だから、だいたいその頃だろうと思ったんだ。肝心なのは、きみがそのことを巡査にいったかどうかさ」

「嘘《うそ》偽りなくいいましたよ」バーナードは憮然《ぶぜん》としていった。「店が閉まってから帰ったって」

「ふふん」デーヴィッドは鼻を鳴らした。「そういう答え方は子供たちから教わったのかい?」

「失礼な!」バーナードはむきになっていった。「侮辱されに来たんじゃありませんよ」

「じゃあ、いったい何のためだ?」デーヴィッドはトレーラーに寄りかかり、客に冷たい視線を投げた。「ま、ともかくコーヒーを飲もう。ジル!」

「はい、あなた」

「コーヒーは?」

「もうすぐよ」

バーナードは恐縮しながらカップを受け取ったが、明らかにデーヴィッドの言葉に傷ついていた。

「さて」デーヴィッドはコーヒーを置いて切り出した。「すねたり怒ったり、もういいだろう。いいすぎたなら、謝るよ。問題はこういうことだと思う。ロバートソンさんは、少年たちが濡《ぬ》れ衣《ぎぬ》を着せられた、とまだ腹を立てている。それに、ひとつおかしな点に気づいていた。きみは正直に話していない。そこを突いて、もっと徹底的に調査をしてもらおうと躍起になってるんだ。そうすれば、ボーイ・スカウトの汚名をすすげるとね」

「そうですね。行きも帰りも谷側を通った、といくらいってもだめなんです。信じてくれない。ぼくとしては、テッド・ホードがあの罠《わな》を仕掛けたんじゃないかと。もうアニーに会うな、って前にキースを脅かしていたことがありましたから」

「じゃあ、評決とは違って、きみもぼくたちと同じように、キースは殺されたと思っているんだね？」デーヴィッドはさらりといった。

バーナードのスプーンが、受け皿から草の上に落ちた。何気ないふりをしながら、かがんで拾う。

「怪しいのはテッド・ホードですよ」くぐもった声でいった。

「しかるべきところに、きちんと話したのかい？」

「いいえ。そんなことをしても何もならないと思ったんです。結局、キースは死んでしまった。ぼくがこんなことをいっては何だが、彼はあまり品行方正ではなかったですしね。とにかく、事を荒立てて何の得になるのかと――」

「ハバードおばさん戸棚へ行った」デーヴィッドはある唄をそらんじ始めた。「犬に骨をやろうと、でも戸棚はぎっしり、おうちの人の骸骨《がいこつ》がつまってた、だから途方に暮れちゃった」

「変な替え歌はやめて、デーヴィッド!」少しむせながら、ジルがいった。

「いいえ」バーナードが答えた。「そう思うのも当然でしょう。どうやら、キースが死んだことでリリアン大おばさんの遺産をぼくがすべて受け取るということが、この話の元凶のようだな。でも、たとえ疑いをかけられても、そのうえ何も無実を証明する手立てがないとしても、絶対に犯人はぼくじゃない。ロバートソン先生が子供たちの仇を討とうと変なことを言い出せば、噂《うわさ》は広まり、ぼくの学校にも伝わるでしょう。それだけじゃない、ぼくの婚約者のところにも。ユーニスは信じないだろうけど、あの親父さんは鵜《う》呑《の》みにしますよ。ぼくを嫌ってるから」

「情けないわね!」ジルがいった。「遺産が入ったら、結婚して楽しく暮らせるじゃない」

「贅沢三昧《ぜいたくざんまい》にね」デーヴィッドも嫌味をいった。「つまり用件は、きみの身になって、どうしたらいいか考えてくれってことかい?」

「それだけじゃなくて」バーナードは彼の皮肉には構わず、答えた。「あなたがどんな方かは知っています。以前、ある事件を見事に解決なさったことも。ですから――お願いです」

バーナードはごくりとつばを飲んだ。「真相を突き止めてください。お金は払います。もうじき入るはずですから――」

「いや」デーヴィッドはいった。「ぼくは金のためにそういうことはしない、愛情からだよ。本業とのかけ持ちはよくないしね。それに、思い切りやりたいようにやれないと」バーナードを見すえ、続けた。明るい灰色の目と濃い灰色の目がまっすぐにぶつかり合う。だが、その視線の底には冷ややかなものが流れている。

「わかりました。お金のためではないとおっしゃるなら、それはそれでお任せします。引き受けてくれますか？」

「うーん」デーヴィッドはパイプに煙草を詰めはじめた。「まずは、きみの一族について、もう少し詳しく聞いてからだな。ひと息入れて、頭を整理するといい」彼は煙草入れをぽんと投げると、背中にクッションを当て、トレーラーに寄りかかった。

ジルはコーヒーカップを車内に戻し、ほどなくプルオーバーを肩にかけ、その両袖《りょうそで》を首の前で絡めながら出てきた。そして階段の一番上に座り、ひざについた両手にあごを乗せると、会話のゆくえを見守った。

「ええっと、リリアン大おばさんのことから話したほうがいいですね。ぼくの曾《ひい》おじいさん、ジェームズ・ワーウィックの次女なんです」

「ちょっと待って」デーヴィッドは彼を止め、ポケットを探って、紙と鉛筆を取り出した。

「家系図を書くよ。ジェームズ・ワーウィック、っと。はい、続けて」

「ジェームズには八人の子供がいて、そのうち三人は赤ん坊のときに亡くなっているはずです。残りの五人はジェームズ、クリスティーナ、ヘンリー・メドリコットと結婚したリリアン、エミリー何とかって人と駆け落ちしたブルース、そしてアグネス、この人はジョン・マクブライドと結婚してます」

「そうか。これでよし。次はそれぞれの子孫だな。ジェームズから始めて」

「同じジェームズという名の息子が一人、そのジェームズにはフィリスという娘がいました」

「またいとこに当たるわけだな。きみと同世代だろう？　何があった？」

「四年前、海で溺《おぼ》れ死《し》んだんです」

デーヴィッドはさっと目を上げた。バーナードはパイプの火が消えたので、鉛筆の先で押しながら煙草を詰めている。

「クリスティーナは？」

「ぼくの祖母です。父と叔父の二人、息子がいました。どちらも戦死したんですが、叔父は結婚しなかったんです。母は一九二三年に死にました。ぼくは一人っ子です」

「で、メドリコットに嫁いだリリアンと。子供はいたの？」

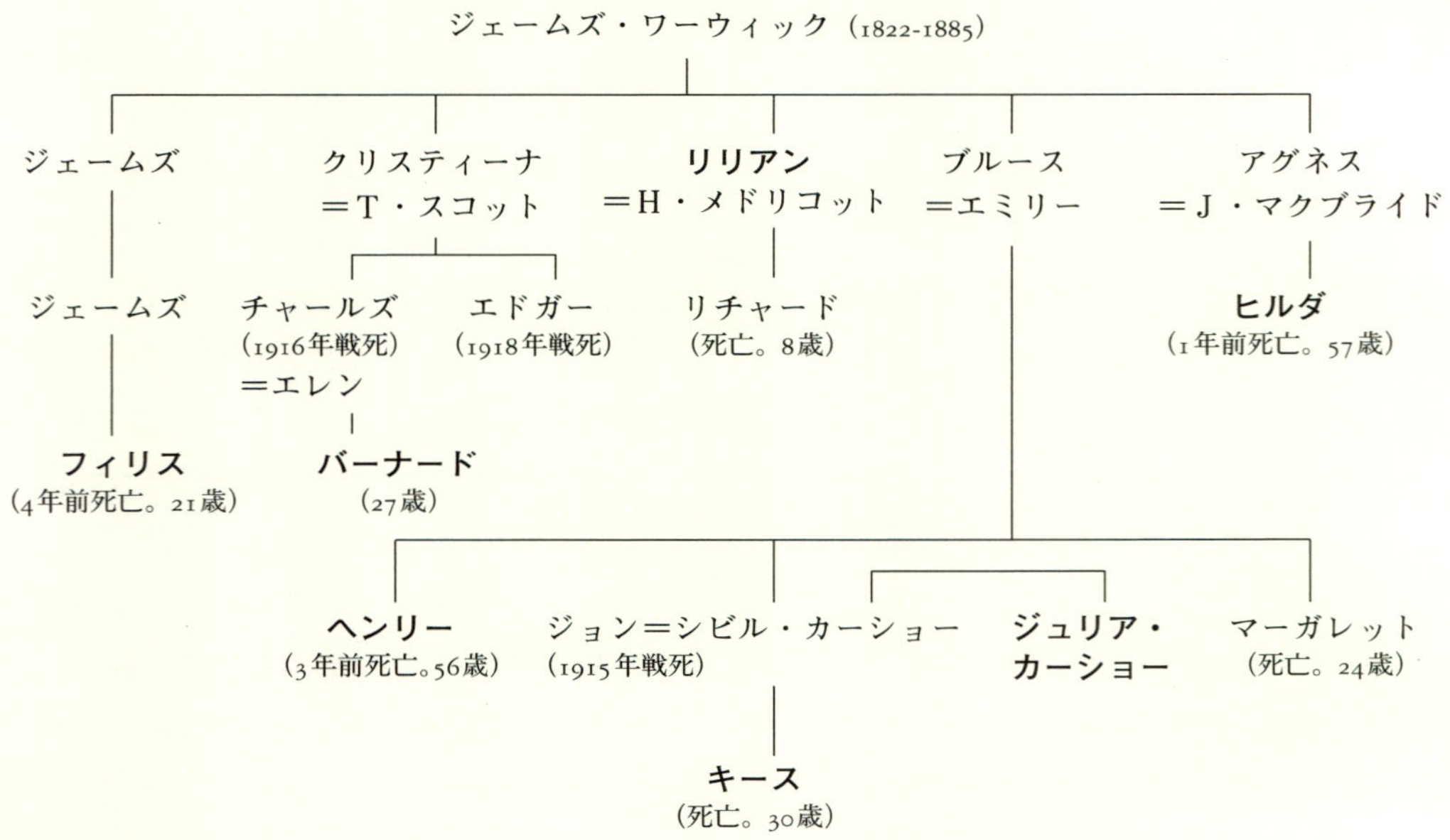
ジェームズ・ワーウィック（1822-1885）
ジェームズ
クリスティーナ
＝T・スコット
リリアン
＝H・メドリコット
ブルース
＝エミリー
アグネス
＝J・マクブライド
ジェームズ
チャールズ
（1916年戦死）
＝エレン
エドガー
（1918年戦死）
リチャード
（死亡。8歳）
ヒルダ
（1年前死亡。57歳）
フィリス
（4年前死亡。21歳）
バーナード
（27歳）
ヘンリー
（3年前死亡。56歳）
ジョン＝シビル・カーショー
（1915年戦死）
ジュリア・
カーショー
マーガレット
（死亡。24歳）
キース
（死亡。30歳）

「男の子がいたんですが、八つのときに亡くなったそうです」

ジルが、お気の毒に、というように声を上げたが、彼らは気に留めなかった。

「ブルースとエミリーにはヘンリー、ジョン、マーガレットと三人子供がいて、確かマーガレットは一九〇五年に死んだはずだな。キースの父親がジョン。やはり戦死で、伯父のヘンリーは生還したんですが、三年前、糖尿病で逝きました。カーショーさんがワーウィックじゃないのは、キースのお母さんの妹だからです」

「わかってるよ。あとはアグネスとマクブライドだな」

「二人にはヒルダという娘が一人。去年、事故死しました」

「事故死？」

「軽馬車に乗っていたとき、馬が暴走して、バスの前に投げ出されたんです」

デーヴィッドはできあがった系図をしげしげと眺めた。

「幸運な一族とはいえないようだな、戦死した人は別にしても」デーヴィッドはぽつりといった。「フィリス・ワーウィック溺死《できし》、キース・ワーウィック転落死、ヒルダ・マクブライド轢死《れきし》。で、ヘンリー・ワーウィック、いや、彼は病死だが」

「どういう意味です？」バーナードは大声を出した。太陽が沈み、辺りは薄暗くなりかけている。それでも、はっきりとわかるほど彼は顔色を変えていた。「すべて事故じゃありませんか。何をおっしゃりたいのか、さっぱりわかりませんね!」

「そう?」デーヴィッドは静かにいった。「そんなことはないさ。だから、ここへ来たんじゃあないのかい? でも、ぼくにいわれるまで、確信はなかったんだよ。それでもまだ、キースの死因について、ぼくに調べてくれと?」

バーナードは口ごもり、やがて、勢いよく立ち上がった。

デーヴィッドも続き、彼と向かい合った。

「なおさら、そうお願いしたいですね」

「どんなことがわかってもいいんだね? いっておくが、ぼくは徹底的にわかるまで、投げ出しはしないよ」

「もちろん、構いません」

「よし、決まった。ロバートソン先生にあの晩のことを話して、このぼくも先生と同じようにそのことについては知っていた、というんだ。そうすれば、思いとどまってくれるだろう。何しろ、きちんとした人だからね。ただ、子供たちのことで怒っているだけなんだよ」

「ありがとうございました」スコットはそれだけいって、ウィントリンガム夫妻と握手をし、闇《やみ》のなかへ消えていった。夫妻は彼の瘦《や》せた後姿を黙って見送った。

月のない夜だが、満天に星が輝いている。ジルが顔を上げ、じっと夜空を眺めていると、デーヴィッドが後ろから近づき、両手をその肩に置いた。

「さあ、おいで。冷えてしまうよ」

「だいじょうぶ。星ってきれいね。ああ、デーヴィッド、明日から寂しくなるわ！」

「ぼくだって！」

「そばにいてくれないと、自分が半分になってしまうみたい」

「そうだね」

「こんなに好きでいられるなんて不思議なくらい。もっと前に、少しずつ醒《さ》めていくものだと思っていたわ」

デーヴィッドは彼女の胸に手を滑らせた。

「ほら、おしゃべりしていると夜が終わってしまうよ。入ろう」

第二部　メイダ・ヴェール

5

水曜日の朝、デーヴィッドは心を残しながらも妻に別れを告げ、車でロンドンへ向かった。研究病院《リサーチホスピタル》で、初級内科医として勤務しはじめて、ほぼ二年になる。今日は二時から外来診療に当たらなければならない。出発も気が重かったが、南からの二本の道がV字を描くように合流し、その幅広い先端に当たるパーリーへ入った頃から、彼はますます憂鬱《ゆううつ》な気持ちになっていた。のろのろと進んでは停止してばかりで、さっぱりヴォクソールへ上ってゆけない。この二週間を思うと、周りがあまりにも違いすぎて、うんざりする。熱く焼けた砂利道。電車のレールがぎらぎらとまぶしい。埃《ほこり》っぽく、ごみの散らかる街路。人と乗り物であふれた都会の喧騒《けんそう》。少しのあいだ、そういった不快さに対する免疫をなくしていた者にとっては、すんなりとなじめるはずもない。田舎から帰ったときはいつもそうなのだが、ヴォクソール橋から病院への道すがら、彼はなぜ、こうも環境の悪いところに仕事場を選んでしまったのだろうと考えていた。だが、大急ぎで昼食をすませて白衣に着替え、外来病棟に行くと、答えが出た。診察室の外に並ぶ長椅子《ながいす》に、患者がずらりと待っていたのだ。この大都会をおいてほかに、自分の望むような研究対象がこれほどまでそろう場所があるだろうか。国中どこを探しても、興味のある、特殊な症例が次々にもたらされるところはここにしかない。それに、多くの症例がなければ、研究など無意味だろう。特に、診断というものが実験室で単純明快な答えを出すようなわけにはいかない、臨床の分野においては。彼は最前列の長椅子に積まれた新患の書類をしっかりと目に入れ、診察室に入った。

看護婦は窓の外を眺めていた。

「こんにちは」デーヴィッドは声をかけた。「あまりいい眺めじゃないね。サウスダウンズは今――」

看護婦ははっと息を呑《の》んだ。「まあ、ウィントリンガム先生、こんにちは。びっくりしましたわ。いいお顔色じゃありませんか。すぐ始められます？　初めの方をお呼びしますね。そのレントゲン写真は、かかりつけの医師が撮ったものだそうです」

「贅沢《ぜいたく》な人だな」デーヴィッドはつぶやいた。「それとも実際、一流医のいるハーリー街に行くべきような患者かい？」

「さあ」看護婦は笑みを浮かべながら答えた。「医療慈善係にお尋ねくださいな」

そして、せかせかとドアへ向かい、そこへちょうど顔を出した外来の婦長とぶつかりそうになった。

「婦長！」デーヴィッドがいった。「お久しぶりです。偶然ですか、それともぼくが帰ったのをご存知でしたか？」

「もちろん、ロビーで見かけましたよ」婦長は答えた。若輩ウィントリンガムにとっては、やや頭の上がらない相手だ。「休暇は楽しみましたか？」

「ますますいい男になったでしょう？」デーヴィッドは日に焼けた顔を強調するように左右に振った。

「ええ、とても元気そう」婦長が答えた。「病室はもう回ったかしら？」

「いえ、今来たところで」

「そう、ハーヴェイさんがまた入ったのよ。彼、あなたの患者でしょう？　知らせておこうと思って。あなたが行って、驚いた顔をしたら、きっとご機嫌が悪くなるでしょうから」

デーヴィッドは笑った。ハーヴェイは病院内ではつとに知られた人物なのだ。長患いの男なのだが、ややもするとへそを曲げて看護婦たちを困らせ、騒動を巻き起こす。あげくそれが病院中に波及してしまう。

「うまくやりますよ」彼が約束すると、婦長はほっとした顔を浮かべ、出て行った。

看護婦が最初の患者を呼び入れ、デーヴィッドは昨日もここにいたかのように、自然に仕事へ戻っていった。二時間半のあいだ次々に患者が押し寄せ、診察、検査の要請、特別な治療の必要な者たちの処置などが続いた。半分ほど過ぎたところで、住み込みのインターンが中級内科医の補佐を終え、やって来た。彼もデーヴィッドの仕事を手伝い、特別な患者たちを興味深く診た。すべてが終わると、二人はデーヴィッドの受け持ちの病室へ行き、手早く回診をすませた。そして、ようやく一人になってまたロビーへ戻ったとき、デーヴィッドははたとバーナード・スコットのことを思い出した。

「あっ、しまった！」そう腹立たしげにつぶやいた。このように真剣な空気のなかにいると、ワーウィック家に起きた不透明な一連の出来事がとても遠く不快なものに思えてくる。

「とにかく、やってみるか」彼はしかたなく気持ちを切り替え、ポケットにあるバーナードが今朝よこした住所録を探した。

「ここにつないでください」荷物運びの受付にいる電話交換嬢に頼んだ。

「はい、ウィントリンガム先生」一分後、彼女は告げた。「よろしいですよ」

デーヴィッドは受話器を取った。

「リヴシー医師のお宅ですか？」

「はい」

「医師のウィントリンガムと申します――ええ、ウィントリンガムです。初めてお電話します。先生に、以前の患者さんのことでちょっとお伺いしたいことがありまして、お目にかかれたら、と存じます。あ、ご在宅ですか？　はい、このままお待ちします」

少しして、リヴシー医師はこういった。一時間以内においでくだされば、十五分ほど時間が取れる。残念ながら、そのあとは予定が詰まっている、と。

「大はやりの医者なんだな」デーヴィッドは受付を離れながら、独り言をいった。

「ぼくのことをいったんじゃない、だろう？」ある同僚が苦笑いするように話しかけてきて、隣に並んだ。

「まあね」デーヴィッドはいった。「あいにくだったな。メイダ・ヴェールのリヴシー先生のことだよ。会ってもらおうと思ってね」

「スタントン・リヴシーさんかい？」

「そう、その人」

「ダイエットの推進家でね。噂《うわさ》を聞いたことがあるだろう？　まさしくきみのいうとおり、大はやりさ。食事制限療法に傾倒するまでは堅実な人だったたんだけどな。何たって、もう思い込んでるんだ、患者の半分はダイエットで治るって。確かに成果も華々しく上げているけどね。そういった分野では、今一番忙しい人だよ。おばが彼にかぶれていてね、だから知ってるんだ」

「へえ、助かったよ、教えてもらって」デーヴィッドがいった。「いやはやありがとうございます、貴重な情報をいただきまして。あらゆる知識は、結果的には有益である、そうは思わないかい？」

同僚は目を丸くして彼を見た。そして彼と別れ、廊下を歩きながら、以前耳にした、ウィントリンガムは大真面目なのかふざけているのかよくわからないという話を思い出し、なるほどと思った。

一方、ふざけているつもりなど毛頭ないデーヴィッドは、正面玄関を出て車へ行き、バーナード・スコットとの約束を果たすことにした。

メイダ・ヴェール、バドリー通り四十六番地。スタントン・リヴシー医師は低い塀に真ちゅう製の表札を掲げていた。まったく同じ形の家が五十軒並ぶなかの一軒で、縦に細長く、質素な外観の家だ。十九世紀後半、急激に増えた中流家庭のために建てられたもので、すべての階に二つずつ部屋がある。地階は地面よりずっと低く、家中に何段も続く急な階段を持つ。これは、どんなに頑固なメイドでも疲れておとなしくいうことをきくようになるということを計算に入れたためだが、一九三〇年代の今は、メイド頭が階段を上り下りしながら、単純で単調なその仕事を嘆く時代だ。結果的に、雇い主の女は友人にこぼす。「メイドたちは私があの人たちを困らせようとして、この階段を作ったと思っているんじゃないかしら。不満そうな顔を見ていると、育ちが悪いと思えるのよね」

デーヴィッド・ウィントリンガムは急階段を六段上がり、石のポーチに立つと、「日中」という札のあるベルを押した。ポーチの左右は石を使った格子造りになっている。彼はメイドが出てくるまでのあいだ、その隙間《すきま》から奥を覗《のぞ》いた。どちら側にも大きな窓があり、中が見えないように、暗い生成り色のネットカーテンで上から下までを覆っている。その様子は、小ぎれいで、金回りのよい家を想像させた。手入れの行き届いた、小さな前庭の芝生や低木を見ても、そうわかる。やがて、こざっぱりした制服を着たメイドに案内され、彼は食堂兼待合室へ行った。見回すと、磨き上げられた、ほどほどに高級な家具が並んでいる。きっかり十分の間を取って、玄関のベルがまた鳴り、メイドが呼びに来た。彼はあとに続き、玄関を挟んで反対側にある部屋に入った。

リヴシー医師は客を快く出迎え、椅子《いす》と煙草を勧めながら、何なりとご用件を、と請け合った。デーヴィッドは、成功を収めてすっかり落ち着いたとも、また自信過剰ともいえる人物を相手にするのだと思った。なぜなら、いささか愛想がよすぎるし、歓迎ぶりも大げさに思えたからだ。とはいえ、表情にはまったく隙がない。それに醒《さ》めた目をしている。

「評判どおり、熱心な男」だとデーヴィッドは感じた。きれいに片付いた机に向かう彼を真剣に見つめながら「外見は司教のよう」だとも思った。奇跡を願う民に立ち向かうには、何と強力な二つの組み合わせだろう。

「研究病院にお勤めですね？」リヴシーはいった。「その前は聖エドマンズ病院だとか。どちらにも関わりのある患者はいませんねえ」

「いえ」医師名簿ですかさず経歴を調べ上げる周到さに恐れ入りながら、デーヴィッドは答えた。「お伺いしたいのは、友人の親戚《しんせき》のことです。名前はヘンリー・ワーウィック、三年前、五十五歳で亡くなりました。糖尿病による昏睡からだそうですが、それにしても常にインシュリン注射を打っていたらしいんです。友人はどうもその辺が腑《ふ》に落ちないようで、私にもう少し詳しく調べて、はっきり教えてくれといってきました。自分で来るのは恐いそうで、先生のお話が飲み込めない場合、何をどうお訊《き》きしてよいものやらと」

「なるほど。ええと、お名前をもう一度」

「ヘンリー・ワーウィック、住所はウィルトシア通り十六番地」デーヴィッドはポケットにあったメモを見ながら、いった。

「覚えているような気がしますね」リヴシー医師は書棚に行き、少しのあいだファイルを探した。「あった。三年前死亡、と」

「その人です」

リヴシーはヘンリー・ワーウィックに関するカルテを机に広げ、デーヴィッドに見せた。

「二年ほど、ときどき診ていましたね。体重の減少と便秘を苦にして、お見えになられた。正直にいうと、初めは間違えましてね。腫瘍《しゅよう》だと思ったんですよ。検査を繰り返すうちに、糖だとわかりまして。のどの渇きは訴えたことがなかったものですから。六週間、老人向け治療院に入れて、日に二回、二十単位のインシュリンを投与しながら、基本的な食事に私の修正を加えた制限食を続けさせました」

「そう、そこが聞きたいんだ」とデーヴィッドは思ったが、口には出さなかった。

「体重も増え、やがて元気になりましてね」リヴシーは続けた。「ですが、ときどき食事療法をやめて、好きなものを食べているふしがあった。検査をすると、たいていは大丈夫なんですが、たまに何の原因もなく、血糖値がぐっと高いことがあったんですよ」

「風邪を引いていたのかな、そしてそれを先生にいわなかった」デーヴィッドはいってみた。

リヴシーは眉間《みけん》にしわを寄せた。

「違うでしょう。もしそうだったら、世話をしていたミセス・チャップマン、陸軍大尉の未亡人で、彼女の営む高級下宿にワーウィックさんは住んでいたんですがね、その人が私に教えてくれたと思いますよ。どんなに食事が健康にとって大切か、いいきかせてもわからない人はいますからね。まあ、あなたは医者だからご存知でしょうけれど」

「ええ、もちろん」デーヴィッドはあっさりいった。食事療法の話題に引きずり込まれるのはごめんだ。「意識不明になったのは――」

「はい。確か、クリスマスが過ぎてすぐの一月だったな。ワーウィックさんはブリッジの会やら何やらで、普段より頻繁に外出していた。ずっと年下のいとこか甥《おい》の方がいらしたでしょう、よくおいでになる」

「どちらも一人ずついたんですよ。お名前はご記憶にありませんか？」

「さあ。ワーウィックさんとおっしゃるんですか？」

「どちらかな。甥がワーウィックで、またいとこがスコットなんです」

「思い出せませんねえ、すみません。ともかく、倒れた日の朝、ワーウィックさんはミセス・チャップマンに具合が悪いからベッドで休む、といったらしい。でも、医者は呼ばなくていい、と。それで彼女はワーウィックさんの状態が更に悪くなるようであれば、かかりつけ医の私を呼べとメイドにいって、昼間出かけた。メイドが昼食を運んだとき、彼はうつらうつらしているようだったが、少し食べた。次にお茶を持っていくと、ぐっすり寝ていた。ミセス・チャップマンが七時頃帰ってきて様子を見ると、もう名前を呼んでも起きなかったそうです。で、電話をよこしたので、私が飛んできた、というわけですが、すでに深い昏睡状態に陥っていて、手を尽くしても意識を取り戻すことはなかった。そして翌朝、亡くなりました。えっと、そう、五時半に」

「まったく反応がなかったんですね?」デーヴィッドがいった。「きっと、先生がいらっしゃる何時間も前から意識不明だったんでしょう」

「そのとおり。ミセス・チャップマンやメイドに訊《き》いたところ、制限食はやめて、前と同じような食事に戻っていたというんですね。それが引き金になったんだと思いますよ、その頃、夜の外出が多かったことも手伝って」

「意識を失ってから、投与したインシュリンの量は記録してありますか?」

「ええ、この辺りに書いてありますよ。えっと、すぐ五十単位の静脈注射をして、治療院へ移してからまた二回、五十ずつ。あの家では適切な処理ができませんのでね。設備もないし、ほかにも下宿人がたくさんいます。治療院なら看護婦が二人に、いろいろ揃《そろ》っていますから、運びまして。それに、グルコースを溶解した生理食塩水の点滴もしました。その後も、インシュリンを合わせて百単位。ですが、とうとう呼吸が止まり、ご臨終となりました」

「はあ」デーヴィッドは封筒の裏に数字を書き付けていた。「ところで、インシュリンは先生のところにあったものですか?」

「いえ。そりゃ、少しは使いましたよ。でも、ワーウィックさんが持っていたものがほとんどだった。新しい十ccの小瓶から二百単位、残っていたものから二十単位、打ちました。

最後の注射だけは一部、自分のものを足したんですが。ほかにご質問は？」

「いえ、もう十分です。間違いなく、糖尿病による昏睡から亡くなったわけですね？」

リヴシー医師は少しのあいだ、じっくりと考えた。

「そうです。薬を打ってもまったく反応がなかったので、変だなとは思いましたが。つまり、メイドのいうとおりだとすれば、意識不明になってから私がかけつけるまでそれほど時間は経っていない。でも、きっとメイドがしばらく気づかなかっただけでしょう。それに、繰り返すようですが、彼が食事療法を軽んじていたということ」

「なるほど」デーヴィッドは食事云々の話に嫌気がさしていたので、腰を上げ、片手を差しだした。「いやどうも、貴重なお時間をいただきまして。これ以上、お邪魔してはいけません。ありがとうございました。これで、スコット君の気持ちも落ち着かせてやれますよ」

「何がそんなに気がかりなんですか？」リヴシーはデーヴィッドをドアへ導きながら訊いた。「当時は何もいっていなかったのに」

「すぐに治療院へ移されて、数時間後に死んだ、ということに引っかかっているらしいんですよ」デーヴィッドはすらすらと出まかせをいった。「でも、納得してくれるでしょう。あとはミセス・チャップマンに会って、二、三訊けば完璧《かんぺき》です」

「今はお留守ですよ」リヴシーはドアを開けながらいった。「でも、二週間ほどで戻ると思うな。地元の団体が主催する講演会に行くはずですから。『健康友の会』というものですが、ご存知ですか。八月二十日がその開催日です。どうです、あなたもいらして、そこで彼女に会うといい。公開討論などの形式をとりますし、私は会員ですから、ゲストとしてご招待しますよ」

「それは光栄です」デーヴィッドはいった。「本当にいいんですか?」

リヴシーは愛想よく笑った。

「新会員をいつも探していましてね」彼は説明した。「団体のある場所のお近くにお住まいのようですし、入ってくださるとうれしいですなあ。よろしければ、ご友人もお連れください」

「妻と行きます、お言葉に甘えて」デーヴィッドは答えながら、このありがた迷惑な誘いをどうジルが受け止めるか、心配になった。

「それはいい。詳しいお知らせを送りますよ」

リヴシー医師はデーヴィッドの手を取り、温かく握りしめた。デーヴィッドは階段を下り、会のことを考えながら、飛んで火にいる夏の虫とは自分のことではないかとふと思った。

ジルは崖《がけ》の小道を浮かぬ顔で登っていた。デーヴィッドがいなくて寂しいし、ニコラスも子守と農場に行き、すっかり手持ち無沙汰《ぶさた》になった。日は沈みかけていて、その上を濃い紫色の雲が縞《しま》のように覆っている。夕暮れ時は普段でも物悲しい気持ちになるのに、今はなおさらそう感じてしまう。のどの奥にやりきれない思いがこみ上げ、涙がこぼれそうだった。そのままとぼとぼ歩いていると、前にバーナード・スコットとミス・カーショーの姿を見つけた。同じように、ギャップへ向かっている。やがて、二人は夕焼け空を振り仰ぐように足を止め、その拍子にジルを目に入れた。そして、彼女が追いつくのを待った。目ざといカーショーはすぐさまジルが塞《ふさ》いでいることに気づいた。

「バーナードがご飯を食べに来てくれるのよ」挨拶《あいさつ》を交わしたあと、彼女はいった。「よろしければ、ご一緒にいかが。あとでバーナードもキャンプに帰りますから、送ってさし上げられると思いますし」

「まあ、いいのかしら?」ジルは半信半疑で答え、黒の服を着た彼女を見ながら、お愛想でいってくれているのだろうと思った。

「もちろん、大歓迎よ」

「じゃあ、喜んで」ジルは勇んでいい、飛びつくようにカーショーの首に両手を廻《まわ》した。「うれしいわ。デーヴィッドが今朝、帰ってしまったんです」そう続けながら、図らずも唇が震えた。

「そうなんですってね」カーショーは穏やかに答え、ジルのことを、かわいいけれど子供みたいだ、馬鹿《ばか》みたいに悲しそうな顔をして、と思った。だが、夫を下等動物のように考え、銀行残高のために結婚しているようなずるい女たちもたくさんいるなか、人として心ある妻を見るのは嬉《うれ》しくもあった。

夜はなごやかに過ぎていった。話題は園芸や海外旅行、芝居、映画、そして流行小説と、当たり障りのないもので、三人ともそのどれもにそう詳しいわけではなかったが、お互いに触発されるところもあり、共感もできた。彼らはちょっとしたエピソードを披露しあい、楽しみながら、自然に話題を移していった。ジルは肩の凝らない雰囲気の中でくつろいでいたし、キースが死んでからというもの、顔に暗い影を宿していたバーナードも緊張を解いていた。

だが、闇《やみ》が迫り、カーショーがランプを灯すため腰を上げたとき、ジルはトレーラーに帰らなければと思った。きっとバーナードはカーショーと折り入って話があるのだろう。それにもう、帰りつく頃には暗くなっている。送っていくというバーナードの申し出を何とか断って、やさしくしてもらったことをしみじみありがたく思いながら、彼女は一人、いとまを告げた。

空にはまだ薄い光が残っている。沿岸警備員の家にさしかかったとき、テッド・ホードの姿がおぼろげに見えた。小さな庭を囲うフェンスを修理している。あの事故以来、見かけなかったので、少し気になり、彼女は低い門に向かっていくと、声をかけた。「こんばんは、ホードさん。奥さんはいらっしゃいます？　卵を少し分けていただきたくて」

テッドは振り返り、身を起こした。あまり顔を会わせたくないようだったが、確かめてくると礼儀正しく答えた。ジルは門に寄りかかり、彼が出てくるのを待った。フェンスは木の杭にバラ線と普通の針金を張って作られている。デーヴィッドはこのことを知っているのだろうか、とジルはふと考えた。そしてテッドは検死審問で、キースを寝室の窓から見かけ、彼が闇のなかに一人で消えていくのを見た、といったが、すべて本当のことを話したのだろうかと思った。

卵を渡し、お金を受け取ると、沿岸警備員はそっけなく別れを告げ、ジルがまだ財布をしまっているあいだに、仕事に戻った。ジルもそれ以上、引き止めるつもりはなかった。その広い背中と日焼けした太い首を持つ後姿が、しょんぼりとしたものに見えたからだ。彼女は小道に引き返し、卵を割らぬよう静かにゆっくりと歩きながら、谷へ向かった。

丘を半分ほど降りたとき、バーナードが追いついてきた。これから何通か手紙を書くつもりだが、その前にトレーラーまで送るといい、彼女のバッグを持とうと手を差し出した。ジルが預けると、彼は珍しそうに中を覗《のぞ》き、声を上げた。「この卵、全部一人で食べるんですか？」

「そうよ、そのうちに」

「あとここにはどれくらい？」

「十日ほど。ニックとわたしは一か月いることになるわ。デーヴィッドより一週間先に来ていたから」

そのあとバーナードは口をつぐみ、やがてふもとに着いたとき、また卵の話に触れた。

「さっきは持っていなかったですよね？」

「ええ、帰り道、ホードさんに売ってもらったの。よく買うのよ」

「鶏を飼っているんですか、知らなかったな」

「そう？」

ふたたび会話は途切れ、ジルは卵など買ってぐずぐずしていなければよかった、いや少なくとももっと急ぎ足で歩いていれば、と思った。

「ホードさんに会ったんですか？」

バーナードはさりげなく尋ねてきたが、顔をそむけていることをジルは知っていた。

「ええ」彼女は答えた。「彼が卵をくれたんですもの。フェンスを直していたわ」彼女はそっと付け加えた。「針金でね」

その瞬間、バーナードは彼女を見た。だが、彼の顔は闇《やみ》にまぎれ、表情を読むことはできなかった。

ほどなくトレーラーに着き、ジルはバッグを受け取ると、小声でいった。「ご親切にありがとう。おやすみなさい」

バーナードは何歩か行きかけて、また戻ってきた。階段の一番上にいたジルは、振り返って彼を見下ろした。彼はくぐもった、不安げな声で話しかけてきた。

「針金のことをいっていましたよね。つまり、ホードさんが――その、あなたの考えではもしやホードさんがしかけを――」

「何も考えてないわ」ジルは突き放すようにいった。「デーヴィッドの考えを聞いてからでなきゃ」

「ご主人は真実を突き止めてくれると思いますか?」

「ええ、必ず」

彼がそばに来たので、今度は顔がはっきり見えた。また、あの引きつったような表情に戻っている。

「ジルさん、このあいだの夜、ここで先生に本当のことを調べてくださいとお願いしたとき――ぼくが疑われていると話しましたよね。でも――もしかすると先生も――心の底では――ぼくを疑っているんでしょうか? そして、あなたも?」

この人は、とジルは思った。そんなことに答えられると思っているのだろうか? 軽い悪寒が走った。叫べば何とかキャンプには届くだろうが、二人で暗闇に立っているのだ。なぜなら、デーヴィッドが一番怪しんでいるのは……。

彼女は男の塞《ふさ》いだ顔を見下ろしながら、時間を稼ぐためにゆっくりとしゃべった。「あなたはデーヴィッドに、何もかも包み隠さず話してはいないような気がするの」

バーナードはもどかしさと失望が入り混じったようなため息を漏らし、ジルににじり寄ると、片手を彼女の腕に伸ばした。そして、またしつこく迫った。「でもあなたは、ジルさん――まさか疑ってはいないはず――」

ジルは後ずさりした。後ろにドアの取っ手があるはずだ。何かいわなければと思うものの、のどがからからに渇き、まったく言葉が出てこない。バーナードは答えを待ったが、彼女がドアを後ろ手で触っているだけで何もいわないのを見て、首を振った。そして「おやすみなさい」と力なくいい、帰っていった。

ジルはドアを閉めて鍵《かぎ》をかけると、震える指でランプをつけ、腹を立てながら炎をじっと見つめた。

「馬鹿《ばか》な男!」彼女は壁に映った影に向かって、吐きすてるようにいった。「あんたが人殺しよ、とでもいえっていうの?」

バーナードはテントに帰り、まず出入り口の蓋《ふた》をぴっちり閉めたかどうかを確かめた。次にろうそくを探して灯し、テーブル代わりに使っている箱にそっと置いた。手帳から折りたたんだ一枚の紙を抜きだし、炎にかざす。少しひらひらさせながら、すべて燃えかすになるまで焼いた。粉々にして、ろうそくを消すと、その灰を入り口まで持っていく。そして手のひらを広げ、風に撒《ま》いたのだった

ダウンサイド通りにある我が家は、いつになくひっそりしているように思えた。デーヴィッドは玄関にスーツケースを置き、ドアを閉めた。二週間ほど戸外の生活を楽しんだからか、室内の空気もたまらなく息苦しく感じる。だが、待てよ、と彼は思い直した。メイドのグラディスはいたわけで、きっとろくに窓も開けなかったに違いない。玄関のテーブルに目をやると、医学関係の会報や案内状がどっさり積まれている。彼はげんなりしながら、ざっと差出人を確かめた。友人からの手紙は一通もない。まあ、それもそうだろう。みな、彼の不在を知っていたし、彼らもたいていは休暇中なのだ。そうは思っても、一人ぼっちで憂鬱《ゆううつ》だと、余計に思えてしまう。しばらくして、やっとグラディスが顔を出し、お帰りなさいのひと言もなく、いきなり訊《き》いてきた。「あら、だんな様、夕食は召し上がります?」彼は嚙《か》みつくように答えた。「当たり前じゃないか、すぐに頼む」

そして、スーツケースをどたどたと二階へ運び、中身を一気に洗濯籠《せんたくかご》へ放り込んだ。だが

そのあと、髭剃《ひげそ》りやヘアブラシ、ビーチシューズなど洗えないものを取り出した。

一人でつまらない食事を終えたあと、彼は庭へ出てパイプを一服した。盛りを過ぎて立ち枯れたタチアオイやデルフィニウム。ダリアも水やりが足りぬため、小さいうえに、油虫がびっしりとついている。そんな土の乾いた静かで寂しい花壇を眺めていると、落ち着かず、嫌気がさして、彼はまた中へ入った。役に立つ週刊医学誌の『ランセット』と『ブリティッシュ・メディカル・ジャーナル』が二部ずつ届いている。休暇の前に発注をしていた「医学研究会」刊行の本も、会報の山のなかに混じっていた。どれも大いに注目すべき内容なので机に置いてはみたものの、どうも読む気になれない。彼はため息をつくと本を脇《わき》へやり、ジルに取りとめのない手紙を書きはじめた。やがて、壁に囲まれているのがうっとうしくなり、ポストへ行くことにして、ヒースへ向かった。

ケンウッドを抜け、パーラメント・ヒルへ登ってゆく。上は真っ暗で、眼下にはロンドンの街が瞬いていた。まるで、天の川を一面の湖に映したようだ。スコットの一族とその奇妙な死亡者リスト。またそのことが頭をよぎる。数年をかけた四人の死。バーナードによると、三人は事故死だという。彼はおめでたい夢でも見ているのではないだろうか？　運命の神が根気よく彼に味方してくれたなどと思っているのか？　ヘンリー・ワーウィックは表面的には病死だ。だがそこに、デーヴィッドが知る由もない背景、いやリヴシー医師でさえ知らなかった何かがあるというなら、別の話になる。このような幸運が、放っておいても一人の男に転がり込むなどとはどう考えても信じがたい。そもそもあの遺産は五人にとって、それぞれにありがたい財産の上乗せのようなものだったはずだ。その候補が一人ずつ消えていくことによって、たった一人の手に納まってしまうとは。それに特徴的なことがある。ミセス・メドリコットは四年前にも倒れたのだが、その直後に一人目が死に、メドリコットが息を引き取る数時間前、最後の一人が死んでいる。それも、間に合わせたように。

デーヴィッドはベンチの肘掛《ひじかけ》を軽くたたいた。そこだ！　だから、どこかおかしいと思い、どうしても疑わざるを得なかった。だがそれで、すっかり混乱してもいた。急いでいた、ということか！　キース・ワーウィックが文字通り罠《わな》にかけられて転落したのだとすれば、犯人はうかつでずさんな段取りしかつけられなかった、ということで、自分のしわざだといっているようなものだ。あれで警察はあらぬ方向にそれ、簡単に結論を出したが、逆に犯人の特徴を浮き彫りにした。つまり、慌てていたのだ。そうでなければなぜ、少年たちの使うメモ用紙と借りた緑色のクレヨンなどを用い、殺しの約束を取りつける必要があった？　なぜ、これも周到に少年たちの作る罠を利用したのに、それを見つけた場所に戻さなかった？　そうしておけば、絶対に殺人事件の線は出てこなかったはずだ。しかも、編み枝のフェンス。あれも動かしたあと、もとの位置に戻していない。これに対する答えはたった二つだ。ことのすぐあとに第三者の登場という邪魔が入ったか、前後のことなど何も考えられないほど時間に追われていたか。だが、まったくの第三者で、あの夜、崖《がけ》の上に行ったという人物はいない。いかにも、テッド・ホードはキース・ワーウィックが家をあとにして崖際へ向かったと話しているが、彼自身が犯人かもしれないということから考えると、その第三者にはならない。一方、ミセス・メドリコットはあと一日持つかどうかの命で、訃報《ふほう》がいつ届いてもおかしくはなかったし、それで待望の遺産が二等分されるはずだった。だから、犯人は悠長に構えているわけにはいかなかったのだ、どうしても。

デーヴィッドははっと身を起こした。この推理は当たっているだろうが、一つの結論を導いてしまう。つまり、真相を暴いてくれと頼んだ当のバーナードが、少なくとも一人は殺した、ということになる。知る限り、ワーウィック家の直系はほかにはいない。頭のおかしなやつがいるだけのことか、それとも警察を欺いたことで過信したのか。いや、このぼくの腕を舐《な》めている？　これは当たらずとも遠からずといえるだろう。所詮《しょせん》デーヴィッドは医者であって、探偵ではない。それにバーナードは以前デーヴィッドが事件を解決したことを知っているといったが、あれも一人で立てた手柄ではなく、スコットランド・ヤードの指揮が大いにあってのことだ。バーナードは彼なりに見極めていたのかもしれない。デーヴィッドには力も手段も足らず、きちんと調べたくともなかなかうまくいかないはずだと。

とはいえ、とデーヴィッドは思った。一か八か、彼が大勝負に出たのだとすれば、苦戦を強いてやることになるだろう。

デーヴィッドはリヴシー医師との会話を反芻《はんすう》しながら、ヒースの丘を戻った。ヘンリー・ワーウィックの病状と死に関する重要な事柄を、すべて思い出そうと集中した。そのため、寝床に入っても、家族のいない寂しさを思い出さずに眠ることができた。

翌朝目覚め、隣の平らなベッドが目に入ったとき、またジルの美しい瞳《ひとみ》と柔らかな唇が頭に浮かんだ。そして彼は、一家の稼ぎ手はつらいと一人ぼやいたのだった。

6

十日後、晴れた土曜日の朝、デーヴィッドは朝早く起きた。卵をゆでて食べ、六時半にそっと家を出た。メイドのグラディスの起床は七時と決まっているので、起こさずにおこうと思ったのだ。早朝だけに道路は比較的すいているし、空気もさわやかでおいしい。彼は上機嫌でトレーラーへ着いた。時間もちょうどよく、家族がハムステッドへ引き揚げる準備をする前に、ジルの作った朝食をまた取ることができた。

あれこれ荷造りをする必要があるし、トレーラーは借り物なので、その備品と我が家の持ち物を分けなければならない。ニコラスの荷物がとにかくスペースを取り、ほかのすべてを合わせたよりたくさんある。ベビーベッドに椅子《いす》、乳母車、ベビー・バス。農家の外にはそういった一式が並べられ、谷から来るトレーラーを待っていた。それを見た農家の女房は子守にいった。この頃の親は過保護であきれてしまう、それにこんなに荷物が多いなら、引越しトラックでも借りればいいのに。子守は答えた。すべてトレーラーに積んできたから、また戻せるだろう。ともあれ、これとは比べ物にならないほど大荷物で田舎に行く一家もいる。そのフィングルストーン家で、娘の子守をしている友人がいっていたのだけれど。

ニコラスは不安げに自分の荷物の周りをぐるぐる回り、いつもとは違うざわついた雰囲気を気にしている様子だった。農家の女が最後にもう一度、豚を見に行こうと誘っても、バケツやシャベルをぎゅっと握ったまま、ここにいるほうがいい、といった。

トレーラーを引きながらの帰り旅は、時間はかかったものの無事に終わった。ウィントリンガム家の荷物をすべて「ヒース・ハウス」の玄関に下ろすと、デーヴィッドはトレーラーを返しに行く前に、お茶を飲むことにした。

「ニックを子供部屋へ連れて行くわ」ジルはいった。「そのあいだに、ナニーとグラディスはニックの持ち物を二階へ上げてね。グラディス、ナニーの手伝いが終わったら、お茶を運んで」

「はい、奥様」グラディスはぶすりといった。一家がいないあいだ、のんびりと過ごしていたので、帰ってきたことが面白くないのだ。そのうえ余計な仕事まで押し付けられて、うんざりしている。そういったとき、彼女は不当な権力を行使されたように思い、自分のみならず友人にまで、人の言いなりにならなければならない身の上だと嘆く。傷つきやすいといってはばからない人間を、取り立てて責めることはできないが、これでは喧嘩《けんか》を売っているようなものだ。そして、手も足も一切動かしたくないという素振りやつっけんどんな物言い。ジルには単なる癇癪《かんしゃく》にしか思えず、決まって逆に腹を立ててしまう。

「できるだけ急いでください」彼女は冷ややかに付け加えた。「先生はまた出かけますから」

「はい、奥様」グラディスはそのひと言を繰り返し、背中を向けた。そのため、子守は子供用の椅子《いす》のより重いほうを持つはめになり、同じように背を向けて階段を上っていった。

「さあ、ニック、おいで」デーヴィッドは息子を抱きかかえた。ようやくなつかしの我が家へ三人でたどり着いたのだ。怒っていたジルも、にこにこと笑みを浮かべた。

「おもちゃを見たら大興奮ね。いいつけどおり、グラディスはちゃんと並べておいたかしら？　早く喜ぶ顔が見たいわ」

「すっかり忘れてるんじゃないかい？」

「まさか！　ニッキー、お馬さんのこと、忘れてないわよね？　大丈夫よ」

だが、ジルの期待をよそに、ニコラスは遊び部屋の真ん中に立つと、きょとんとして、どうしてここにいるのだろうという顔をした。窓辺へよちよち歩き、外をのぞくと、また戻ってきてジルの顔を見た。

「ニッキー、ほうらお友達がいっぱいよ！　トムにフラッフィー、それから――」

「ベル」ニコラスはいった。「ベルとバケ」

彼は部屋のあちこちに行き、シャベルとバケツを探した。

「だから、いっただろう？」デーヴィッドはいった。だが、ジルも負けていない。

「お馬さんに乗ってごらん」誘うように声をかけた。「覚えてるでしょう？」

ニコラスは母の手を振りきって、ドアへ向かった。

「ナニー、ベル、どこ」彼は頑固にいった。二人は彼が階段を下りていく足音を聞いていた。一歩、また一歩。

「なあんだ、がっかり」ジルはそういって、少し悔しそうに笑った。

デーヴィッドは彼女を窓へ連れて行った。

「させたいようにしておこうよ」彼はいった。「ナニーのところへ行ったんだから、いいじゃないか。それより、話があるんだ。一晩、ちょっと変わったところへつきあってもらわなきゃいけなくなってね。楽しいかぞっとするか、どちらかはわからないけど、とにかく行かなきゃ」

彼は「健康友の会」に招かれたことを妻に話した。ジルは行きたくなさそうにため息をついた。

「もっと悪いほうへ話が進みそう」ジルはいった。「あのバーナードの様子からいって」

「今はどんなふう？」

「知らないわ。あなたがここに帰った夜、私に変なことをいってきたって手紙に書いたでしょ。あれから音沙汰《おとさた》がないの。まだキャンプにいるらしいけど。ミス・カーショーがそういっていたから。でも、何とかして私に会わないようにしていたのよ。ああやってこそこそするってことは、確信したのね」

「何を？」

「いったじゃない。あの人を疑っているのがばれちゃったって」

「ああ、そのことか！」デーヴィッドは窓ガラスを思案顔でこつこつとたたいた。「でも、カーショーさんには会ったんだね？」

「ええ、お茶を一緒に。トレーラーを片付けてたんだけど、なかなかはかどらないのを見て、さっそく手伝ってくれたわ。彼女が病的に綺麗《きれい》好きなのは知ってるでしょ。出たごみで上手に小さな焚き火《たきび》をこしらえたの。そのそばに座って、お茶を飲んだのよ。曇り空で、ちょっと寒い日だったわ。バンガローを売るっていってた」

「そうなの？」

「ええ。夏の始まるときに売って、どこかへ行こうと思ってたんだけど、キースがどうしてもソーリーがいい、ってきかなかったらしいわ。去年の夏、アニー・ホードに会って、もっと仲良くなりたかったのね、きっと」

「ああ、実際そうだったな」

「もうそろそろバンガローを手放したいっていう気持ちもわかるわ。十分いい人生だったんじゃないかしら——これまで」

「そうだね。でも、そんなに気の毒がることないよ」デーヴィッドはジルに腕を絡ませ、ドアへ導いた。「彼女くらいの年になると、女の人は子育てやいろいろな経験を通して、絶対にへこたれない強さを身につけるものさ。同じような年の人に何度か、もう助からないっていわなきゃいけないことがあってね、だからぼくにはわかる。ところで、いつソーリーを離れるって?」

「来週末」

「そのうちここにお招きしなさい。セント・ジョンズ・ウッドに住んでいるんだろう？ つながりを絶ちたくないんだ。バーナード・スコットの件では助けになってくれると思うから」

「まあ、またバーナードのこと！ もうやめることはできないの?」

デーヴィッドは顔を曇らせたが、はっきりと答えた。

「ああ」

玄関では、ニコラスがシャベルとバケツをくれと大きな声でせがんでいた。子守はそのしつこさに負けて、荷物をえり分けていた手を少し止め、お目当てのものを出してやった。彼は子守に笑顔を見せ、満足げにいった。「ニッキー——ほる」

庭に出た夫妻はすぐに息子を見つけた。顔も手も真っ黒にして、すすだらけのロンドンの土をバケツに入れている。彼は両親を見上げると、にっこりした。

「気をちゅけて」いかにも注意を促すようにいい、バケツを逆さにして芝生にその土を落とした。

アーサー・モンタギュー卿《きょう》の講演が行われた夜、シモンズ卿夫人の広い客間には五十人ほどの「健康友の会」の関係者が集まっていた。顔ぶれはおおよそが中高年だったが、ところどころにいる若者も同じようにしわを刻み、目をくぼませているところから、健康を友とする人々というより、健康とはあまり縁のない人々といったほうが一段と似つかわしいようだった。なぜなら、彼らは自信に満《み》ち溢《あふ》れてしかるべきなのに不安げだし、もっと貫禄《かんろく》を見せてもよいだろうに、やつれた、ひもじそうな顔をしている。生き生きと輝くはずが、しわ深く、疲れ果て、ひ弱そうなのだ。実のところ、そうでない姿もぽつぽつとある。がっしりした身体《からだ》を椅子《いす》にどかりと沈めたご婦人。ただし、瘦《や》せた心配顔の夫を隣で支えている。後ろの列には、赤黒い顔に整えた白い口ひげの軍人。青白い顔でうなだれる妻のお供で、しぶしぶやって来たのだろう。ターバンを巻いた二人の男のあいだにいるインド人の女。大きな黒い瞳《ひとみ》を穏やかに講演者に向け、滑らかな肌で肉付きがよいという点で完璧《かんぺき》な横顔を見せている。だが、そういった幸運な会員は少数で、残りの人々にははっきりといえることがある。彼らはどんなに健康の神と近づきになりたくとも、その神からはいつも見放され、親しい言葉など交わしようもなく、たまに会釈をする程度の知り合いにしかなれないということだ。

モンタギュー卿は一時間十分に渡り、はっきりとわかりやすく話をした。そして着席し、コップの水を飲んだ。すると議長が立ち、会場に呼びかけた。

「さあ、お待たせいたしました。これから、公開討論に入ります。皆さん、ご質問がたくさんおありのことでしょう。アーサー・モンタギュー卿もご遠慮なくお訊《き》きくださいとおっしゃっています。さあ、どうぞ」

聴衆は姿勢を変えたり咳《せき》をしたりしながら、どの会員が真っ先に手を挙げるだろうと様子を窺《うかが》っていた。だが、ありがたい大家《たいか》の申し出に怖気づいたのか、思いつめすぎて言葉が見つからないのか、口火を切る者はおらず、会場には気詰まりな空気が流れはじめた。皆、はらはらしながら顔を見合わせていたが、今やおびえたような表情を浮かべている。白髪頭の老紳士で、講演のあいだ静かに舟をこいでいた議長も、やっと頭がはっきりしたらしい。聴衆に作り笑いを浮かべ、左側に座る女性書記をちらりととがめるように見たあと、こう切り出した。「お訊きになりたいことがありすぎて、どこから始めてよいものやらといったところでしょうか。私自身は特に質問はございません。モンタギュー卿《きょう》にはたいへんご丁寧にご説明いただきましたので、本日のテーマ『食事』に関する私の不明点は解消することができました（寝ていたのに、というように皆どっと湧《わ》く。片や議長に控えめに笑いかけるモンタギュー卿）。そこで、若干、論点がずれる向きをお許しいただけるなら、一つお伺いしてみたいと存じます。先にご教示いただいた原則は人間のみならず、動物にも当てはまることでしょうか。実は私、シーリアムテリアをかわいがっておりまして、それが年のせいか最近おなかをよくこわします。肉中心の食事は健康上、非常に悪いとのお話でしたが、それは犬にもいえるのかどうか、どうぞお教えください」

議長が拍手を浴びながら席に着くと、モンタギュー卿が立ち上がった。

「議長、そして皆さん。遺憾ながら私は内科医でして、獣医ではありませんので、今のご質問に、専門的にお答えできる立場にはないように思います（抑えた笑い）。ですが、あえて申し上げますと、その原因はえさの与えすぎにあるのではないでしょうか」（爆笑）

それをきっかけに、一人の女性会員が立ち上がり、ペットのペルシア猫はいまや完全に菜食だが、おかげで毛艶《けつや》が素晴らしくなったと話した。すると人と動物は違うと憤慨し、反論する者が現れた。いわく、肉食動物の食べ物は肉が自然であり、犬や猫には日に一度、しかも生肉を食べさせるべきである。聴衆はその露骨な言い方に辟易《へきえき》していたが、モルモットに肉や魚を与える実験をしたという風変わりな男が続き、さらに気分を害したようだった。モルモットはそういった未知の食べ物を喜んで食べ、結果、レタスには見向きもせず、踏みつけにするようになった。ところが、鰊《にしん》や牛肉には大騒ぎで飛びつくという話を聞かされたのだ。

雲行きが怪しくなり、議長は閉会にしたほうがよいと考え、その成功を型どおり祝う形で締めくくった。モンタギュー卿は主催者のシモンズ卿夫人と話に行き、残りの会員はそれぞれ小さなグループに別れ、お喋《しゃべ》りを始めた。

「あなた!」

「なんだい」

「きっと、おもてなしはないわね?」

「おもてなし?」

「ちょっとした飲み物とか食べ物のことよ、鈍いわね。ああでもない、こうでもないって、あんなに言い合ってちゃ、期待なんてできないわ。大喧嘩《おおげんか》が始まるかもしれないもの」

「みんな、喧嘩できるほど丈夫そうじゃないさ。何ならあの女性書記に訊《き》いてみたら?リヴシーさんが連れて、今こっちに来るよ。ぼくはパス!」

「行かないで、デーヴィッド。もう、なんて人!」

デーヴィッドはうまく人の輪に紛れ、インド人のグループのほうへ少しずつ進んでいった。リヴシー医師は書記にジルを紹介し、二人を置いてどこかへ行った。

書記のミセス・メーザーズはすらりと背が高く、まっすぐで短い鉄灰色の髪をした女だ。日に焼けた顔と太い声を効果的に使い、未納分の会費を徴収していたらしい。彼女はそばのソファにいる気の弱そうな男二人に、ちらと流し目を送り、席を譲らせると、ジルと並んで座った。ジルに入会を勧めようと、にこやかに切り出した。

「リヴシー先生から、お聞きしましたわ。私たちの活動にとてもご興味をお持ちだとか。光栄に存じますわ。あなたのようにお若い方が参加してくださると、とりわけ嬉《うれ》しいんですのよ。この頃の若い世代は、どうもこういった話に無関心じゃありませんこと？」

ジルは答えに詰まったが、むしろそれでよかった。ミセス・メーザーズは返事など期待しておらず、息を継ぐとすぐにまた話しはじめたからだ。

「ご主人はお医者様だそうね。リヴシー先生がいってらしたわ。何て素敵なんでしょう。お近くで開業されているんですか？　お名前を存じ上げなかったものですから。モンタギュー卿《きょう》のお話は素晴らしかったでしょう？　論旨明快、それにユーモアのセンスもおありで」

「夫は研究病院に勤めておりまして」ジルは思い切って口を開き、話を続けようとした。「開業医ではありません。講演はためになりましたわ。でも、制限食に関してはよくわからないんです。ごく普通のものを食べているもので」

メーザーズは目を丸くしてジルを見つめた。ジルはうろたえずに続けた。「そうですね、デーヴィッドはお肉が好きで、わたしはプディング。特に、牛脂やレーズンの入ったスエットプディングに目がなくて。ですから、少し時代遅れなのかもしれませんね。それに、夫にいわれているんです。息子のニコラスをビタミン一辺倒で育ててはいけない、痩《や》せすぎて体力がつかず、はしかや結核にかかりやすくなるからと。この競争社会では、不労所得でもない限り、痩せていては生きぬいていけないともいいますし」

「ご主人はずいぶん現実的な方でいらっしゃるのね」メーザーズは顔をこわばらせながら、いった。

「ええ、まあ」ジルはデーヴィッドのハンサムな横顔に愛しそうな視線を投げた。彼はターバンを巻いた男と盛んにしゃべっている。「とてもとても頭がいいんですよ」

書記は彼女をにらみつけたが、うまく取り繕《つくろ》った顔を赤く染めることはなかったし、翳《かげ》りのない濃い青の瞳《ひとみ》を曇らせることもなかった。

「どうしようもない馬鹿《ばか》だわ。変なことをいう夫に、まるでのぼせあがって」メーザーズは胸の中でそう結論づけたものの、寄付金をもらえるかもしれないことを思い出し、ぐっと気持ちを抑え、笑顔を作った。

「スエットプディングがお好きでいらっしゃるのに、スタイルがおよろしくて」何とかお世辞をいった。

ジルはもはや退屈しきっていたが、それなりに謙遜《けんそん》し、小声で返事をした。するとほっとしたことに、メーザーズは近くにいた外国人の男に声をかけ、すかさず彼を代わりに座らせると、どこかへ行った。

その男の名前を、ジルは聞き取れなかったし、最後まで国籍もわからなかった。まじめそうな顔をした中年で、一見イギリス人のようだが、言葉を一つ一つ区切りながら強く発音し、ジルがイエスというたびうなずき、ノーといえば首を振る。その畳み掛けるような調子に気圧され、ジルはきちんと座りなおし、何とか相手をしようとした。ところが、メーザーズがいい加減な紹介をしたせいで、彼の正体がよくわからず、どうも形勢が悪い。

「ロンドンはこの近くにお住まいですか?」

「ええっと、少し北のハムステッドです」

「アムステッド。聞いたことがありますよ、はい」

「イギリスには長くていらっしゃるんですか?」

「五か月です。ミセス・チャップマンのお宅にいましてね。ご存知ですか?」

話はいい方向に進みだした。これまでで初めてのことだ。

「いえ、でもわたしたち――夫とわたしは、ミセス・チャップマンにお目にかかりに来たんです。どの方ですか？」

「はあ、ご存じない？　だいぶ前にご主人を亡くされましてね。陸軍の方だったんだが。ほら、ドアのそばにいる、あの太めで白髪頭の女性ですよ。あの様子じゃ、制限食の勉強はしていないいな」

彼はそういってくるりと目をむき、ジルと顔を見合わせて笑った。

「あなたもしていない、と？　そうは見えませんねえ――ええと、どういえば――胃が弱いとか？」

「いえいえ。実は、ミセス・チャップマンに会いに来ただけなんです。リヴシー先生に誘われたんですが、どこかへ行ってしまわれて」

「ああ、リヴシー先生、はい。会ったことがあるな。じゃあ、ご主人もご同業ですか？」

「ええ。研究病院の」

「研究？　いやあ、それは素晴らしい！　実は私も研究者なんですよ、でも今は――違います」

ジルの頭には「残念ですわね！」と「まあ、本当ですか！」という二つの答えが浮かんだが、この場合どちらがふさわしいのか、わからなかった。何のヒントもないので黙ったまま、親身に聞いているような顔を浮かべていた。すると外国人は突然「ミセス・チャップマンと話しましょう。いらっしゃい」といい、勢いよく立ち上がった。ジルも腰を上げ、人々のあいだを縫うように進んでいく彼のあとに、おとなしく続いた。だが、ドアまであと半分というところで、彼はほかの外国人に親しげに呼びとめられ、知らない言葉で早口にしゃべりはじめた。ジルが狐《きつね》につままれたような顔をして立っていると、デーヴィッドが傍らに現れ、芝居がかった口調で耳打ちした。「おもてなしがございます」

「あら、デーヴィッド、どこに?」

「折りたたみドアの奥。執事が今まさに開けようとしているところだよ。コーヒー、レモネード、サンドイッチ、ケーキとおなじみのものさ。それにハイボールもある。まさか、そこまでとはね」

「あんまり食欲がなくなっちゃったわ。あなたがいなくなってから、さんざんだったんだもの」

「ぼくだって。あとで話すよ。壁際に行って、早くもぐりこもう。でなきゃ、何もなくなってしまう。みんなの顔を見ていると、これが今日初めてのまともな食事って気がするんだ。だから、飛びついて食べるはずさ」

時はゆっくりと流れていった。アーサー・モンタギュー卿《きょう》はシモンズ卿夫人の計らいで、いつの間にか姿を消した。インド人のグループは食事を遠慮し、シモンズに有意義で楽しい夜だったと礼をいって帰った。白髪の軍人はコーヒーをぐっと飲み干すと、何とかシモンズに別れを告げようとする妻を置いて、ドアへ向かった。だが、ミセス・チャップマンは朗らかな人々の囲む食卓のそばに立ったままだった。リヴシー医師も隣の部屋で、仲間と熱心に話し合いを続けていた。そのため、デーヴィッドとジルは飲み食いしながら、だらだらと時間を持たせるしかなかった。もうあきらめて帰ろうとしたそのとき、リヴシーが足早にやってきて、二人に笑顔を向けた。

「さて、いかがでしたか?」彼は熱心なまなざしで訊《き》いてきた。

「素晴らしい会でしたよ。ありがとうございました」デーヴィッドは答えた。「ところで、ミセス・チャップマンにご紹介いただくのに、今がちょうどいいタイミングではないでしょうか?」

「ミセス・チャップマン?」

「ええ。覚えておいででしょうか、ここに来たのもそのためといっては何ですが」

「ああ、ミセス・チャップマン! そう、そう。まったく私としたことが。さあ、こちらへ。すぐそこにいらっしゃいますから」

「わたしたちを何だと思っていたのかしら?」ジルは彼に従いながら、小声でいった。

「知るもんか。リヴシーさんに用のある人は多いからね。茂みに潜む鳥みたいにさ。一つや二つ石を投げても追っ払えないいんだろう。最新の爆弾でも落とさないと」

チャップマンとその仲間たちはすでに別れの挨拶《あいさつ》を交わし、仕上げにシモンズ卿《きょう》夫人のところへ向かっていた。リヴシーは大急ぎで紹介を終えると、すぐに去っていった。チャップマンは少しずつ歩を進めた。シモンズに近づく足を、傍らの若い二人に止められたくなかったのだ。それに、二人とも感じはいいけれど、奥さんは着飾りすぎていて、このたぐいの会合には場違いだとも思えた。彼女は彼らを新しい会員だと思い、そう訊《き》いた。

「いいえ、リヴシー先生が、ご興味がおありならと声をかけてくださいまして」デーヴィッドはいった。「先生とのそもそものご縁は、友人のスコット君を通してなんですよ」

チャップマンがきょとんとしたので、デーヴィッドは続けた。

「彼には年上のまたいとこがいました。ヘンリー・ワーウィックさんをご存知でしょう?」

「あら! では、バーナードさんのことをおっしゃったのね。世間は狭いわ。まあ、彼とお知り合いなんですか? それなら、もうお聞き及びですわよね、ご不幸のことは」チャップマンは声を潜めた。「キース・ワーウィックさんの。バーナードさんのまたいとこで、ヘンリー・ワーウィックさんの甥《おい》でいらした方ですわ。新聞でお読みでしょう?」

「ええ、実はあのとき、ぼくたちもソーリーにいましてね。ワーウィック君とスコット君に会っていたんです。よく一緒に泳いだりしましたよ」

「あなたは——まさか、あのウィントリンガム先生ではありませんよね？　検死審問で証言なさったという」

「いえ、それがぼくです」

「まあ、びっくり！　どんな方かと思っていたんですよ——奇遇ですこと！」

チャップマンは戸惑いを隠し、シモンズ卿夫人に話しかけた。

「すっかり驚かせちゃったな」デーヴィッドはジルにささやいた。「次はどうする？」

「今はどうしようもないわ」ジルもささやき返した。「シモンズさんにきちんとさよならをいうだけよ」

そうしたあと、二人は少し物足りない気分で車の並ぶ場所へ向かった。だが、門を出るとすぐ、チャップマンが近づいてきて、彼らを街灯の下へ導いた。

「ウィントリンガム先生と奥様ですね？　やはり、そうでしたわ。ところで次の日曜日、お茶にお誘いしては変かしら？　こちらから先にお伺いすべきところなのでしょうけれど。いえね、お二人がどなたかもわからず、ワーウィックさんたちをご存知だったことも知らなかったものですから。こんなお話は突然すぎますでしょうか？」

「いえいえ」ジルはすぐに答えた。「嬉《うれ》しいですわ。あいにく、一つ困ったことがあって、その日は子守が外出することになっています。ですから、わたしは子供の面倒を見なければ。差し支えなければ、デーヴィッドが一人でお邪魔しますわ」

デーヴィッドは暗闇《くらやみ》を幸いに、すかさずこの裏切り発言に対する仕返しをしようと、ジルの背中をぎゅっとつねった。彼女は痛みに顔を赤らめたが、悲鳴だけは何とか抑え、チャップマンを見つめて微笑《ほほえ》んだ。チャップマンも笑みを返した。

「もちろん構いませんよ。あの悲しい事故のことをお聞かせくださいね。私はキースさんをよく知っていたんです。それはいい方で、伯父様にもやさしかったですわ。ですから、お気の毒でならなくて」

チャップマンは涙を浮かべ、バッグの中のハンカチを探した。デーヴィッドは胸が詰まった。

「もちろん、ぼくにわかることはお話しましょう」彼はぼそぼそといった。「喜んで伺いますよ」

チャップマンは彼の手を強く握り、ジルには軽く握手すると消えていった。ジルはそのまま少し足を止め、まだ痛む背中を撫《な》でた。デーヴィッドは少なくなった車列を見回し、自分の車を探している。

「うちに帰ったら」彼女は歯噛《はが》みをしたあと、悪態をついた。「ただじゃ置かないから！」

7

ウィルトシア通りにあるミセス・チャップマンの高級下宿は、バドリー通りのリヴシー家によく似ていた。違いといえば、正面が広いことと前庭を持たないことだった。道端から急な石段を登ると立派な玄関があり、客間のフランス窓から、これもまた急な鉄製の階段を下りると裏庭に出る。

講演会の次の日曜日、デーヴィッド・ウィントリンガムは一番いいスーツを着こみ、ウィルトシア通り十六番地に姿を現した。蒸し暑いし、探偵役は気が進まないと思いながら、階段を登っていく。カーテンの下りた客間は薄暗く涼しく、ほっと一息入れていると、階段の下の裏庭に案内された。そこではミセス・チャップマンが、ライラックの小さな木陰に座り、日曜紙の「オブザーバー」で顔を扇いでいた。隣には短髪で痩《や》せた女がいる。彼はその顔にどことなく見覚えがあった。

「こちらのメーザーズさんには、先日の会でお会いしましたよね」チャップマンは促した。

「妻がお世話になったようです。残念ながら、ぼくはリヴシー先生とほかの部屋へ行っていて」デーヴィッドは適当にごまかした。

「私の記憶が正しければ」メーザーズは皮肉っぽくいった。「奥様は制限食について、反対意見をお持ちのようでしたわ――それも先生のお考えだとか」

「そんなことを？　いやあ、実のところ、ぼくは不勉強でして。専門じゃありませんからね。研究病院にいますから」

「えっ、そんなものですか？　現代医学において、制限食は最も重要な研究課題だと思っていましたわ」

「ええ、おっしゃるとおりです。でも、ぼくの分野ではない。たまたま、ほかの研究をしているという意味ですよ」

デーヴィッドは顔をしかめながら弁解し、デッキチェアに深く腰を沈めた。だが、メーザーズとはうまく足並みが揃《そろ》わなかったと思っていた。両足は強い日差しにさらされているものの、顔にはライラックから伸びた影の端がちらちらとかかる。だが、眩《まばゆ》いほどの木漏れ日が頬《ほほ》を刺すようだ。熱気をはらみ、かすむような空気の向こうに、チャップマンとメーザーズが見える。と、小さな虫が足首を刺し、すねに這《は》い上がってきた。彼は少し椅子《いす》を引き、顔を左右に振った。

「おくつろぎでいらっしゃるかしら？」チャップマンは気遣うようにいった。「陽が回ると、もう少し日陰ができるんですよ、家のほうから。それにしても、外で過ごすのは気持ちがいいわ」

「私は陽だまりが大好きで」メーザーズがいった。そのくせ、自分のデッキチェアをライラックの根元にもう少し近づけている。「でも、この国では物足りないわね。インドにでもいれば、十分すぎるほどでしょうけれど」

デーヴィッドは返事をしなかった。メーザーズが巧みに場所を塞《ふさ》いでしまったので、それ以上椅子を引くこともできない。この際、なるべく悠然と構え、耐えることにした。チャップマンはもはや彼の苦境には思い至らず、声を落とし、キース・ワーウィックの話を聞きたいといってきた。

彼はむごたらしい描写をできるだけ避けながら、死体発見時の顚末《てんまつ》や検死審問の成り行きを説明した。女性陣は神妙に聞いていた。すると、メーザーズがキースとその伯父とはあまり面識がないものの、バーナードの婚約者の両親、フォサーギル夫妻とは親交があるとわかった。

「フォサーギル少佐は夫の連隊にいらしたんです。パキスタンのクエッタにいたとき、奥様のダイアナさんとはしょっちゅうお目にかかっていましたわ。学校があるので、お子さんたちをこちらに残しておいでで、そりゃもう寂しがって。何を置いてでも帰国したいところだったんでしょうけど、ご主人がお困りだろうからと」

「まあ、おつらかったこと」チャップマンが憐れむようにいった。「お子さんのことを思って残さざるを得なかったんでしょう。でも今は皆さんにやさしく囲まれて、何の心配もないわね」

「そうねえ、自分で苦労をしょっているようなものよ。フォサーギル少佐、いえ退役なさったから大佐というべきね。ついうっかりしてしまうわ。どういうわけか、だんだん気難しい方になって。マッシュルームの栽培がうまくいかないからかしら？　でも、どうしてあんなことを？　いかにたいへんで骨の折れることかなんて常識なのに。たとえ育ったとしても、おいしいわけないわよ。ピーターは役者になりたがっているのに、軍人になれといって反対しているし、ユーニスのこともグリアソン大尉と結婚させる気なの。バーナードさんはかわいそうね」

「大佐がバーナードさんを気に入らないという気持ちもわかるわ」チャップマンはいった。「私もなじめなかったから。でも、偏見かもしれないわね。キースさんはとても愉快な方で、開けっぴろげだし、伯父様にも気を使っていたけれど。だから、二人がご一緒のところを見るのは楽しかったわ」

デーヴィッドは思い切って訊《き》いてみた。「ヘンリー・ワーウィックさんはどれくらいこちらにお住まいでしたか?」

「二年ほどですわ、確か。キースさんは一週おきの日曜日に来て、その空いた週はヘンリーさんがカーショーさんの家にお出かけだったんですよ。でも、最後の頃は――亡くなるまでの数か月は頻繁に外出してらしたわね」

「病気なのに変だな」デーヴィッドがいった。

「だからいつも注意していたんです。バーナードさんが来る前は、とても静かにお暮らしだったのに。外出は日曜くらいで。でも、彼がブリッジのクラブに誘ってからは、ほとんど毎晩」

「キース君は認めていたんですか?　いや、お話だと、多少なりともお世話をしていたようですから」

「いえいえ。だめだといっていました。よくこぼしてましたよ、ブリッジに誘うなんて、と」

「彼もブリッジを?」

「ええ、しましたよ。何年か同じクラブのメンバーでしたから。そもそもバーナードさんを誘ったのは彼だったんですもの。でも、伯父様が夢中になりすぎて疲れるのは困るということでしたね」

「なるほど」

メーザーズが皮肉な言い方で割り込んだ。

「ブリッジで無駄遣いをしてもらいたくなかったんじゃないかしら。その分、お小遣いをもらいたくて。きっと、それが理由よ」

「そうじゃないわ」チャップマンの声には憤慨したような響きがあった。デーヴィッドは目を丸くしたが、座をとりなすより待ったほうがいいと思った。気を取り直して、チャップマンは続けた。

「あのかわいそうな青年をそんなふうにいうなんて、冷たいし、間違っているわ、メイベル。それに今は亡くなってしまった人なのよ。彼は叔母様にいつもがみがみいわれていたの。まるで小さな子供を叱《しか》りつけるみたいだったというわ。だから、何があっても叔母様には頼めなかったのよ。それに、ヘンリーさんには尽くしていたもの。それは間違いないわ」

「まあまあよく面倒をみていたんですね」

「まあまあどころか。何かあれば週に何度も来ましたから。それで、小まめに雑用を引き受けて」

「バーナード君がそうしているとばかり思っていたな」

「まさか。バーナードさんは用事がない限り、ほとんど部屋にこもっていたんですよ。生徒のノートを直したり、翌日の授業の準備をしたりと。少なくとも、それが彼の決まり文句でね。夕食になってやっと顔を出したと思ったら、必ずそのあと出かけるんです」

「彼はしばらくここにいたんですか?」デーヴィッドはある事実を明白にしようと思った。

「ええ。半年ばかり。もちろん、彼もよくお世話をして、いろいろ力になっていましたわ。そのうちブリッジの一件があって。でも、キースさんほどの愛情は見せていなかったような気がしますね」

メーザーズはいらついたように身じろぎした。

「エディス、あなたはバーナードさんに反感を抱いているのよ。でもそれは、キースさんがヘンリーさんと外出したいと思っても、バーナードさんが連れ出してしまうとか、そういう単純な理由からでしょう? 二人はヘンリーさんを引っ張りまわしすぎたんじゃないかしら。亡くなる前はよく出かけていたというし、特に夜。食事制限もうまくいっていなかったのね、きっと」

「そんなことはないわ。とても気をつけてあげていたから。外出のせいでもないの。前日に偶然、風邪を引いたからなのよ。なのに、リヴシー先生は食事制限を守らなかったからだっておっしゃるばかりで」

「どうして風邪を引いたんです?」デーヴィッドは新たな糸口をつかんだと思った。

「キースさんと夜のパーティに出かけたんですが、帰り道、車が故障したらしくて。一緒に外出するとき、キースさんは必ず伯父様を送り届けるんですよ。キースさんが車を直しているあいだ、ヘンリーさんは車の中で待っていたらしいんです、それも一時間以上。寒い夜でしたし、夜中まで戻れなかったんですもの。翌朝ヘンリーさんが、具合が悪いのでベッドで休むといってきたとき、それもそうだろうと思いましたわ。あいにく私は、ちょっとした風邪だろうと思って、予定を引き伸ばさなかったんです。あんなことになると少しでも思えていたら、絶対に出かけませんでしたのに」

チャップマンはスカートの上で指先を小刻みに震わせた。そのことを思い出すと、胸が痛むのだろう。

「バーナード君から聞いたんですが」デーヴィッドはチャップマンがこの話に苛立《いらだ》たないだろうかと思いながら、慎重に切り出した。「彼はヘンリー・ワーウィックさんが倒れる前に、ここを出たとか。前に一度聞いただけなんですが、彼は伯父さんが危篤だということを何も知らなかったんでしょうね」

「そのとおり」チャップマンはいった。「正確にいうと、寝込んだ前の晩ですわ。仕事先の近くに部屋を借りて。お給料がよくないから、そもそもここに長くいるつもりはなかったんですよ。でも、ヘンリーさんからこの家のことを聞いていたし、ロンドンもまだよくわからないからといって、とりあえず適当な部屋が見つかるまで住みたいと」

「で、引越し先も告げずに」メーザーズが口を挟んだ。「エディス、だからあなたはヘンリーさんのことを亡くなるまで伝えられなかったんでしょう？　ウィントリンガム先生、あの方はキースさんにも新しい住所をいわなかったんですよ。信じられます？　荷物をまとめて、すっといなくなったんですから。だから、エディスは当日、彼の勤める学校に連絡して、捕まえなきゃならなかった。そうよね、エディス？」

「まあ、実をいえば。とても手間でしたし、困りましたね。でも、わざとそうしたんじゃなくて、うっかりしただけじゃないかしら。とても気弱なところがありますからね、彼は。先生もお気づきでしょう？　私、気弱な方はかわいそうに思えてしようがないんです。自分でも困るだろうし、他人にも迷惑をかけてしまう」

「私は我慢できないわ」メーザーズの低い声には軽蔑の響きがあった。「フォサーギル大佐の反対も、もっともじゃないかしら。まあ、こんな時代に、娘の結婚相手を父親が自分で選ぶなんておかしいとは思うけれど。お嬢さんもかわいそうよ。ダイアナもバーナードさんと結婚させたくないらしいの。でも、大佐よりは大人ね。とにかく静観していれば、自然消滅していくんじゃないかと思っているわ。でももちろん、心配して、私にいろいろ話すわよ。大佐がもしその場にいれば、そんな話は聞くのもいやだといって席を立つわね。『絶対にいかん、何もかも、絶対にいかん』そう怒鳴って、部屋を出て行くはず。私も彼には賛成よ。キースさんのこともあなたのようにべた褒めはできないけど、バーナードさんはまったく好きになれないわ」

女性陣はデーヴィッドの存在を忘れたかのように夢中で議論を始めたので、彼は黙って座り、新しい事実が出てこないかと耳を傾けていた。チャップマンは、自分は他人をけなしても、他人が誰かを悪くいうのは許せないらしい。彼女はこう切り返した。「あら、メイベル、それは言いすぎよ」だがそのとき、階段の上にメイドが現れ、合図をした。それで彼女は話をやめ、デッキチェアからそろそろと身を起こすと、区切りをつけるようにいった。「お茶が入りましたわ。お二人とも、よろしいわね？　では、私からお先に」

デーヴィッドは立ち上がるメーザーズに手を貸した。彼女はぱっと顔を輝かせたが、その笑い方には人を萎縮《いしゅく》させるような迫力があった。彼はメーザーズに続き、階段を上った。彼女は途中で足を止め、肩越しに早口で話しかけてきた。「エディスの前ではいえなかったんですが、バーナードさんに伝えてくださらないかしら。彼とはお友達ですものね。実はキースさん、たびたびエディスからお金を借りていたんですよ。伯父様からもらえないものだから。でも、一度も返したことがないらしいんです。彼女もいろいろとたいへんでね。ご主人はまだ大尉のときに戦死なさって、それ以来、ここで皆さんにとてもよくしてあげて。むしろ、損をしているのではと思うくらい。代わりに返してあげてくださいとバーナードさんに手紙を書いたんですが、あなたからもお願いしていただきたいわ」

「どうして、チャップマンさんは返してくれといわなかったんですか？」

「キースさんがエディスに好かれようと、それはもう気を使っていたからですわ。あの人ったら、すっかりおだてに乗って。どうしたらお金を引き出せるかを心得ていたのね、彼は」

その辛らつな物言いから、デーヴィッドは感じ取った。チャップマンとは同じような環境で過ごしてきながら、メーザーズは他人に失望させられることが多かったのだろう。ならば、チャップマンのようにお人好しでいたほうが、差し引きしても幸せな生き方ができるのではないだろうか。

お茶には何人かの下宿人も顔を見せた。世間話をしながら時は進んだが、おおむね退屈な内容で、デーヴィッドは早く帰り、今日得た情報を整理したいと思った。だが、チャップマンと二人きりになって、訊《き》きたいことがまだ一つ二つある。そのためには、たとえメーザーズより長く居残ることになってもしかたがないと腹を決めた。ところが意外にも、ことは楽に運んだ。メーザーズが初めに腰を上げ、まもなく下宿人たちもさりげなく部屋へ引き揚げたのだ。

デーヴィッドは勧められるまま煙草を受け取り、チャップマンにも火をつけてやった。もてなしに対するしかるべき礼をいい、そろそろ失礼するそぶりを見せた。

「どうぞごゆっくり一服なさってください」チャップマンは引き止めた。「おいでいただき、感謝していますのよ。キースさんのことを新聞で見たときは胸がつぶれそうで、どこまでが本当の話だろうと思いましたわ。でも、そんなことをカーショーさんやバーナードさんには訊《き》けませんし、先生からお話が聞けてよかった。お医者様でもあり、ご親戚《しんせき》ではありませんからね。いろいろ伺っても差し支えないと思ったんです。とても知りたかったのは、苦しまずに亡くなったかどうかで」

「ええ」デーヴィッドはいった。「即死のようでしたから」

チャップマンはハンカチをまた取り出した。涙が乾くと、少し震えながらデーヴィッドに笑みを向けた。「キースさんが好きでしたのよ。伯父様にはもちろん、この私にもとてもやさしくしてくれたんですもの。きっと誰にでもやさしい方だったんでしょう。仕事がうまくいかなかったのも彼のせいじゃないと思います。ご両親を早くに亡くされ、ご苦労なさったからですわ。カーショーさんももちろんよく面倒を見てあげたことでしょうけど、やはり親とは違いますものね？　何か買い物や用事があると、いつも彼に頼んだんですが、本当にいやな顔一つ見せない方でしたわ。伯父様にもそうでしたよ。インシュリンが切れたときなども、まめに薬局に走って」

きっかけができた。

「バーナード君はしなかったんですか？　同じ家にいたのに」

「ええ、頼もうにも、あの方はいつもお忙しそうにしているか、出かけているかで」

チャップマンがそういって黙り込んだので、デーヴィッドは帰る頃合いだと思った。玄関へ行くと、チャップマンは少しのあいだ彼の手を取った。

「バーナードさんに対して、私が冷たいとお思いですか？」彼女はデーヴィッドの顔を訴えるように見上げた。「彼が手伝っていたことも少しはあるんですよ。ときどき注射器を洗ったり、ええ、ヘンリーさんの。それに思い起こしてみれば、たまに注射もしてあげていたわ」

チャップマンはデーヴィッドにドアを開けてやり、通りにぼんやりと目を投げた。彼は階段に立ったまま、黙って彼女の次の言葉を待った。

「そう、確かに」チャップマンはいった。「ヘンリーさんがキースさんと出かけたあの晩も注射をしてあげていました。ええ、バーナードさんのことですよ。荷物をまとめて、玄関に降ろして。タクシーが来たので、知らせに行くと、ちょうど針を抜いているところでしたわ」

チャップマンはがたがた震え、そのせいで白髪が額にかかるほどだった。だが、やがて笑みを浮かべた。

「私にはどうしても、そんなお医者様のような真似はできないもので」彼女はそっといった。

レディングの屋敷は客を待つ空気に満ちていた。新しい主人がとうとう訪れるのだ。邸内や敷地を見回り、いろいろな使用人たちと顔合わせをする。そしてまたしばらくのあいだ、離れるという。滞在は土曜日の午後から翌日曜日の朝までとのことだ。当然ながら、メイドたちはカーテンのほこりを払い、窓を開け、床や家具を磨くなどして、忙しく走り回っている。そしてまた当然ながら、庭師頭も本人自らが現れ、選りすぐりのダリアを山ほど持ってきた。運転手もしかり。ダイムラーをふたたび外へ出し、新たに磨きあげ、ラジエーターグリルも日差しに輝くほどぴかぴかにした。「期待と不安でいっぱいなのだ、誰も彼も」ひざの高さまであるリネン類を整理し、それを記録しながら、ミス・フルーは思った。そして手を止め、鉛筆の端で髪をすくと、メイドたちの騒がしい声に耳を傾けた。小さな悲鳴や笑い声が時折はじけるように聞こえてくる。

ミス・フルーも顔には出さないものの、同じように気持ちは昂《たか》ぶっていた。彼女とて、感じているのだ。葬式後の暗い雰囲気を追い払い、新しいスタートを切る。いっときでも、今の味気ない状況に区切りがつき、新たな気持ちで働くことができる。そして何より、主が来るということに胸を躍らせていた。仕えるにふさわしい人。彼は威厳のある声で命じるだろう。それにきちんと答えたときは、ていねいに微笑を返してくれる。心地よく過ごせる限り、嫌なあら探しなどはしない。そんな人であってほしい。

「しばらくここに残ってもいい、彼がそう望むなら」シーツを整理棚に戻しながら、フルーは思った。「もちろん、ずっとではなく、結婚するくらいまで。その日を長く待っているそうだから、彼もぐずぐずはしないだろう。そのあと少し仕事をやめても、すぐお金に困るわけでもないし。本当にメドリコット様には感謝しなくちゃ」フルーは時計を見て、もう昼が近いと気づき、急いで仕事を片付けはじめた。

バーナード・スコットが玄関に着くと、彼女はいつもどおり、にこやかに落ち着いた態度で彼を出迎えた。そして、客間に飾られたたくさんのダリアの脇《わき》を通り、開いた窓の前にある二つの椅子《いす》へ導いた。彼が滑らかな芝生やその向こうのバラを黙って眺めるあいだ、淡々と明確に、これまでの経過について報告をした。

「この数年、ここはあなたに任せられていたんですね？」バーナードは庭から、黒の制服をきちんと着た、フルーの理知的で冷静な表情に目を移した。

「はい。メドリコット様は進んでご提案をなさいましたが、私どもの意見もよく取り入れてくださいましたから。ところでスコット様、会計簿をごらんいただきたいのですが。私がここを出ますときには、もちろんスコット様、あるいはガーサイドさんのお手元に行くことになると思いますが」

「出る？」バーナードは目を丸くした。「そうしなければならないんですか？　考えてもみなかったな……てっきりいてくれるものとばかり……」彼は口ごもり、うろたえた。フルーは微笑《ほほえ》んだ。

「すぐに出て、ご主人様を困らせるようなことはいたしません。もしご心配であれば」そう労わるようにいった。「ですが、ご結婚なされば、私のお手伝いは余計でしょう。奥様もきっと、そうお思いになりますわ。それに、こちらにお住まいになるのかどうかも伺っておりませんでしたし」

「そうだね」バーナードはぽつりといった。「気が回らなくて、申し訳ない。でも知ってのとおり、ソーリーで身動きが取れなくて。葬式に来ることさえできなかった。実は今でも――」

言葉を呑《の》んだ彼を見つめながら、フルーはなぜそのようにためらうのか、途方に暮れるのかといぶかしんだ。幸運を手に入れた喜びを謙虚に抑えようとしながらも、やはり幸せでたまらない男。彼女が想像していたのは、そういう男だったのだ。ところが、目の前の彼は苦しげに顔をゆがめ、何かを恐れているかのように表情を硬くしている。以前、何度か会ったときの彼を思い出すと、この変わりようには驚かざるを得ない。キース・ワーウィックの死が原因ではないだろう。大きな衝撃は受けたかもしれないが、深い悲しみに打ち沈んでいるとは思えない。ミセス・メドリコットの葬儀にしても、何とか予定を立てて知らせてくれれば、合わせることができただろうに。だが、あのとき彼は、今のところソーリーを立つことはできないと、あいまいに書いてきただけだった。だから、彼女はミスター・ガーサイドの手を借りながら、バーナード不在のまま事を運ばなければならなかったのだ。

バーナードがまだ黙っているので、彼女は尋ねた。「それで、私は当面、ここに残ったほうがよいでしょうか？」

彼ははっとフルーを見た。

「ええ、お願いします。もしよければ。そのうち、もっとはっきりしたことが――」

彼の声はまた消えた。だが、自分の態度が奇異に映ると気づいたかのように、ぐっと背筋を伸ばし、会計簿を彼女から受け取った。彼女はそばに寄り、説明を始めた。

日はひっそりと暮れていき、屋敷にはいつもの静けさが訪れていた。だが、それは新体制に対する喜びがあってのことではない。陰気な顔をして、簡単に質問を終えるだけのバーナード・スコットに、使用人たちは不安を募らせるばかりだったし、今朝の熱い期待の代わりに失望と無気力感を抱いただけだった。

フルーは新しい主人を庭園やその他の敷地、納屋などに案内した。彼はそれを浮かぬ顔で機械的に見て回った。そのあと、何か手伝えることがあればと書斎についていったのだが、静かに拒否され、むなしい思いを味わった。結局、彼には見切りをつけ、夕食後はテラスの上にある自室に下がることにした。その部屋はミセス・メドリコットの寝室の隣にあり、彼女が危篤に陥ったときは夜勤の看護婦に貸していたのだが、今はまた自分が使っている。彼女は開けた窓のそばに座り、読書や編み物をした。そのあいだ、下からはテラスをただ行きつ戻りつする足音が響いていた。蚊に降参したのか、やっとそれは止まった。

だが、寝付いてしばらくしたあと、嗅《か》ぎなれぬ臭いにふと気づいた。バーナードの煙草の煙が窓から入ってきたのだ。鼻を突く、男性的な香りが神経に触り、すっかり目が冴《さ》えた。そして、不安でたまらなくなった。彼がこんな夜更けまで、下の大きな部屋で無意味に歩き回っているのはなぜだろうと。

「ジール！」

「パパ！」

「ただいま、ニック！　どこにいるの？」

「もう、デーヴィッド！　やめて！　今寝かしつけているところなのに。二時からずっと二人でいて、わたしもう、くたくた」

ジルは子供部屋でエプロンをつけ、ベビーベッドの手すりから中に身をかがめていた。ニコラスはベッドで飛び跳ね、手すりを揺すっている。デーヴィッドは階段を何段かおきに駆け上がっていった。

「おやすみ、ニック。寝なきゃ。おりこうだね。だめ、寝なさい。うわあ、半分こっちに出かかってるよ。退散したほうがいいな」

「そうして。わたしもすぐ行くわ」

父の顔を見てはしゃいだあと、母のキスを受け、ニコラスは満ち足りて疲れたのか、素直に横になり、上掛けにくるまった。そして、眠りについた。やっと切りがつき、ジルはデーヴィッドに続いて下へ行くと、肘掛《ひじか》け椅子《いす》にどかりと腰を下ろし、疲れた顔を見せた。

「これで、やれやれだわ。ナニーの次の休みまで。かわいくてたまらないんだけど——さて、お茶の話を聞かせて」

デーヴィッドはふんとそっぽを向いたが、少しせがまれて、どんな午後だったかを詳しく話してやった。

「で、どう思う?」話し終えた彼に、ジルは訊《き》いた。

「ゼロ——か全部」

「どういう意味?」

「わかるかい? ヘンリー・ワーウィックを殺したかもしれない、たった一つ、あざやかな方法があるんだ。殺した、とはいわないよ。証拠もないし、今後も絶対に出ないからね」

「わからないわ。どうやって、殺したかもしれないの？　リヴシー先生は糖尿病で死んだっていってるのに」

「そうだね。インシュリンが使えるようになる前は、多くの糖尿病患者が昏睡して死んでいった。使おうにも、なかったんだから」

「でも、ヘンリーさんは使ったじゃない」

「何回か彼の持っていたものを注射した。でも、最後のインシュリンは違う。リヴシーさんのものだからね。それを除くとして、ほかの中身が何か、誰にわかる？」

「まあ、デーヴィッド――まさか！」

「もし、そのまさかだとしたら、いや、まさかかもしれないとしたら、お見事というしかないね。インシュリンは無色で、水のように見えるんだ。注射器用に、ゴムの蓋《ふた》のついた小さな壜《びん》に入っている。患者からインシュリンが切れたらどうなるかを知っている人が、代わりに水を入れた。でも、すり替えられているなんて見た目には誰もわからない」

「ゴムの蓋をだめにしないで、そんなことができるの？」

「もちろんさ。中身をすべて注射器で吸い上げて、捨てる。で、また注射器から水を注入すればいいんだ」

ジルはうなずいた。

「簡単なことなのね。で、患者は必ず昏睡状態に陥るものなの？」

「そのときの状態によるよ。それから、どんな食事制限をするかにも。インシュリンの量は食事療法によって大いに変わるし、その食事療法も患者に合ったものでなければいけない。インシュリンをまったく使わなければ、すぐに具合が悪くなる。ヘンリーさんの場合は、風邪を引いたことも災いしたんだ。あらゆる感染症は、糖尿病患者にとってよくないものだからね」

「何て恐ろしい！　リヴシー先生はヘンリーさんが持っていたインシュリンを使い切ったってわけね、倒れたときに？」

「そのとおり。だから、もう決して中身を確かめることはできない。実に巧妙だよな、そうだろう？」

ジルは寒気を覚えた。リヴシー医師は命を救おうと懸命に戦ったのだろう。だが、知らなかったにせよ、手にしていた武器は役に立たない偽物だったのだ。デーヴィッドは続けた。

「キースかバーナード、ふたりのどちらかだろうね、そんなことができたのは。キースは死んだ。事故死のように見せかけられて。だったら、ヘンリー・ワーウィックもどうしてそうじゃないといえる？　そして、両方ともバーナードの仕業だとしたら？　チャップマンさんがいっていたよ。彼は注射をしてやったり、注射器を洗ったりしていたって。当時、一緒に住んでいたしね。チャンスも手段もあったんだ」

「じゃあ、なぜあなたに調べてくれなんていうの？　デーヴィッド、わたし気味が悪くて」

「まあ、落ち着いて。今のところ、限りなく怪しいってだけだからね。バーナードにはそれがわかってるんだ。だから、あえて頼んできたんだよ。彼はぼくが疑っていることを知っている。罪を暴こうにも、証拠が何一つないってことを示そうとしたのかもしれない。これまでにわかったことを全部、手紙に書くよ。で、今後どうするかは彼に任せればいい」

「きっと返事は来ないわね。それでおしまいよ」

ジルは間違っていた。火曜日の夜、デーヴィッドは電報を受け取った。それはヘモックから来たもので、簡単に、だがはっきりとこう書かれていた。「ヒキツヅキ、オネガイシマス、スコット」

「まあ、あなた、嫌だわ！　どうするつもり？」

ジルは両手を彼の腕に強く絡めた。顔がひくひく引きつっている。

「大丈夫、何も恐がることはないよ。ただ、ぼくがウェールズで楽しい週末を過ごすってだけさ」

「ウェールズ？」

「そこで、メドリコットさんの姪《めい》、ヒルダ・マクブライドがトラックかバスに轢《ひ》かれて死んでるんだ、どっちだったか忘れたな」

「じゃあ、続けることにしたのね？　話はますますややこしくなるんじゃない？」

デーヴィッドは頭をそらせて笑った。

「そうだね。霧にまみれた地獄、ってとこかな」

第三部　ウェールズ

8

ラントリノッド村は雨のベールにすっぽりと覆われていた。イングランドでは雷雲から大粒の雨が激しく降り注ぐか、薄暗い空から柔らかな雨がしとしと降るか、そのどちらかが多いものだが、ウェールズの雨は入り江から横降りに襲ってくる。そのため、人も獣も追い立てられるように身を隠し、山や谷はみな見えなくなってしまう。大雨の直撃を受けて、ガラスのように滑らかな川面にはいくつもの細かな穴が開き、暗雲のなか、雨粒と跳ね上がる水しぶきで形を変え、どこまでが本来の川なのかもわからなくなる。そこにはただ、大きな水のうねりがあるだけだ。家々の壁はごつごつした石でできているのだが、その青みがかった灰色も、したたる雨で黒ずんでいる。ひと気のない狭い通りの排水溝に、水が細い川のように流れ、小さな四角い市場も水に浮かぶ島のようだ。どこからも音は聞こえない。降りしきる雨音と、時折ゆっくりと走り去る車。それがシューッと雨風を切る音以外は何も。

ラントリノッドの村人は家で静かに過ごし、あまり雨のことは気にしていなかった。この一週間、快晴が続き、今日の雨だ。予想はついていたし、夕暮れには止むだろう。それに、どしゃ降りは午前中ずっと続いたが、たまの大雨には恵みもある。宿屋の女主人は残念に思っていた。客が山登りや川釣り、海水浴に出かけてしまったのだ。みな出払ったのは、朝方は晴れていたからだった。やんわりと釘をさしたのだが、彼らは気に留めなかった。今にびしょ濡《ぬ》れの洗濯物が山と積まれ、ウェールズの天候について、意味もなくぼやかれるに違いない。だが、総じていい夏ではあったし、イングランド人もまもなく帰り、ラントリノッドは普段の落ち着きを取り戻すはずだ。この大変さが報われる日も近いだろう。

村は川の左岸にあり、家はなだらかな山裾《やますそ》に密集している。晴れた日には、煙突の煙のはるか先にある山の頂上が、空高くくっきりと見える。海からの道はこの山のふもとを伝って、ラントリノッド村へ入る。そして、少しずつ上がり、谷のてっぺんにつくと、湖岸へ下がっていく。川の反対側は坂のように上がった土地で、石橋を渡ると、急に右へ曲がる一本の道がある。それは川岸の小さな林を抜け、目がくらむような急勾配《きゅうこうばい》の野原を、二つのヘアピンカーブを持つ道となって上っていく。丘の上に着いて呼吸を整え、向こうの北部にやっと消えていくといった具合だ。

この道の片側の野原には、ねずみ色のテントが三つ、肩を寄せ合うように並んでいた。雨で濡れそぼり、張り綱から滝のように水が滴り落ちている。持ち主は水浸しのような目に遭って、どこかへ行ったのか、狭苦しいテントのなかで苛々《いらいら》と退屈に過ごしているのか、定かではないが、傍目から見ると、打ち捨てられたような侘《わび》しさが漂っている。まるで、夜通し庭に放り出されたおもちゃのようだ。二つ目のヘアピンカーブの角に、小さいが頑丈な造りの田舎屋があり、その近くに建っているせいで、余計にみすぼらしく見える。田舎屋の窓はラントリノッドと谷向こうの山に向き、裏側は山腹にしっかりと据えられていた。生垣と家のあいだには、狭く、荒れ果てた庭がある。奥のひと隅には金網が張られ、そのなかに木造の小屋がいくつか並んでいる。門の両脇《りょうわき》に見えるのは、おんぼろな木の立て札だ。一つには「キャンプ場」、もう一つには「子犬売ります」とある。門には小さなこげ茶の表札がかかり、「プラス・エイニオン」という家の名が書かれている。文字は銅板で作ってあるが、ほったらかしなのだろう。黒ずみ、ざらざらで、少し離れると、まったく読めない。

ミス・マクブライドの死後、様子は一変したのだ。彼女があれほど自慢にしていた庭に、手をかける者はいない。あの不幸なポニーと軽馬車が入っていた馬小屋も壊され、代わりに犬小屋が建てられた。狭い室内さえも変わった。かつてはペルシア猫がぴかぴかの床を優雅に歩き、ぱりっとした木綿更紗《チンツ》の上で身体を丸めていたものだが、今は子犬だらけになった。賞を取った子犬、ペット用の子犬、病気の子犬。ころげまわり、じゃれ合い、くんくん鳴いて、部屋はいつも散らかりっぱなしだ。そしてその鳴き声と臭いは、今の住人、ミス・スチユアートの愛してやまないものだった。
様変わりはしたものの、家そのものはミス・マクブライドが二十六年前に建てた頃と変わりはない。田舎くさいが、丈夫で長持ち、といったところで、雨風の猛攻撃にもめげず、丘の端にちょこんと乗っかり、谷を見下ろしている。

ミス・スチュアートは雨が嫌いだった。家に閉じこもっていることが嫌なのだ。犬がかわいそうだし、犬を悲しませることはすべて、スチュアートには憂鬱《ゆううつ》の種だった。狭苦しい空間で欲求不満になっているのがわかる。長く陰鬱な午後を退屈に過ごさなければならない犬たちが、憐れで仕方がない。だが、こんな天気では外で走り回らせてやることもできないし、散歩さえ無理な話だ。彼女は窓辺に立ち、長いあいだ、体の弱いラブラドールの子犬を抱きかかえていた。母犬には育てることができず、粉ミルクを与えている子犬だ。谷全体を雨雲が覆い、窓からの視界はひどく狭い。村には分厚い雲が垂れ込め、煙突から立ち上る煙の先まで届いている。山も雲に隠れて、ほとんど見えない。時折、雨水をかぶり、しぶきを跳ね上げながら、車がゆっくりと斜面を登ってくる。そのたび、小屋にいる犬たちは声を立てて騒ぐし、室内の犬も窓に駆け寄り、吠《ほ》え立てる。腕の中の子犬も、もぞもぞと身をくねらせ、興奮して鼻を鳴らす。

四時、犬の世話係と家の手伝い、そして友人のような存在でもあるグウェン・オーエンが、トレイにお茶を載せて持ってきた。そして、火を焚《た》いてはどうかといった。スチュアートは気が進まなかった。今そうすれば、長い夜は確かに心地よいものになるだろう。だが、空はどうだろう。晴れるかもしれない。ならば、暗くなる前に何匹かでも散歩に連れ出してやりたい。迷ったものの、腕から降ろし、かごに入れてやったティムが震えはじめたので、結論が出た。ティムが寒がるなら、温めてやらなければならない。何もできない、かわいそうな子犬なのだから。

薪がはじけ、黄色い炎を上げるると、音を立てて少しずつ燃え盛ってきた。スチュアートはお茶を飲みながら、ブラッキーがすべての部門で一位を取り、チャンピオンになることを夢想した。雄のブラッキーは今まで育ててきたなかで、一番素晴らしいラブラドール・レトリバーだ。だから、期待も大きい。

突然、先を争いながら、犬たちがまた窓辺へ駆け、今まで以上に大声で吠えたり跳ねたり、大騒ぎを始めた。

「お座り、ボブ——お座り、ピーター! こら、ブラッキー——座って! 静かになさいったら。車が通るだけよ」

だが、なぜか今回、犬たちはいうことを聞かず、それどころか犬小屋からもうるさい吠え声が響いてきた。スチュアートは立ち上がり、窓へ行ってみた。

門の外に車が止まっている。レインコート姿だが、帽子はかぶっていない背の高い男が、通路を通り、ドアに向かってきた。

彼女は犬たちを軽くたたいて静かにさせ、椅子《いす》に戻った。すると、犬たちはドアに走り、顔を下げて唸《うな》りはじめた。ドアが開き、またけたたましい吠え声が上がる。グウェンが声を張り上げた。「スチュアートさん、医者のウィントリンガムさんとおっしゃる方がお見えですよ」デーヴィッドはそろそろと犬をよけながら中へ進み、叫ぶように突然の訪問を詫《わ》びた。

「初めまして」握手をしながら、スチュアートも大声でいった。「ちょっと待ってください。この子達を向こうへやりますから。でないと聞こえやしない。グウェン!」

ひと苦労だったが、なだめられて犬たちはぞろぞろとグウェンに続き、台所へ行った。騒ぎが静まると、スチュアートはドアを閉め、暖炉のそばへ戻った。

「すみません」彼女は謝った。「あの子達は人見知りがひどくて。さあ、レインコートを脱いで。玄関にかけてください。えっと、お名前をもう一度」

「ウィントリンガムです」デーヴィッドはいった。「スコット君の知人でして。ここへ来るよう頼まれましてね。あなたに、どうぞよろしくとのことでした。スコット君の親のいとこ、マクブライドさんが、以前こちらにお住まいだったと思いますが」

「ええ、そうですよ。お気の毒だったわ。まあ、まずこちらへ来て、座ってください。お茶をどうぞ。スコットさんとは長いお付き合いですか?」

「この夏、ソーリーで一緒だったんです」デーヴィッドは答えた。ミセス・チャップマンとの会話も、この始まり方でうまく進んだ、ミス・スチュアートにはどう働くだろうと楽しみに思った。

「ごく最近?」

「ええ、実はたった三週間前に別れたばかりで」

「じゃあ、レディングの大おばさんが亡くなったときも、あちらにいたんですね? いえ、スコットさんが短い手紙をくれたんですよ。ごていねいに、と思ったんですが、本当に私のことをよく覚えているんですね。あなたにここへ来るようにいったってことは。それにしても彼のことを思うと、とても嬉《うれ》しくて。誰といって、彼こそ幸運を手にするにふさわしい人ですもの。気に入った職場とはいえなくても、これまで一生懸命働いて」そして彼女はあとから思い出したように、付け加えた。「それから、キース・ワーウィックさんが恐ろしい事故に遭ったとか。そのときも、あちらに? メドリコットさんが亡くなる前かあとか、ちょっと覚えていなくて」

「同じ日ですよ。ええ、ぼくもいました」

「あの人なら、そんなこともあるかもしれないと思いましたよ。去年も山の上で、変なことばかりしていたから」

「彼がここに来たなんて、知らなかったな」

「ほら、カーショーさん。叔母さんですが、知っているでしょう？　復活祭の休暇を、村の宿で過ごしたんですよ。マクブライドさんが亡くなるすぐ前でした。スコットさんにも、キース・ワーウィックさんにも、それから会っていないわ」

「スコット君も？」

「ええ、もちろん。そうじゃなきゃ、どうして私と知り合いに？」スチュアートは打ち解けたように笑みをこぼした。デーヴィッドの訪問を受けて、とても潑剌《はつらつ》としているのは、初対面の人物と会って興奮しているせいもある。だが何より、バーナード・スコットが自分を思っていてくれたことに感激しているからだった。デーヴィッドも微笑《ほほえ》んだ。

「思い違いをしていましたよ」彼は答えた。「そのときが初めてとは知らなかったな。てっきり、昔からのお知りあいだと」

スチュアートは嬉しそうに頰《ほほ》を染めた。

「あのつらく苦しいときに、すごく力になってくれたんです」彼女は低い声でいった。「彼がいてくれなければ、どうなっていたことか。少しのあいだしかここにいなかったのに、あんなに親切にしてくれて」

「そのとき初めて、ここに来たのかな？」

「いえ、そうじゃないと思います。でも、私がマクブライドさんと一緒にいたのは、たった一年でしたから」

「スコット君もカーショーさんのところにいたんですか？」

「いいえ、ここです。だから、いろいろ助けてもらって。彼だって、あれほどショックを受けていたのに。着いてすぐ、あんなことになるなんて」

ショックを受けていた？　デーヴィッドは炎を見つめながら、思った。驚いていたとでもいうのだろうか？　力になってやった？　ことをうまく運ぼうと必死だっただけではないのか？　滞りなく検死審問が終わり、葬式をして、事件は闇《やみ》に葬られる。そして、行く手からまた一人、邪魔者が消える。すべてはそのためだったのでは？

スチュアートが話していることに気づき、彼はこの偏見に満ちた、根拠のない憶測を頭から追い払った。「……猫が。見てのとおり、私は犬のほうが好きで。動物は好きですか、ウィントリンガム先生？」

ロンドンは犬を飼うにはあまりふさわしい土地ではないと思う、とデーヴィッドは説明した。自分には土、日しか運動をさせてやる時間がないし、妻も家のことや子育てに忙しく、それ以上何かに手をかけることはできないのが現状だと。スチュアートは彼の仕事と家庭に軽い興味を示し、会話はミス・マクブライドとその親類のことから遠ざかりはじめた。元に戻そうにもきっかけがつかめず、彼は途方に暮れた。それでなくても長居しているし、スチュアートにも彼の引き際を待つ様子が見える。だが、ここまでわざわざやって来たというのに、肝心なことはまだ何一つ聞いていないのと同然だ。村でも事故の話は聞けるだろう。それは間違いない。とはいえ、時間も経っているし、ケルト人の想像力で脚色されたものが、それほど役に立つだろうか？

と、スチュアートが助け舟を出してくれた。

「メイドのことで、お願いがあるんです」彼女はいった。「厚かましくて、すみません。困ったことにあの人ったら、近所の保険医に行こうとしなくて。話では、行けないというんです。その医者の患者名簿に載っていないからと。本当かどうかよくわからないけれど、とにかくこの雨では、これから村の医者に行くこともできないし」

「かかりつけの先生がいないなら、ぼくが診てもいいですよ」デーヴィッドはいった。「でも、十分なことはできないかもしれません。何しろ、何も持ってきていないので。で、どうしました？」

「指なんですよ。腫《は》れて真っ赤で。子犬に咬《か》まれたのかと訊《き》いても、違うというんです。

でも、犬の扱いに慣れていないところがありますから。マクブライドさんがいた頃はポニーの世話をしていたんです。犬より馬のほうが、うまく扱えるようで。農家の娘ですからね」

「そうですか。じゃ、ちょっと診てみましょう。その上で処置が必要なら、車で村へ連れて行ってあげますよ」

スチュアートは感謝に満ちたまなざしを向けた。

「まあ、ご親切に！　さあ、台所へ。グウェンには医者へ行けといいましたが、今、先生に診ていただけるとは思ってもいないでしょうし、恐がると困るので、私が先に行きますね」

三十分後、デーヴィッドとスチュアートは「プラス・エイニオン」の門の前に立っていた。雨は上がった。結局、ざあっと来て行ってしまうんですよ、そうスチュアートはいった。まだ山には紫色と灰色の雲が混じりあい、大きくかかっているが、谷のてっぺんには太陽が顔を出し、遠い丘の上を照らしている。天国と地上のあいだにぶら下がり、薄霧のなか、金色の光を受けて輝くはるかな緑の一角。奇跡のように、目に鮮やかだ。

デーヴィッドは一、二度深呼吸し、雨に洗われた山の空気を胸に入れた。そして、スチュアートに顔を向け、別れを告げた。

「一分ほど待ったほうがいいですよ」彼女はいった。「バスの音がしますから。今夜は三分遅いわ。雨のせいね。ほら、来た。お座り、ブラッキー！　お座り、ボブ！　ピーター、静かに！　こら、ブラッキー！　まったく、もう！　お昼からずっと、家にいたからだわ」

犬小屋で、また大騒ぎが始まった。ローギアで這《は》い上がるようにしてやって来たバスの音も聞こえないほどだ。通り過ぎるとき、運転手はこちらを見て、うやうやしく敬礼した。犬が落ち着くと、スチュアートがわけをいった。

「あの人は私を見ると、必ずああするんですよ。ときどき違うバスにも乗るんですけど、たいていこの路線を走るんです。いえね、あの事故のときの運転手なんですよ」

「どんな事故だったんですか？」デーヴィッドは訊《き》いた。「よかったら話してください。スコット君からは聞いていないので。気が進まなければ結構ですが」

話すのは嫌だったし、さっき会ったばかりなのにそんなことを聞きたがるなんて、何て変わった人だろうとスチュアートは思ったが、グウェンの指を診てもらった恩もある。そして、それが心配していたほどひどい怪我ではないこともわかり、ほっとした。それに、バーナード・スコットとの思い出は胸を温めてくれる。

彼女は口を開いた。「ヒルダ、ええマクブライドさんは、とても頭がよくて気の利くスコットランド人でした。でも、ちょっと変わった習慣を持っていて、何があってもそれを変えたりやめたりしなかったんです。その一つは軽馬車でラントリノッドまで行き、手紙を出して買い物をすることで、毎日夕方五時半きっかりに家を出ました。雨でも晴れでも、日曜以外は。一年一緒に住んでいて、一日たりともそうしなかった日はなかったですね。雪だったら、どうするつもりだったのかはわからないけれど。あの冬、雪は降らなかったから。さっきのバスはラントリノッドを五時半に出るんです。だから、軽馬車が下りていくと、バスが上ってくる。みんなわかりましたよ、バスがいつもより遅いか早いか。マクブライドさんとどこですれ違うかでね。

当日の午後は何人かお客さんがお茶に来ていたんです。スコットさん。いいましたよね、前の日に来たって。カーショーさんにキース・ワーウィックさん、それにあと一人二人。だから、私が手紙を出しに行くといったんです。そんなことをいったって、通じないのはわかっていたけど。ヒルダは『私のいないあいだ、あなたがもてなしていてね。すぐ帰ってくるから』といいました。そのときまでにほかの客は帰ったんですが、カーショーさんとワーウィックさんはもう少しいて、スコットさんと晩御飯を食べると。スコットさんは徒歩旅行中で、翌日出発する予定でしたから。ヒルダが二階へ帽子を取りに行くあいだ、彼は馬小屋で軽馬車の用意をするグウェンに手を貸していて。馬小屋の入り口からヒルダが出ていくのを、みんなで見送りました。馬小屋はもうなくしたんですよ。犬のことで手いっぱいだから。でも、ここにあったんです。ほら、まだあまり大きくなっていない生垣のところに。ヒルダは道を渡り、角を曲がって行きました。そしてそれが、私たちの見た最後の姿でした」

スチュアートは門のてっぺんをぎゅっとつかんだ。痩《や》せた浅黒い顔を曇らせている。

「どうしてポニーが急に暴れたのか、わからないんです。でも、そうなって。初めてのことだと思いますよ、たぶん。二番目の角を少し下る頃には、もうまったく制御できない状態で、そこへバスが上がってきた。あの運転手、今通った人は何とか避けようとしたんですが、ポニーはまっすぐ突っ込んで、ヒルダは投げ出されてしまった。ほとんど即死でした」

「何と恐ろしい！」デーヴィッドは心底ぞっとした。そして、スチュアートにそんな話を思い出させてしまい、申し訳ないと思った。彼はまた話がそれてくれればと願い、こういった。

「馬なんかやめて、犬小屋にするのも当然ですよ」かがみながらブラッキーの頭をぽんぽんとたたき、靴紐《くつひも》をくわえようとするボブを向こうへやった。

「馬小屋を新しくするはずだったのに」スチュアートは答えた。「馬車はばらばらに壊れたし、ポニーは撃ち殺されました。谷にあるシマー牧場のローランズ爺さんが来て、やってくれたんです。みんなやさしくしてくれて。でも、スコットさんがいなかったら、どうすることもできなかった。残りの徒歩旅行をやめて、ここにいて助けてくれたんですよ。いろいろ手伝ってくれただけじゃなくて、何しろお喋《しゃべ》りで私の気をまぎらわせてくれて。物知りな方ですねえ。本当に面白いと思いましたよ」

じゃれつく犬を遠ざけ、スチュアートに礼をいうと、デーヴィッドは丘をゆっくり下りながら、ラントリノッドに向かった。そして、新たに照らし出されたバーナード・スコットの一面について考えていた。彼もジルもバーナードが面白いとは少しも思ったことがない。逆に、臆病《おくびょう》であまり打ち解けないし、ときにこの上なく退屈な男だと思う。だが、同世代の人間といると、羞恥心《しゅうちしん》が先に立ち、そうなるのかもしれない。十歳ほど上の女性の前では、気軽に振舞えるということか。それとも、ミス・スチュアートの描く彼の人物像は、感謝の気持ちから、黄金色に輝いていたのかもしれない。それが一人寂しい時間を過ごすなか、気遣ってもらったという思い出によって、完璧《かんぺき》なものになった。いや、話は戻るが、やはり彼はミス・マクブライドの死の行方を見届けなければならなかったから、そう努めたのだろう。検死審問、埋葬。滞りなく終わり、入念な計画にほころびはなかったことを確かめ、安心するために。

デーヴィッドはとりとめのない考えに、きりをつけることにした。前が見えなくなりかけている、そう判断したのだ。想像の範囲ではどこにもたどり着けない。事実を把握し、対処していくこと。何より、証拠の切れ端も見つからない段階で、バーナードが怪しいと決めつけてはいけない。だが、いっそこんなことはやめたほうが身のためだろうか。彼は車を「レウェリン・アームズ」の駐車場に止めながら、ふと思った。そして、中へ入り、部屋へ上がった。

その夜、彼はバーでそれとなく情報を得た。例の年寄り、ミスター・ローランズが翌朝、川辺で行われる牧羊犬競技会に姿を見せるという。息子が二匹の犬を出場させるためらしい。デーヴィッドは周りの男たちと、なごやかで気の利いたやり取りを交わしながら、三十分ほどを楽しく過ごした。そのあいだ彼らは気を遣い、英語で話してくれた。だが、彼が腰を上げて背中を向けると、みなはカウンターにひじを寄せて固まった。デーヴィッドは階段を上りながら、低くさざなみのように響いてくる耳慣れぬウェールズ語を聞いた。そして、ドアを閉めてため息をつき、つくづく遠い異郷に来たものだと思った。

9

翌朝は快晴だった。遅く起きたデーヴィッドは、すっかり乾いたラントリノッド村を窓から眺めた。家々の壁に日差しが輝き、昨日よりずっと親しみやすく思える。市場はすでに車やさまざまな荷馬車でいっぱいだ。人々はそれぞれ輪を作り、政治的な問題について話し合っている。不可解なそのざわめきが、高く低く耳に届く。ロンドンからの距離が身にしみ、彼は着替えながら、ここでの調査は楽ではなさそうだと思った。

　朝食にはおいしいソーセージが出た。間違いなく、この一角の向こう端にぽつんと見える肉屋から買ったものだろう。店先には掲示があり、上に「ウェールズ産子羊」下に「豚肉、ブラック・プディング（豚の血入りソーセージ）」と書かれている。宿の主人があいさつにやって来た。

「雨が上がって、皆さん出ているようですね」デーヴィッドはいった。

「ラントリノッドの人ばかりではなく」主人は外を見て、いった。「今日は牧羊犬競技会を見に、大勢集まってるんですよ。いや実に、楽しい眺めでしてね。あとで行かれるでしょう？　全ウェールズ・チャンピオンのヒューズさんがいます。見事でねえ、彼の犬の働きぶりは」

「ラントリノッドの人も参加しますよね？」デーヴィッドは訊《き》いた。

「ええ、もちろん。スラントリノッドからは四、五人ですね。カマー牧場のローランズさん。あの人もチャンピオン候補ですよ。いい犬が二匹いますからね」

そういうわけで、十時になり、デーヴィッドは競技会場の外に並んだ。入場料を払わずに見物されてはたまらないと、囲いの上には長い粗布が張り巡らされている。その奥から、かすかな人声や甲高い口笛が聞こえてくる。犬に指示を与えているのだろう。やがてプログラムを手に会場へ入ると、下にはなだらかな斜面が広がっていた。その先に平らな草地があり、そこで競技が行われるらしい。片側に犬を足元に置き、ベンチに座る男たちがいる。反対側は審判席。彼らは日よけの中で、テーブルについている。草地はだだっ広い空間で、手前に編み垣、中央に木枠で作ったマルタ十字架形のコース、その向こうに三つの作り物のゲートがあるだけだ。ゲートは草地の端から端まで、間隔を置いて並んでいる。

観客は仲間うちで固まり、立つか座るかで、競技が一日がかりのため、たいていサンドイッチを持参していた。みな和気あいあいとした雰囲気で、大いに楽しもうとしている様子だ。互いにウェールズ語で話しかけ、冗談をいっている。デーヴィッドはその意味をわかりたいと思った。旅行客も興味深く眺めているが、中には苛々《いらいら》した様子のご婦人もいる。犬や羊などに関心はなく、だまされてここへ来たような気持ちなのだろう。レインコートも持ってきていない。日が照っていることもあるが、大雨だった昨日の今日で、まだ乾いていないからだ。それで座ることもできず、ハイヒールに乗せた体重を右左に移し変えながら、立っているしかない。ふさわしい身づくろいをした地元の人々のようにくつろげないのも当然だろう。

デーヴィッドは観客席と競技場を隔てるフェンスのそばへ進み、プログラムを見た。早めに行われる種目は、犬が一匹あるいは二匹ひと組で、その働きぶりを競うものらしい。シマー農場のトーマス・ローランズが、メグとモニの二匹をどちらの競技にも出場させるとわかり、彼はほっとした。大きな黒板に書かれた番号から、四匹がすでに走り、一匹だけが勝ち残る仕組みだということもわかった。モニは次の回で競うようだ。

中年というにはまだ若い男が出場者席から出て、一本の杭のそばへ行った。ツイードのスーツにハンチングという姿で、杖《つえ》を持っている。一匹の犬もあとに従い、彼が足を止めると、そこで伏せをした。審判の一人がやって来て、旗を振る。そのとたん、向こう端の編み垣の入り口が開き、羊が三頭、弾きだされた。羊はやがて落ち着きを取り戻すと、草を食《は》みはじめた。デーヴィッドは犬に目をやった。すでに勢いよく駆け出し、編み垣に近づいている。吠えもせず、まっすぐ目的に向かい、何をすべきか、どうすればそうできるか、すべて心得た様子だ。羊は雌犬に気づき、顔を上げた。驚いてはいない。それどころか、これは前にもあったことだとおぼろげにわかっているようだ。だが、そんなことはごめんだという顔つきをしている。と、杖を持ち、杭のところにいる男が手を口元にやり、口笛を吹いた。初めは高く、そして低く。羊が動きはじめる。犬は合図を聞き、跳ねるように右へ、次は左へと駆け、やがて小走りに前へ進んだ。羊は並んで、そのまま真ん中のゲートをくぐった。

穏やかな拍手が湧《わ》く。だが、男と犬は仕事を続けた。犬は羊を右手に追い立て、次のゲートをくぐらせて、横に進ませると、三番目のゲートに戻そうとした。口笛に従ってそうしているが、肝心のところは全部自分の責任で決めているように見える。一頭の羊が最後のゲート近くで列を乱し、ゲートの後ろではなく前に向かって走り出すと、犬は瞬間的に脇《わき》へ回り、伏せの体勢を取った。羊は方向転換をし、それをあとの二頭が立ち止まり、待つ。三頭がまたおとなしく群れを作るのを見て、犬はもう一度前へ進んだ。犬の手柄をたたえるように、三番目のゲートが羊を迎え入れた。

マルタ十字架形に作ったコースはより難易度の高いものだったが、その代わり、羊飼いが手を貸した。犬がじりじりと動くあいだ、男は脇で見守る。羊は少しずつ狭いコースに向かっていく。羊はそこを縦列で走らなければならないが、入り口がわからないようだ。その障害物にさえ気づいていない様子だが、近くにいる男と犬がいやで、少し跳ねたり身をよじらせたりしている。そのままだと興奮して、暴れだすかもしれない。犬はもう一歩群れに近づいた。すると突然、はっとしたように先頭の羊が前進し、十字架の北から南を見事に通り抜けた。残りの二頭も続いた。次は東から西へ。羊はそれを先ほどより早くこなした。さあ、最後のテスト、羊を編み垣に戻す作戦が始まった。

「モニ!」犬の主人が鋭い声で叫ぶ。羊はまた群れを作り、慎重に誘導されながら、囲いに向かっていく。ふたたびその入り口で足を止め、観客をのろのろと見上げた。モニがかすかに足を前へ出す。と、羊はびくっとして体を寄せ合い、その拍子に、一頭が尻から入り口に押しこまれた。そこで踏ん張ったまま、頭を外に出し、仲間が動くのを待っている。早く外に出たいのだ。男が編み垣の上で杖を振り回すと、三頭はその場を二、三歩飛びのいた。一頭は何事かといったように苛《いら》つき、綺麗《きれい》で小さな前足をばたばたさせている。こんなことはばかばかしい、もう終わりにしてもらいたいとでも考えているのだろうか。モニは草の上で身をかがめ、長い舌を出してあえぎながら、羊を注視している。すると観念したのか、不意に羊は草を食《は》みはじめた。男が杖で軽く草の上をたたく。一頭が男を見上げ、一歩前へ出て、編み垣の入り口に頭を突っ込んだ。

「モニ!」男が小声でいうと、モニはじりっと羊に迫った。

「ああ、愚かな羊!」デーヴィッドは熱い興奮を覚えながら、胸の中でつぶやいた。「目も耳もあるだろうに。こんなことは何度も繰り返したはずだ。おとなしく順番に進めば、それだけでいい。それにしても、少しは頭を働かせてはどうだい？　いや、もう羊の頭の問題ではない、時間切れだ。ミスター・ローランズは満点を取れないぞ」

だが、初めの羊は歩を進め、その尻《しり》に二番目の羊が頭を押しつけた。またその尻尾に、三番目が顔をつける。そのとたん、ローランズが杖を勢いよく振り下ろした。モニが飛び出すと、見えない綱に引かれるかのように、三頭の尻は次々と囲いの中に消えた。制限時間を告げる笛が鳴った。

「やった！」デーヴィッドは思わず声を張り上げた。「すばらしい！」

「見事ですねえ、あのモニは。メグもいい犬ですよ。ぜひ、ペアの腕前を見てください。実に圧巻ですから」

隣から話しかけられ、デーヴィッドは顔を向けた。色黒の小柄な男で、きりっとした目鼻立ちをしているが、顔色はあまり冴《さ》えない。

「面白い展開でしたね」デーヴィッドは熱っぽくいった。「これを見るのは初めてなんですよ。話だけはよく聞いていたんですが。ローランズさんは地元の方でしょう？」

「ええ。谷の牧場の人でね。親父さんのあとを継いで、犬をしつけるのが本当にうまい。親父さんも、今はいっしょに暮らしてますよ。ほら、あそこ。息子と話してる。昔はあっちこっち回って競技会に出ましてね。どこでも賞をさらってきたもんだ」

笛が鳴り、またゲームが始まった。デーヴィッドはそっとフェンスを伝い、ローランズ爺さんの後ろへ行った。次の雄犬はひどくせっかちで、羊を違う方向に走らせたあげく、元に戻すことができなかった。忠実さにも少し欠け、マルタ十字架を編み垣と間違え、羊飼いの指示に反して羊を十字架の真ん中に集めるといってきかない。結果的に、最後のテストには至らぬまま、制限時間が来て、笛が鳴った。

あと二匹ほど出場すると、二匹ひと組の部門の始まりが告げられ、息子のローランズがメグとモニを従え、再登場した。今度は六頭の羊を相手に、同じテストが行われた。だが、最後の編み垣に追い込む場面で、羊は三頭ずつ二手に別れてしまった。メグとローランズは生垣に隣接した囲いにまず、ひと組を入れようとした。そのあいだ、モニは少し離れて座り、もう三頭に目を光らせていた。

その追い込みには時間がかかった。メグにはやる気も腕もあるのだが、モニのようなしつこさやずるさが足りないからだ。モニは飽きたようだった。周りを見回し、追い込みに気を取られたらしく、立ち上がって眺めはじめた。風に流される煙のように、モニは仕事をすっとどこかへやり、すばやく静かに草地を行き、仲間の後方に回った。メグとローランズは作業に夢中で、まったく気づかない。不思議なことに、モニは使命を忘れ、主人の仕事を見ている。

観客は息を呑《の》み、目を丸くした。ローランズ爺さんも大きくうめいている。だが、あわや一巻の終わりというところで、ローランズは事態を知った。

「モニ！」彼は怒鳴った。モニは飛び出し、ぶらぶらしていた三頭をひとつにまとめ、元の位置に戻した。同時にメグも危機を感じて奮い立ち、賢い動きを見せる。そこで三頭の追い込みは終わった。残りあと三秒。モニが残りの三頭をもうひとつの囲いへ追い立てる。そして、先ほどと同じように鮮やかな手並みで、すべてを中へ入れた。

「息子でしてね」ローランズ爺さんはそういい、大きな青いハンカチで額の汗をぬぐった。

「ご自慢でしょう」デーヴィッドは誉めた。

ローランズ爺さんはうなずき、いい牧羊犬にするためのこつを詳しく話しはじめた。デーヴィッドは羊にまつわることなら何でも大いに興味があるといい、それとなく話をシマー牧場に持っていった。

「そうなんですよ、ここでは犬もぴりぴりして」爺さんはいった。「観客が大勢いますからね。牧場での働きぶりを見てごらんなさい。そりゃもう、最高ですよ」

「そうできれば、ぜひ」

「息子が夕方、羊を動かしますから」爺さんは誘ってくれるようだったが、デーヴィッドが念を押す前に、二人の男がフェンスへ近づいてきた。そして、ウェールズ語で爺さんにぺらぺらと話しかけた。

「ラテン語やギリシャ語は、必死で勉強したのにな」デーヴィッドは残念に思いながら、彼らに背を向けた。

だがそのあと、古代ローマ人のことが頭に浮かんだ。彼らもギリシャに攻め込んだときに、その大昔の言葉を聞いて、自分と同じような気持ちになったに違いない。そして、ほっとした。宿へ戻るため、市場を通りかかると、観光バスの一行がバーミンガム訛《なま》りの英語で、がやがやと話していたのだ。今度は逆に、ケルト人がその様子を、半ばあきれ、半ばかなわない、といったように見ていたのだった。

午後も快晴だった。山の頂上が、いつものように雲間から顔を覗《のぞ》かせている。その姿は遠く、くっきりと目に美しい。堂々とそびえ、登りたければ、丈夫な足で登ってきなさいと挑発しているようだ。足には自信もあるし、何より身体を動かしたくてたまらない。それで、さっそく決めた。牧羊犬競技会に行くより、山に登るほうが充実感を味わえるだろう。挑戦は受けて立たなければ気がすまないうえ、今は競技会を見て気持ちも乗っている。

ショートパンツを持ってこなかったことを悔やみながら、彼は頑丈な靴に履き替え、出発した。三キロほどの道を急ぎ、登山道の入り口に出る。宿の主人はここまで車で送るといったのだが、それはずるいことのような気がしたのだ。だが、ボーイ・スカウトでもあるまいし、そんなふうにいきがって、少し馬鹿《ばか》だったと思った。何しろ暑く、風がまるでない。草や岩が覆う長い斜面を這《は》うように登り、流れの速い渓流や滝を越え、急な上り坂に出ると、もう汗まみれだった。おまけに、その坂にはジグザグに曲がった小道が続いている。彼は呼吸を整えるために腰を下ろし、はるか下の眺めに見とれた。青いもやの中にラントリノッド村が広がり、横の川がゆるやかに曲がりながら谷を下り、海に注ぎ込んでいる。

息を継いでいると、三人の家族が通りかかり、静かに、しっかりした足取りで小道を登っていった。先頭の父親は大またで軽やかに歩き、厚いジャケットやベストのボタンをしっかり留めていても、それが苦ではないらしい。八歳くらいの男の子も明るく元気に登っていく。青白い顔をした、一見、か弱そうな母親が一番後ろだが、決して後れを取ってはいない。足首まである、こざっぱりしたレーヨンのドレスに、長めの上着をはおり、麦藁帽《むぎわらぼう》をかぶっている。麦藁帽は山登りにふさわしいし、色合いもよい。かかとが高く、薄底で、紐《ひも》とボタンで留めた靴。手にはハンドバッグと手袋。家族はにこやかに会釈をし、天気のよい午後ですねと楽しそうに声をかけていった。デーヴィッドはそのましっかりした歩みで斜面を登り、消えてゆく家族を見ていた。そして、上着を肩にかけ、新たに弾みをつけて立ち上がった。

きっと、上で家族を追い越すだろう。道端に寄って先に行き、また小道に戻る自分の姿を想像する。もしかすると、疲れて岩に座っているかもしれない。そこにひと声かけて通り過ぎてやろう。

だが、登っていっても、三人の姿は見えなかった。岩くずだらけの道を越えると、頂上への曲がり角があるのだが、やはり彼らはいない。ショートパンツをはいた若い女たちが降りてきただけだ。彼女たちは頂上の手前は登るのがたいへんだが、それだけの価値はあるといった。彼は礼をいい、歩を進めた。元気も取り戻したし、まずまずのペースで歩いているのだから、あの家族が見えないのはおかしい。途中であきらめ、反対側のややなだらかな谷に降りたのかもしれない。高いところに来て、風も強くなった。さわやかに吹きつけ、肌にはりついたシャツや汗で濡《ぬ》れた頭を乾かしていく。彼はこのまま永遠に歩き続けられるような気がした。

ついに曲がり角だ。頂上が見えた。たどり着くには百メートルもないだろう。だが、すぐ近くに見えるのに、もう少し登らなければならないのだとわかった。なぜなら、石ころの多いその場にいる人々が、黒い小さな姿となって、青い空に向かうように動いているからだ。左下には灰色がかった青い湖があり、そこに小さな岩が垂直に落ちていく。反対側は谷だ。そして、どこまでも青や緑や紫の丘が続き、その先に、二つの丘のあいだから輝く帯のように広がる海がある。

やっと頂上に立ち、達成感で胸をいっぱいにしていると、例の地元の一家が目に飛び込んできた。石づかを背にして座り、遠くを眺めている。彼らはデーヴィッドにまた笑いかけ、景色を見るには最高の午後ですねといった。父親は依然としてシャツのボタンをきちっと留め、色白で華奢《きゃしゃ》な体つきをした母親の様子も変わらない。デーヴィッドは医者として、彼女の身体《からだ》はどうなっているのだろうと首をひねった。そして自分は今ここにいるが、いったい彼らはどうやってここにたどり着いたのかと思った。結局、ウェールズ人はイングランド人と体質が違うのではないか、まあとにかく休暇で来たのだから、仕事のことは考えまいと決め、景色を堪能することにした。彼はこれこそが見たくてたまらなかった眺めで、これまでに見たどこよりも美しい景色だと思った。

やがて、あの家族は去っていった。少年が初めの急な岩の下り坂を、子山羊のように跳ねていく。母親も夫のたくましい腕に支えられながら、軽やかな足取りで続いた。彼らはすぐに見えなくなり、デーヴィッドもあとを追うように腰を上げた。だが、残念ながら、ふたたび彼らを見ることはできないだろう。

ところが、そうではなかった。二時間後、痛む足を引きずりながら、ラントリノッドの市場を通りかかると、一番大きな喫茶店から三人が出てきたのだ。相変わらず色が白く、物静かで、しっくりと場に溶け込んでいる。そして、軽快そのものといった歩き方で、白線の引かれた駐車場に行き、オースチンの小型車に乗り込んだ。すれ違ったとき、彼らはまた、にこやかに会釈をした。そのあとデーヴィッドの耳に、彼らのていねいな会話がかすかに聞こえてきた。それは「……いい午後だった……」というものだった。

シマー牧場のローランズ爺さんは帽子をかぶり、家の玄関を出た。お茶のあと、外の空気を吸いたくなったのだ。太陽が谷に沈みかけている。だが、丘や川向こうの「プラス・エイニオン」の白い壁はまだ明るく輝いて見える。家の裏手にある放牧場には、メグとモニを連れた息子のローランズがいた。羊を牧舎へ戻す仕事が残っている。競技会を終えてくたくただったが、ぐずぐずしてはいられない。爺さんはゆっくりと口笛のするほうへ歩きはじめた。するると、門からこちらに身を乗り出すようにして立つ若い男を見つけた。見覚えがある。午前中、話をした元気のいいイングランド人だ。爺さんは愛想よく、そばに近づいていった。

「夕方、羊を動かすとおっしゃっていたものですから」歩いてくる老人に、デーヴィッドは声をかけた。「ひょっとしたら、見せていただけるかと思って」

「さあ、こちらへ」ローランズはいった。「ここでは何も見えません」

二人は隣接する放牧場へ行き、作業を見守った。そのあいだ、爺さんはいろいろ説明を加え、それをデーヴィッドは熱心に聞いた。そのおかげで、爺さんは上機嫌になった。

「ウェールズにはよく来るんですか?」やがて彼は訊《き》いた。

「初めてです」デーヴィッドは答えた。「でも、また来ますよ。本当に美しいところですからね」

「ええ、空気が綺麗《きれい》で」爺さんはうなずいた。「だから、よその土地から来て、ここに住みつく人もいるんですよ」

「マクブライドさんもそうだったのかな?」きっかけをつかみ、デーヴィッドはいった。

「マクブライドさん?」老人はびっくりしている。「知り合いですか?」不思議そうに訊いた。

「いえ、直接は」デーヴィッドは答えた。「でも、あの事故のとき、ここにいたスコット君を知っているんです」

「あんなひどいことが起きるなんて、まったく」爺さんは訴えるようにいった。「せがれを連れて、ポニーの始末に行きましたよ。背骨が折れてたな。いや実に、かわいそうだった」

「馬車はめちゃくちゃに壊れていたんですか?」

「ばらばらでしたね。スチュアートさんが礼にといって、馬と一緒にくれたんだが、まったく使い物にはなりませんでしたよ」

「馬具もですか?」

「どんなにひどかったか、想像がつかんでしょうな。手綱はちぎれるわ、首当てはねじれるわ、腹帯も真っ二つ、尻帯《しりおび》も、って具合でね。見せてあげましょうか。まだ納屋にありますから。留め具が何かに使えるかと思って、とっておいたんですよ。いやもう、ひどいの何のって！」話すにつれ、ローランズの声は大きくなっていった。

デーヴィッドは彼のあとに続き、牛舎の横の小さな暗い納屋に入った。老人は片隅をひっくり返し、白黴《しろかび》にまみれた革紐《かわひも》の切れ端をいくつか持ってきた。それにはさびた金具がついている。デーヴィッドは黙ってよく調べた。

「あまり残っていないんですね？」しばらくして、彼はいった。「いくつか使ったんですか？」

「いや」ローランズはいった。「それで全部ですよ、一年ちょっと前に持ってきたのは」

「もしや、この金具はいじってませんか？」片端だけ輪の金具に留まっている革の紐を見せながら、訊《き》いた。ローランズはそれを手に取り、じっと見つめた。

「尻帯の一部ですな」やがて、そう答えた。「見てのとおり、壊れてますからね」

「でも、その金具は動かされている」デーヴィッドはきっぱりいった。

「輪のここに、黒い線がついているでしょう？　もともとは帯がこの位置についていたからですよ。今のままなら、何もあとはないはずですからね」

「そうだな」ローランズはいった。「でも一切、手は加えていないんだが。壊れていて、使いようもないですからね。あの日から、ここに置いたままです」

彼は馬具のくずをデーヴィッドから受け取り、戸のそばにぽんと置いた。これで、この話は終わりだと考えたらしい。しかたなく、デーヴィッドは彼について家に向かった。疑問が湧《わ》き上がり、納得がいかない。もう少し詳しく話を聞きたかったが、その機会を逸したようだ。

家の裏口に行くと、息子のローランズの子供たちがいて、一番下の男の子が兄や姉を前に歌っていた。六歳くらいだろう。黒歌鳥《くろうたどり》のような高く澄んだ声で、力強く美しい歌を聞かせている。音程も狂いがない。デーヴィッドはじっと足を止めて、聞き入った。

「どういう歌なの?」歌が終わると、その子に尋ねた。ローランズは目を細めた。

「ウェールズ語しか話せないんですよ」彼は説明した。「英語は学校に上がってから習うのでね。でも、ウェールズ語は先に覚えるんです」

デーヴィッドはなるほどと感心した。

「何の歌だったんですか? きれいな歌だったな」

「山の歌でね。娘がポニーで山へ登り、また降りてきたというような」

「ポニーもここの山を登るんですか? 今日、ぼくも登ったんですが、それが『ポニーの道』という登山道だったたな。でも、ポニーにはたいへんな坂じゃありませんか? ぼくなんか、下りがきつくて、まだ足が痛みますよ」

「そうそう。下りが一番こたえますからね。でも、ポニーには足が四本ある。それほどでもないんですすよ。おまけに、馬車は引っぱらなくていいから」

「そうか」デーヴィッドはそういって、はっと思った。「下り坂は、尻帯《しりおび》がうまくやってくれるんですよね?」

「ええ、馬車が馬に迫らないようにするんですよ、わかるでしょう?」

「もし、尻帯がゆるかったら?」

「そりゃ、馬車が下がりすぎますよ。軽馬車だと後ろ足にぶつかりますな、たぶん」ローランズは目を輝かせ、夢中で話しはじめた。「すると、馬は恐がって駆け出す。それで、御者が手綱を引けば引くほど、馬車は馬にぶつかる。ますます馬は猛って、手がつけられなくなる。で、坂を駆け下りて」ローランズは両手を上げ、目の前にその恐ろしい映像を見るかのように話を続けた。「馬車は左右に大きく揺れ、馬もあっちこっち逃げ回って、御者は手綱を何とか握りながら、助けを呼ぶしかない。どんどんどん勢いがついて、しまいには何かが向こうからやって来る。そして」ローランズは深く息を吸った。「どっかーん——一巻の終わりですよ」

「本当のところ、マクブライドさんには何が起きたんでしょうね?」デーヴィッドはつぶやくようにいった。

「はあ?」ローランズはいつもの調子に戻って、首をかしげた。何を話していたのか、忘れてしまったようだ。

「いえ」デーヴィッドはいった。「そろそろ失礼しなければ」彼は背を向けた。

「前へ回って道へ出てください」ローランズは前方を指さしながら、いった。

「差し支えなければ、牧場を抜けて帰りたいんですが」デーヴィッドは答えた。「まだ時間もありますし。では、さようなら」

「気をつけて」老人はていねいに声をかけた。孫を連れて勝手口から中へ入り、ドアを閉めた。デーヴィッドは牛舎の横で少し待ち、そっと納屋に忍び込んだ。上着の右ポケットを膨らませながら出てくると、満足げな表情を浮かべた。そして、夕闇《ゆうやみ》が迫るなか、草原を元気に歩いていった。

考え事をしながら帰り、遅い夕食を済ませ、〈レウェリン・アームズ〉の部屋で一人になると、デーヴィッドは戦利品をじっくり観察した。だが、新たな発見はなかった。尻帯は長さが約二十センチあり、金具で輪に留められている。この輪と鞦《しりがい》を結ぶ腰紐《こしひも》、輪から轅《ながえ》につながる短い紐は両方ともなくなっている。金具の位置がずらされていることは間違いない。

つまり、尻帯《しりおび》は長くされた、ということだ。もしもう片方の金具もずらされていれば、確実にそういうことになる。とはいえ、肝心のその部分がないのだから、これ以上の調べはつかない。いつ、こうなったのかについてはわからないのだ。いや、あのように黴《かび》ていたことから考えて、事故以来、馬具にさわっていないことは確かだろうし、ローランズもくずだから使えないといっていた。だからといって、事故の前にしかけがなされたということにはならない。ポニーが倒れて撃ち殺されるまでは何でもなかったのかもしれない。で、そのあと、きちんと元に戻そうとして、違う場所につけてしまった。にしても、わざわざそんなことをするやつがいるだろうか？　普通はそれがうまくはまりやすい場所にすっと収めるものだ。このことはローランズ親子に訊《き》いてみなければわからない。だが、それほど親しい関係ではないので、どうしたものだろう。

いろいろなことを思い返すうち、ミス・スチュアートの話がはっと蘇《よみがえ》った。死のドライブが始まる直前のエピソードだ。スコットは馬車の用意を進んで手伝っていたのではなかったか？　ミス・マクブライドが二階へ上がっているあいだに。

「くそっ！」彼は歯ぎしりをした。「ぼくは先入観を持たずに答えを見つけようとしているんだ。なのに、新しい展開があるたび、あいつがぽんと出てきて、ますます怪しいと思えてしまう。こうなったら、ミッチェルのことも調べて、秘密だらけのあいつに迫ってやる。とにかく、この馬具を突きつけてやらなければ。これが馬鹿《ばか》げた話だなんて、いわせないからな」

ひとまず納得し、彼はこの問題を頭から追い払った。そして、戦利品をスーツケースに入れ、眠りについた。

10

安息日の静けさがラントリノッドを隅々まで覆っていた。通りには子供の声も響かず、犬の吠《ほ》え声《ごえ》でさえ、いつもより小さいような気がする。十時になって、やっと少し人の姿が見えはじめた。友人や親類を誘って教会の礼拝へ向かうのだろう。その黒い服と陰気な顔のせいで、家々の石の壁が余計に暗く見える。周りの丘を明るく照らす太陽は異端者だとして、まるで村全体がかたくなな抵抗を示しているようだ。

デーヴィッド・ウィントリンガムは宿代を払い、車に乗った。まずは燃料補給にガソリンスタンドへ向かう。ツイードの上着とグレーのフラノのズボンという姿がこの日にそぐわないことはわかっている。人々が白い目を向け、通り過ぎていく。ガソリンスタンド近くの十字路にいる自動車協会の男さえ、とがめるように見ている。何もかもから無言の批判を受けているように思え、彼は「プラス・エイニオン」へ早く逃げ出したいと思った。グウェン・オーエンの指の調子を見ることが口実だ。彼女たちがちがちのカソリックではなく、寛容さを見せてくれることを願う。

犬小屋で働くミス・スチュアートが見えた。彼女は二日前と同じように、温かく歓迎してくれた。犬もまったく同じで、やかましいことこの上ない。やっと話が聞こえるようになったとき、彼は訪ねたわけをいい、スチュアートが忙しいようなら、一人で家に入り、グウェンの指を見たいと頼んだ。彼女は礼をいい、まっすぐ台所へ行ってくれと続けた。

「治ったようですよ」入り口へ向かうデーヴィッドに、彼女は声をかけた。「でも、グウェンは大喜びだと思いますわ。二言目には、いい先生だ、いい先生だっていってるんで。私も、もうじき終わりますから」

デーヴィッドは台所へ入り、まじめな顔で指の具合を尋ねた。

「もう大丈夫です、先生」グウェンは驚きと喜びで顔を赤くしながら答えた。「先生のおかげです。あの夜、痛みはなくなりましたし、腫《は》れもきのう引きました。すっかりよくなったんですよ」

彼女はそういって、指を見せた。デーヴィッドは神妙な面持ちで経過を確かめた。

「ですが、手には気をつけてくださいよ」彼は忠告した。「いろいろな仕事をしていますからね。水仕事で手はふやける。でも、外の仕事もしなければならない。小さな傷でもほったらかしてはいけません。でないと、指が曲がることもあるし、面倒なことになりますよ」

「犬のせいです」グウェンがいった。「しょっちゅう飛びつかれたり、咬《か》まれたり。マクブライドさんがいた頃は、こんなにたいへんじゃなかった。外にはポニーがいただけだから。ポニーの世話や馬具の手入れをしてたけど、怪我なんて一度も。何せ、農家育ちですから。今の仕事より好きだったけど、スチュアートさんの頼みをきいてあげたくて」

「あなたがいつも馬具をつけていたんですか?」

「ええ、たいていは。マクブライドさんがするときもありましたけど。手入れも簡単でしたよ。馬具はほとんどひとつながりになってますから、あまりほどかなくていいし」

「なるほど。轅《ながえ》をつなぐ紐《ひも》と、腹帯をはずせばいいんですよね。で、あとはいっぺんに」

「面繋《おもがい》と首当ては別々にはずしますけどね、もちろん。でも、たやすいことです」

デーヴィッドは声を落とした。

「スチュアートさんから聞きましたよ。あの事故の日、キース・ワーウィック君が馬具の装着を手伝ったそうですね」彼はあえてゆっくり言い間違え、グウェンの反応を見た。彼女はすぐに気づき、きっぱりいった。

「ワーウィックさんが手伝うもんですか」声が高い。「怠け者だし、おまけに不器用で。カーショーさんの車のタイヤがパンクしたことがあるんですよ。そのときなんか、取り替えるのに一時間近くもかかったんですから。ポニーのベンに角砂糖をやるのは好きでしたけどね。

カーショーさんと来れば必ずそうしてました。でも、仕事なんて、まさか！　それはスコットさんですよ。マクブライドさんが時間に遅れそうだといったから、手伝いに来てくれたんです。まあ、特に何をしたわけでもなかったですけど」

「どういうことです？」

「面繋と首当てはつけ終わっていたし、そのほかを背中に載せたのも私でしたから。スコットさんは腹帯や何かを見てくれて、ベンを連れてきただけです。そのあいだ、私は馬車を出しに行って」

「ほかの小屋へ？」

「いえ、仕切りがあったんです」

「じゃあ、そのときの彼は見ていないんだね？　つまり、馬具はきちんとついていたのかなと思って。どこかが緩んでいたりして、事故が起こったということはない？」

「いえ、別に変なことはなかったと思います。それに、腹帯もさわってみましたから。そうじゃなくて、ベンは恐いものを見たんですよ。でも、それが何だったかは今もわかりませんけど」

ミス・スチュアートがやって来た。デーヴィッドはグウェンの怪我はもう心配ないといい、朝の忙しいときに訪ねてすまない、今夜中にロンドンへ戻らなければならないのだと詫《わ》びた。

「スコットさんに会ったら、手紙をありがとうと伝えてください」スチュアートは見送りに来て、いった。

「わかりました。でも、すぐには会えないかもしれません。もうじき結婚するんで、ばたばたしてるんじゃないかな。ずっと前から婚約してたでしょう？」

「そうだったんですか」スチュアートは小声でいった。

表情は変えなかったが、組んだ両手をぎゅっと握りしめている。心のどこかにあった小さな期待が、今すっと消えたのだろうとデーヴィッドは思った。そして、首をかしげながら、車に乗った。誰もマクブライドに、彼が婚約していることを話さなかったのだろうか。いや、話には出ていたが、それはスチュアートがいないときだったに違いない。スコットも明るく元気な頃もあったそうだから、話はしたのかもしれない。ただ、とにかくはっきりしない男だから、こういった誤解を生むのだ。デーヴィッドは考えているのが馬鹿《ばか》らしくなり、Uターンをして、まあ、彼女には大好きな犬がいるからいいだろうと思い直した。ブラッキーやボブ、ピーターがその周りで飛び跳ね、抱かれた子犬のティムがこちらに細い目を向けている。彼はそれを見てほっとし、車を走らせた。

デーヴィッドはラントリノッドから南へ下った。天気はよいし、まだ時間もある。それで、できるだけウェールズの景色を満喫しようと思った。山を抜けてワイ・リバーを見つけ、その広い本流まで行くと、泳いだ。その後ブラック・マウンテンズに上り、ロスへ向かう。グロスターで昼食を取り、地図を見て、ロンドンへ戻るにはどの道が目に楽しいかを考えた。するとと、お茶を飲む頃にはレディング辺りだと気づいた。そして、ひらめいた。バーナード・スコットの屋敷を訪ね、彼にこの二日でわかったことを突きつけてやろう。そうすれば、切手代が節約できるし、お茶代も助かる。

だが、ことはそううまく運ばないものだ。スコットはおらず、彼はミス・フルーの出迎えを受けた。スコットはミスター・ガーサイドの手を借りながら、遺産を受け取るためにロンドンでいろいろな手続きをしているとのことだった。デーヴィッドがウェールズへ行き、ミス・スチュアートに会ったことがわかると、フルーは俄然《がぜん》、興味を示し、話を聞こうとお茶に誘った。

彼女にとって、マクブライドは謎《なぞ》と魅力に包まれた存在だったらしい。そのわけの一部はこうだった。マクブライドはスコットランド人でありながら、ウェールズに住みついた。彼女には喘息《ぜんそく》の持病があり、ウェールズの山の空気のほうが身体《からだ》に合っていると考えたからで、それは一族の知るところだった。だが、フルーにはもっとロマンチックな理由があると思えてならなかった。それに、マクブライドはペルシア猫とポニーだけをそばに置き、何年も一人で暮らした。メドリコットがいくらレディングに招いても、一度も顔を見せたことがない。その極端な孤独癖は、フルーがここで老婦人に仕えるようになったときにはもう始まっていた。それはメドリコットが一度目に倒れる三年前のことだ。メドリコット氏の親類はよく訪ねてくるが、退屈な人々だし、めったに来ないワーウィック家の残りの人々も同じように退屈だ。そんななかで、マクブライドは不思議な人物であり続けた。謎《なぞ》めいていて、正体が見えず、だからこそ人をどきどきさせるようなところがある。

フルーはわかってもらおうと一生懸命話した。デーヴィッドは喜んで耳を傾けた。結局、ミセス・メドリコットとその遺言がことの発端なのだ。どんなに小さな事実でも、積み重ねていかなければならない。ワーウィック家に関する話なら、何でも聞きたいし、何かの役に立つかもしれないと思う。彼はスチュアートがバーナードを好きだったらしいとほのめかした。フルーには心当たりがないようだったが、その代わり、スチュアートについて少し情報をくれた。彼女がマクブライドの遠戚《えんせき》であること。母の死後、ウェールズのマクブライドのもとへ身を寄せたこと。長患いだったその母の世話をし続けていたこと。

「ですから、メドリコット様はマクブライドさんが亡くなられたとき、それは心配なさったんですよ。スチュアートさんは向こうに行って、まだ一年でしたからね。さぞかし心細かったことでしょう。でも、今は犬を飼って、とても明るく元気なご様子ですね」

「そうそう」デーヴィッドはプラス・エイニオンの門に立つ彼女を思い出して、少し顔をしかめた。「大の犬好きなんですね。ラブラドール、ご存知でしょう？　かわいいですよ」

フルーはスチュアートが以前飼っていたいろいろな犬の話を始めた。そのあいだ、デーヴィッドはもう一杯、紅茶を飲んだ。そして、彼女のことを感じのよい人だと思った。そのまじめで落ち着いた態度を見ていると、勤務先の婦長を思い出し、ほっとする。彼はいつの間にか、楽しいことやちょっとした悩みなども含め、家族のことまで話していた。彼女の表情には家庭的な雰囲気がにじみ出ているので、良識ある温かい答えが返ってくるはずだと期待してしまう。一方、フルーも、自分に対する彼の接し方に好感を抱いた。先日、新しい主人が来ていやな思いをしただけに、ずいぶん違うものだと思う。それで、心配事をぜひ聞いてもらいたいと思った。

「ソーリー・ギャップで、スコットさんのご様子がおかしいようなことはありませんでしたか」やがて、切り出した。「いえ、お体のことですわ。夏休みのあいだ、お仕事が忙しすぎたのではと思いまして。子供たちのお世話で休む暇がなかったのでしょうか。事故のこともあるでしょうけれど、まあそれは別にして」

「どうして、ここに住まないんでしょうね。ぼくはそれが不思議で」デーヴィッドはいった。「ロンドンの部屋は住み心地がよくないといっていたのに。だったら、すぐにここへ来ればいい、そうですよね？　あなたがいらっしゃるんですから、快適そのものの暮らしですよ」

フルーは穏やかな笑みを浮かべた。

「ご結婚するまではお仕えしますと申し上げたんですよ。はっきりしたご予定をいってくださるといいのですが。ほかの使用人たちも、だんだん不安な気持ちになっていますわ。でも、このあいだいらしたとき、スコットさんご自身もとても元気がなかったのです。ほとんどお話なさらなかったし、お休みにもなれないようでした。夜中じゅう、お部屋を行ったり来たり、歩き回っていらっしゃいましたから」

「遺産相続については、心配いらないんでしょう？　すべて彼が受け取るんですよね？」

「はい、そうです。メドリコット様はご意思をはっきり示しておいででした。私も同席させていただきましたが、ご親族の前できちんとお話なさったんです。一度目にお倒れになったとき、回復されるとすぐにどうするかをお決めになりました。ご主人様のご親戚《しんせき》は皆さん、お年ですし、裕福でもあるということで、ワーウィック家直系のかたがたに等分に残したいと。それで、皆さんをこちらにお呼びになりました。マクブライドさんだけはいらっしゃいませんでしたが。そして、公平に分けるのだから、ご自分の歓心を買おうと争ったりしてはいけない、いつでも歓迎するから遊びにいらっしゃいとお話になりました」

「何と潔い！　で、皆さんの反応は？」

「ヘンリー・ワーウィックさんはお腹立ちのようでした。二度とお見えになりませんでしたから。ですが、そのあと亡くなられましたものね。キースさんは当時、よくいらしたんですよ。でも、フィリスさんに会いたかったのだと思います。フィリスさんはこの近くの女学校で副寮母をなさっていたんです。ですから、あの年の夏はよくお顔を見せてくださいました。でも、海で溺《おぼ》れて亡くなったんです。あのときはメドリコット様がたいへんなお悲しみようで。またお倒れになるかと、長いこと心配いたしました」

「そのあと、彼は来なくなったんですか？」

「ええ、ぷっつりと。でも、それもそうでしょう。メドリコット様もご存知でしたわ。キースさんはフィリスさんに会いたくて、いらしているんだと。お二人がご結婚なさればいいとお考えのようでした」

デーヴィッドはそのことについて疑問をぶつけてみたかったが、初対面なのにそう突っ込んでは行き過ぎのような気がした。バーナード・スコットかミス・カーショーに訊《き》けば、何かがわかるはずだし、こうなっては、オレボロに行き、フィリス・ワーウィックの水死について調べざるを得ないだろう。野次馬じみた振る舞いをして、フルーに嫌われたくないとも思う。フルーは新しい友人であり、おそらく味方になってくれる人に違いない。それで、今日のところはこれで十分だと納得し、失礼することにした。

ミス・カーショーはグロ・ポアンを施した刺繡《ししゅう》の布を置いた。いつか椅子《いす》のカバーにしようと思っているものだ。そして、めがねを外した。彼女は初めての思いに囚われていた。どうしたらよいものかわからないし、自分の置かれた状況も把握できない。憶えのない経験。不安なだけではなく、嫌でたまらない。それで、めがねを持ったまま、じっと座り、バーナード・スコットの様子を見た。彼は落ち着くだろうか。それとも、ますます取り乱し、医者に電話しなければならないようなことになるだろうか。

彼はその朝、電話をよこし、お茶の時間に来たいといった。現れたものの、何もしゃべらず、何も食べず、煙草を立て続けに三本吸った。やがて陰気な声で、今後について二、三わけのわからないことを口走った。すでに教師を辞め、レディングに住むつもりだといいたいらしい。だが、婚約者のことには触れない。それから背を丸めて黙り込み、暖炉にある大きな水がめに挿したデルフィニウムを暗い目で見つめた。と、いきなりわめき始めたのだ。

「眠れない！　もうたくさんだ！　やめてくれ！」そして両手に顔をうずめ、何かに絶望しきったような姿でいる。

カーショーにいわせれば、彼の言動は突拍子もないものだし、奇妙だった。彼の仲間たちと同じように、カーショーとて彼が早く結婚して、待ちわびた幸福を手に入れることを願っている。いったい何があって、それほどまでに気を落としているのだろうか？　胸騒ぎがして、彼女はすぐに尋ねた。「ユーニスに何かあったの？」

バーナードは首を振ったが、表情は変えなかった。カーショーはため息をついた。感情をむき出しにした若い人を見ると、どこまで本気にしてよいものかといつも思う。自分も昔は大げさな表現をしがちだったからだ。だが、彼女はやさしい人間であり、苦しんでいる人を見ると同情を覚えずにはいられない。

「悩みを打ち明けに来たのね」そっと声をかけた。「話してごらんなさい。何か役に立てるかもしれないわ」

「ぼくは馬鹿《ばか》だった」静かな低い声だったが、それには自分を卑下するような響きがあり、カーショーは驚いた。「関わりたくなかったんだ。隅っこにいて、何もかもが忘れられてしまうのを待とうと思ってた。そんなこと無理なのはわかっていたのに。でも、もがけばもがくほど、泥沼にはまっていく。もうどうにもならない、絶対に」

カーショーは続きを待った。まだよく飲み込めないものの、もう少し聞けばわかってくるだろう。

「検死審問の評決は正しいと思いますか？」バーナードは不意に顔を上げ、訊《き》いた。明るい灰色の目で、食い入るように見つめている。

「わからないわ」彼女は慎重に答えたが、心臓が嫌な具合に高鳴りはじめた。「でも、ほかに考えようがないし、勝手に決め付けるのはよくないことよ」

バーナードはまたうつむいた。

「みんながどう思ってるかはわかってるんだ。畜生！　遺産なんか、どぶにでも捨ててくれればよかったのに。ぼくはほしいなんていってない。そんなもの、いらなかったんだ」

「嘘《うそ》おっしゃい！」カーショーはたしなめた。「あなたもキースも、いつも考えていたじゃない。遺産が入ったら、どうしたいかって。さあ、はっきりしなさい、バーナード。でないと、いつまでたっても話が見えないわ」

彼は何とか気を取り直し、ロバートソンのことを話した。あの夜、キャンプに夜遅く帰ったこと。その理由。デーヴィッド・ウィントリンガムに真相解明を頼んだこと。彼の調査結果。そして今朝知らせを受けた、ウェールズでのいきさつ。カーショーは熱心に耳を傾け、ひとつでも不安の種がないかどうか、聞き漏らすまいとした。また刺繍《ししゅう》を取り上げ、注意深く三針ほど刺した。「わかったわ」そういい、よく考えてオリーブグリーンの糸を選んだ。

「でも、何も困ることはないでしょう？　あなたに一点の曇りもないのであれば」

バーナードは顔をそむけた。

「馬鹿《ばか》だった」彼はつぶやいた。「ぼくはすべてを正直に話したわけじゃない。初めは言い逃れようとして、そのあとも黙ってたことがある。ウィントリンガムさんにさえ。あの夜、十一時に崖《がけ》の上でキースと会うことになってたんだ。でも、行かなかった。パブを出たのが遅かったから。で、そのあと焼いたものが――」

「キースと会うはずだったの?」カーショーはやっと聞き取れるような声でいった。青ざめた顔で、バーナードを穴が開くほど見つめている。

「くそっ!」彼は小声でいった。「しまった!」愚かな自分をののしるように、低くうめいた。立ち上がり、また苛々《いらいら》しはじめた。打ち明けたことを悔やみ、話を切り上げようとしている。

カーショーはすぐに冷静さを取り戻した。せっかく本当のことをいおうとしているのに、何て考えが足りなかったのだろう。突然、恐ろしい想像が脳裏をよぎったからといって、それをそのまま表に出すなんて。だいいち、彼はすっかり自分を見失い、怯《おび》えきっているのだ。それに、ここへ来たということは、私を信頼しているからだ。だが、今となってはもう遅い。つらい告白を黙って受け止めてやらず、彼をまた自分の殻に閉じこもらせてしまった。

「話を聞いて」彼女はバーナードの腕に手を置きながら、やさしくいった。二人はドアに向かっている。「もし、私があなただったら、すぐに結婚するわ。ウィントリンガム先生にも、もう調べてくれなくていいと思う。調べたって、あまり良いことはないような気がするの」

「いやだ、ぼくは真実が知りたい！」バーナードは大声でいった。「ぼくの立場がどんなに苦しいか、わからないんですか？　頭の上に黒雲が垂れ込めているのに、どうやって結婚しろと？　ユーニスまでひきずりこむことになってしまう。それがいつ嵐になるかもわからないんだ。そして向こうの親がどう思うか。それならいっそ、ウィントリンガムさんにきちんと調べてもらったほうがいい。それも一刻も早く。とにかく、ぼくがつぶされる前に」

「あまり良いことはないような気がするけど」カーショーは落ち着いた声で繰り返した。

だが、バーナードはもどかしげに首を振り、セント・ジョンズ・ウッドをあとにした。そして、不安や焦り、戸惑いに駆り立てられるように下宿まで歩いて帰った。片やカーショーは悲しい思いで刺繍《ししゅう》に向かいながら、先ほど頭に浮かんだ光景について考えていた。

なぜ、バーナードは会いに来たのか？　なぜ、いいかけてやめたのか？　確かに、間の悪い対応をしたせいではある。だが、そのあといくらでも話せる機会を与えてやったではないか。まずいことをしてしまったと、その結果が心底恐ろしくなったのか、それとも第一級の役者なのだろうか、彼は。無実だということを信じ込ませるために、あらかじめこんなことを？　彼の話はどこまでが本当で、どこからが偽りか。そして省いていることは？　不意に彼女は気づいた。自分はそれほどバーナードを知らないのだ。あの内気さは彼の看板のようなもので、仲間たちもまたかという具合に、笑って許している。だから、わざわざ懐に入ろうともしないし、腹を探ろうともしない。

やがて、思いはキースに移っていった。バーナードによれば、あの真っ暗な崖《がけ》の上で二人は会う約束をしていた。だが、実現はしなかったという。それについて、自分の知っていること、想像できること、そしてこれからわかっていくかもしれないこと。考えるうち、恐ろしさに凍りつくような気持ちがした。

電話が鳴った。ベルは「ヒース・ハウス」の子供部屋にも届いている。

「いいわよ、あなた」ジルがいった。「グラディスが出るわ。間違い電話よ、きっと」

だが、鳴り止まない。ジルはむっとして立ち上がり、同時に腰を浮かせた夫を止めると、下へ走った。この三週間、今度こそメイドを首にしてやろうと何度思ったことだろう。

「まったくだめな人ね!」息を弾ませ、受話器をぐいと取り上げた。

デーヴィッドは椅子《いす》に座ってくつろぎながら、積み木で高い塔を作るニコラスを見ていた。それはピサの斜塔のようになっていき、しまいにはバランスを失い、当然のごとくがらがらと崩れ落ちた。床に積み木が散乱する。だが、ニコラスはもう飽きたようだった。それに、急にジルが怒っていなくなったので、気が散ったらしい。積み木を勢いよく払いのけると、身を起こした。

「パパ、お絵かき」

「いいよ。紙とクレヨンを持っておいで」

繕い物をする子守のところへ行き、道具を出してもらうと、ニコラスは父のそばに来た。デーヴィッドは本物によく似た、やや上品なスパニエルを描いた。

「わんわん?」ニコラスはおずおずと訊《き》いた。

「そう、当たり」父は答えた。

「わんわん」ニコラスは繰り返した。少し悲しそうな顔をして、大きな青い瞳《ひとみ》でまっすぐに父を見上げた。次は牛だ。だが、できあがってみるとあまり似ていないと思えたので、彼は急いで蛇を描いた。

「わんわん?」ニコラスはまた訊いた。

「おいおい。あんよもない、こんなわんわんがいるかい? 違うよ、これは、にょろにょろ蛇!」

「ひび!」ニコラスは絵を覗《のぞ》き込み、鼻先がそれに触れたので、笑い声を上げた。デーヴィッドは得意になり、またクレヨンを持った。だが、息子はそのクレヨンと紙をつかみ、子守に近づいていくと、繕い物の上に置いた。

「お絵かき」彼は頼んだ。

「まあ、お父様が上手に、わんちゃんや蛇を描いてくださったじゃありませんか。ナニーはボタンをつけていますからね。ほら、お父様にお馬を描いておもらいなさいな」

「わ、だめだよ、馬は。角とか何とか、特徴がないじゃないか」

「ううん、ナニー」

彼女はクレヨンを持ち、Ａと大きく書いた。ニコラスはにっこりと笑った。

「これがよかったのね？　Ａはａｐｐｌｅ《アップル》、Ｂはｂｅａｒ《ベア》、Ｃはｃａｔ《キャット》――」

「ｃｈｅａｔｉｎｇ《チーティング》（いかさまの意）のＣじゃないのかい」デーヴィッドはいった。「でも、どうしてアルファベットが好きなんだろう？」

「ソーリーにいたときからなんです」子守が答えた。「スコットさんがときどきお絵かきをしてあげていたので、ある午後ワーウィックさんにもせがんだんです。でも、彼は面倒くさがって、字を書きました。そうしたら、すっかり気に入って、今でも大好きで。面白いぼうやちゃんでしょう？　Ｌはｌｉｏｎ《ライオン》、Ｍは――」

「Ｍｅ《ミー》！」ニコラスが叫んだ。

「ＮはＮａｎｎｙ《ナニー》――」

ジルの声が階段の下から響いた。

「デーヴィッド、ちょっと来てくれない?」

「わかった。今行く!」

ジルは廊下で待っていた。彼をリビングに連れて行く。

「バーナードからの電話だったわ」彼女は少し顔をしかめながらいった。「あなたに代わらなくていいっていうのよ。手紙をありがとうって。でも今週は会えないらしいわ。今夜レディングへ発って、しばらく向こうにいるんですって。だけど、調べは続けてもらいたい、来週末、オレボロに行くなら、自分も何とか行くようにしたいって」

「来てもらいたくないな」デーヴィッドはいった。「思うようにできないからね。彼のフィアンセとは本音で話したいと思ってるんだ。なのに、周りをうろついてもらっちゃ、うまくいきっこないよ」

「いつ行けるか、はっきりしていないっていう、お手紙を書いてあげましょうか。それで、金曜日に行けばいいじゃない」

「そうしてくれると助かるな。女は頭がいいよ。そういうすっきりした嘘《うそ》がすらすら出てくるんだから」

「承知しました、サー・ガラハッド。白い騎士となり、ファンファーレとともに、いざ行かん、ってとこね。わたしはどうでもいいの、あなたが早くこの仕事を終えてくれればいいだけ。バーナードにはうんざりだわ。あの人の声を聞いて、叫びだしたくなったんだから。もう、こらえるのがたいへん」

彼女はさらりといったが、デーヴィッドにはその気持ちがよく理解できた。彼は妻を抱きかかえるようにひざに乗せて、座った。ジルは夫の肩に頭を寄せ、ほっと小さなため息をついた。

「この話は全部、でたらめなことばかりって気がするの」彼女はつぶやいた。「そんなことはないって思おうとしてるのよ。でも、あなたがどこかへ行くたび、また変な事実が出てきて、ぞっとするわけ。ねえ、どうしてミッチェル警部にいって、手伝ってもらわないの？とても穏やかで、冷静な人じゃない。それに、フォサーギルさんを刺激したら、バーナードが困ったことになるかもしれないわ」

「ミッチェル警部のことは考えたよ。でも、十分な証拠がないからね。行ったところで軽く笑われて、はい、終わりさ。彼を巻き込むなら、それなりの形を整えなきゃ。スコット君に不利な情報をたくさん提示することになるからね。そこを忘れちゃいけないんだ」

「わかってるけど。この頃のバーナードを思うと、気味が悪くてしようがないわ。真実を突き止めてくれっていいながら、ただ手をこまねいているとは思えないもの。何かたくらんでいるんじゃないかしら。恐いわ。あの人、もしかして——」彼女は顔を覆った。ぞっとして、その先は言葉にならなかったのだ。

「ぼくを片付けようなんて、今のところは思ってないさ」デーヴィッドは冷静にいった。「こっちの頭の中はわかってないからね。ウェールズでわかったことを詳しく手紙に書いただけで、感想や結論は一切いっていないんだ。もちろん、ぼくが疑っていることは知ってるさ。それも初めから怪しんでいることもね。だけど、どこまでそれを確信したかは、わかっていない。あいつはぼくが核心に迫っていると思わない限り、何もしやしないよ。まだ、ミッチェル警部のところに行かないのは、そのせいもある」

「そう。好きにするといいわ。何をいっても無駄なのね。ただ、わたしはあなたを愛しているの。だから、心配で」

デーヴィッドは顔を傾けて、妻にキスをした。

「ありがとう、ぼくも愛してるよ」彼は嬉《うれ》しそうにいった。

第四部　イースト・アングリア

11

次の二週間、デーヴィッドはロンドンを離れられなかった。九月十七日の金曜日に、ようやくスーツケースを持って研究病院へ行き、手早く回診を終えると、延々と街道を行く旅に出た。まずイースト・エンドからコルチェスター・ロードへ向かい、その後イースト・アングリアを目指す。いったんグレーター・ロンドンを出れば、路面は綺麗《きれい》で平らなので、飛ばすことができる。オレボロ郊外に着いたのは、出発してから二時間足らずのうちだった。

村は海岸から少し離れたところにある。砂丘と呼べるほどのものではないが、低い砂地の崖《がけ》が海と村を隔て、波打ち際にでこぼこと続いている。だから、唯一の村の通りを走っても、この崖と木立や建物に隠れて海は見えない。だが、通りは少しずつ曲がりながら渡し場に向かっていく。そんなわけで、曲がり角に来て、思いがけず輝く水の流れが前に広がったとき、デーヴィッドは目を奪われた。向こうには、遠い海岸線と、それに沿った同じような低い崖が見える。車は岸辺から数キロ内陸に入ったこの川を渡り、小高いヘザーの草原に入った。

川は遠く、ぬかるんだ低い土手のあいだを緩やかに曲がっていく。だが、草原を越えると、両側に低い木立が続き、川はまた見えなくなった。それに、村の入り口まであとどれくらいなのかもわからない。

「クラウン」の美しい玄関が見え、彼は車を止めて宿泊の手続きをした。昼食のメニューが整うのは三十分後とわかったので、待ったほうがよいと思い、川沿いをぶらつくことにする。

通りはまっすぐ海へ向かい、その終わりは川へ降りる砂利の土手道になっていた。昔は蒸気船が荷馬車や自転車を積んで、せっせと両岸を渡していたらしい。そんな過去を物語るように、土手道には朽ちた渡し舟が半分水に浸かり、煙突をひしゃげた姿で並んでいる。赤く錆《さ》び、水草がからみついた太い鎖も、かつては渡し船をつなぎとめていたものだ。だが、今はその先を川底に沈めている。向こう岸にも、同じように古びた鎖の端が見える。最近はたくさんの小船が、車で行かない人と、自転車を別料金で乗せて岸を往復するようになった。当然の話だが、車で十キロ上流の橋を渡るほうが便利で早い時代ということだろう。

土手道の右手、海岸近くには、個人所有の船が停泊し、たくさんのディンギーも浜に並んでいる。デーヴィッドは釣り船が泊まる土手道の左手に降りてみた。小石の浜はすぐに砂浜となり、釣り船から出たごみで汚れていた。その先も、行楽客の残すごみが散らかっている。

子供の姿が多い。家族で遊びながら、海辺の休日を楽しんでいるのだろう。河口には防波堤が張り出している。かつて、海からの激しい波で、船のみならず、近くの民家までもが大きな被害をこうむったのだ。辺りには間隔を置かず、「泳ぐと危険。波に注意」という白い立て札がある。デーヴィッドは、ここでフィリス・ワーウィックは溺死《できし》したのかもしれないと思った。そして目を疑った。たくさんの人々が泳いでいるではないか。だがよく見ると、みな水底に足の届くところにいて、防波堤は越えていない。今は引き潮なので、川の流れが速いのを見て、彼はもう少し歩いて岬まで行き、泳いでみようと決めた。だが、そのあとはっと気づいた。今に始まったことではないものの、何と自分は遊び好きで、愚かなのだろう。普通の旅行客と同じことをしようと考えるとは。

結局、岬までは行ったが、彼はそこで足を止め、北海を眺めた。日差しを受けていても、暗い灰色の海だ。イギリス海峡の、青緑色で生ぬるい波とは対照的で、デーヴィッドは少し恐ろしい気持ちがした。河口には白い泡が筋となって浮かび、遠い沖に、二つのマーテロー砲塔があることを語っている。その円形の塔は、入港する船に水路を示すものだ。二、三分もすると、思うように風も受けぬまま、波に逆らい、川へ入ろうとするヨットが見えた。ヨットはゆっくりと砂浜へ流されていったが、危険に気づき、帆の向きを変え、転回した。デーヴィッドは船に食料のあることを祈った。潮の流れが変わらない限り、このような微風では戻るチャンスはないだろうからだ。

彼は低い砂の崖《がけ》を上り、みすぼらしいバンガローが雑然と居並ぶ一角を抜け、土手道へ出て、村へ戻った。「クラウン」のバーに入ると、宿の主人の声が聞こえた。「ピーターさん、先生が見えましたよ」すると、金髪で長身の若い男がカウンターからひょいとやって来て、笑顔でいった。

「ウィントリンガム先生ですか?」

「ええ、そうですが」デーヴィッドはいった。

「フォサーギルと申します」若者は続けた。「こちらは妹のユーニスです。フィアンセのバーナードさんをご存知でしょう?」

デーヴィッドは兄の横に立つ女を見て、少し失望した。とても若く美しく、やはり綺麗《きれい》な金髪なのに、それをお洒落にカールさせているわけでもなく、化粧も地味だ。その姿は、そのまま暮らしぶりを表しているように見えた。よくしつけられ、大事にされている娘。だが、その過保護な親は強い権力をふるい、娘を思いどおりにしようとしている。彼女は言いなりにならざるを得ないのだろう。

デーヴィッドは握手を交わした。二人はひたむきな青い目を向けている。彼はバーナードが怪しいことを思うと気が重くなり、どこかへ逃げ出したくなった。

「おいでになることはバーナードに聞きました」ユーニスがいった。「おもてなしをするようにいわれたんです。彼は今夜来ますが、何時に出発できるかわからないといっていました。今、レディングにいることはおわかりですよね？」

「ええ」デーヴィッドはいった。「何か飲みませんか？」とにかく前向きに行くことだ。

「お待ちしているあいだに、いただきましたから」ピーターが遠慮した。

「いいじゃありませんか。もう一杯」デーヴィッドがいった。

「恐縮です」二人は声をそろえて答えた。グラスが満たされるあいだ、デーヴィッドは固く手を握り締めていた。とにかくバーナードが犯人であれば、結婚など許されない話なのだ。彼女は婚約者をどう思うだろう？

「午後からテニスをする予定なんです」ユーニスがいった。「ご一緒にいかがですかと母が申しております」

「それは嬉《うれ》しい。喜んで。でも、ラケットがないな」

「あら、ピーターがいくつか持っておりますわ。ちょっとうぬぼれ屋さんで、三本も持ってコートに出るんですよ。ウィンブルドンの選手みたいでしょう？」

「やめろよ、無駄話は」ピーターは真っ赤になって嚙《か》みついた。時計を見て、一気にグラスを空にした。

「早くしなきゃ」ゆっくり飲んでいるユーニスを促した。「昼食まであと十分しかないよ。遅れたら、お父さんが何ていうか」

そういわれて、ユーニスもごくごくと残りを流し込み、あげくひどくむせた。兄は咳《せ》き込んでいる彼女の腕を無造作につかむと、ドアへ連れて行った。

「では三時に」彼は振り向きながら、いった。「すみません、慌しくて。でも、父のことをご存知ないから」

「こっちだって、できれば知りたくはないさ」デーヴィッドは胸の中でつぶやきながら、ドアへ行き、彼らが行くのを見ていた。二人は大慌てでエムジーに乗り込んでいる。そして、その小型スポーツカーは騒がしく通りを駆け抜けていった。ユーニスは少し落ち着いたのか、後ろを向いて手を振っていた。

「家がどこかもいっていかなかったな」とデーヴィッドは思った。バーナードにも住所は聞いていない。だが、オレボロでは名の通った一家なのだろう、宿の主人に聞けばわかるはずだ、だから心配はないと考え直した。

「ミセス・アダムス、あなたとグリアソン大尉、それからモリーとピーターでダブルスをしてくださる？　あら、こんにちは、ミセス・ルーカス！　ユーニス、こちらはルーカスさんよ。あなたとルーカスさん、それにサンダーソンご夫妻でゲームをしてね」

「お母さん、わたし、ものすごく暑くて。ルースおばさんに代わってもらえないかしら？」

「ルース、もう一セットできる、それともあとにする？」

「あとがいいわ、ディ。たいへんなゲームだったんだもの。くたくたになっちゃうわ」

「じゃあ、ユーニスね？」

「お願いできませんか、おばさん？　わたし、休めると嬉《うれ》しいんですけれど」

「だめよ。ミセス・サンダーソン、あなたの番よね。ミセス・ルーカスと組んでもらって、お相手はサンダーソン少佐とユーニス」


ミセス・フォサーギルは妹と並んでデッキチェアに座りながら、客にゲームを割り当て、ほっとため息をついた。夫の退役とともに、自分もテニスをしなくてすむのはありがたいことで、昔は恥をかいたりぶざまに負けたりしたものだった。それでも、こういった機会を設けるのは、子供のためだと思っている。だが、実のところ、二人の子供は地元のクラブでテニスをするほうがずっと好きだった。母の招くメンバーは腕も劣るし、ゲームもつまらない。確かにそうだが、それが理由ではなく、違う意味でひどく手ごわいからだった。母と近い世代でありながら、まだテニスをしている人たちの相手は、クラブの友人たちとするより疲れる。クラブではのびのびとプレーができ、サーブを叩《たた》き込んだり、スマッシュをして点を稼ぐ。ところがここではアダムスもルーカスもサンダーソンも、打つには打つが二十年前のやり方なのだ。年のせいで動けない分、意地悪な球を寄こしたり、わざと変なところに打ち返してくる。相手を走らせ、へとへとに疲れさせ、自分たちの体力を温存する。陸軍の人々は熱帯の植民地でテニスの試合をしていただけに、鍛えられているから、悠然としたものだ。ゲームのあとに、エッグ&クレスのサンドイッチを食べ、熱い紅茶を飲む。そして、カーディガンやスカーフを身につけ、テニスなどしていなかったかのように、始める前にしていた噂話《うわさばなし》の続きに興じる。

「ユーニスはサーブがうまくなったわね」ミセス・フォサーギルは額に手をかざし、日差しをよけながらいった。

「ダブルフォールトが多すぎるわ」妹が答えた。「ピーターと同じよ。かっこつけなのよね。入れば見事なサーブだけど、たまにしか決まらないし、二回目も失敗。それじゃ引き合わないわよ、絶対に」

「私に似たんだわ。へたくそだったから」

「お姉さんは練習嫌いだったじゃない」

「楽しくなかったんだもの。テニスは好きか嫌いかのどっちかよね。インドじゃもう、さんざん!」

「たいへんだったわよね」

「あなたが一緒に来てくれたからやっていけたようなものだわ。あれ、誰かしら？　ああ、ユーニスがいっていたバーナードのお友達だわ。名前、覚えてる？」

「ううん」

近くの組ではコートチェンジが行われていた。ユーニスが通り過ぎるとき、ミス・ハーコートは立ち上がり、彼女に聞こえるようにささやいた。「あの方のお名前は？」

「ウィントリンガムさん」ユーニスは息を弾ませながら答え、デーヴィッドに向かってラケットを振った。デーヴィッドはオランダ風庭園のなかを歩いてくる。

「ウィントリンガムさんですって」ミス・ハーコートは姉に耳打ちした。するとミセス・フォサーギルは立ち上がり、愛想よく彼に近づいていった。

「初めまして、ウィントリンガムさんですね？　どうぞこちらにお座りください。あいにく、今は二面ともコートがふさがっていて。妹のルース・ハーコートです――ウィントリンガムさんよ。テニスにはもってこいの午後ですわね？」

「気持ちが良いですね」デーヴィッドは答え、コートを見た。サンダーソン少佐が真っ赤な顔をして汗にまみれ、半袖《はんそで》のフロックを着たミセス・ルーカスも腋《わき》に汗染みを作っている。

「九月にしては暑い日で」

「庭にいると暑いですものね」ハーコートがいった。「でも、海は冷たくなりましたよ」

「まだ泳いでいないんです」デーヴィッドがいった。「でも、明日こそは。スコット君が勧めてくれましてね。でも、気をつけろと。何だかずいぶん神経質になっているようだったな。ご親戚《しんせき》のフィリスさんが亡くなったからでしょうか」

デーヴィッドはこの話題が続くようにと願ったが、フォサーギルとその妹はそう簡単に乗っては来なかった。

「注意の立て札がたくさんありますわ」ハーコートはつっけんどんにいった。「二、三メートルごとに立っていますからね」

「ピーターのラケットをお貸ししますわ」フォサーギルがいった。「次のセットはどう組む、ルース？　あなたとウィントリンガムさんはもちろんだけど、お相手は――」

「ぼくはへぼで」デーヴィッドは一応、謙遜《けんそん》した。

「いえいえ、そんなことはないでしょう。グリアソン大尉とモリー・ルーカスがいいわ。ピーターとミセス・アダムスは二回続けたから」

デーヴィッドは二セットをこなし、まずまず健闘したが、決め手に欠けていた。だから、涼み廊下《ロッジア》にお茶が用意され、ゲーム終了が告げられるとほっとした。ユーニスが相手をしようと、ほかの人々を先にやり、近づいてきた。

「最近、バーナードにお会いになりました?」あえて、さりげない聞き方をしている。

「いえ」デーヴィッドは答えた。「ソーリー・ヘイヴンを引き揚げてから一度も」

「心配なんです」ユーニスは続けた。「わたしもずっと会っていませんが、手紙の様子だととても落ち込んでいるみたいで。でも、わけは話してくれないし、週末にも来ないっていってたんです。なのに、急に今日来るって。母に都合も聞かずに。そんなことをしたら、どんなに父の機嫌を損ねるかわかっているはずなのに。具合が悪いんでしょうか?」

「ぼくの知る限りじゃ、大丈夫。ほら、いとこが死んだので、ショックを受けているんですよ」

「それはそうでしょう。でも、キースのことはあまり好きじゃなかったんです。男の人はたいてい好きじゃなかったんじゃないかしら。女の人は必ずしもそうではないかもしれませんけど。フィリスのことをご存知ですか?」

「事故について?」

「いえ、フィリスとキースのことです。あっ、父が来ました。お父さん、こちらはバーナードのお友達よ。この週末『クラウン』にお泊りなの」

大佐は背が低く、かなり太っていて、丸い顔に白髪頭の男だった。古いプラスフォアーズ(ひざ下まであるゴルフ用ニッカーズ)のスーツを着て、煙草と肥料の臭いをぷんぷんさせている。彼はデーヴィッドを見て考え込むような顔をした。

「陸軍の方ですか?」握手をすませ、ほかへ行きかけていたデーヴィッドに、突然尋ねてきた。

「ぼくは医者です」

「陸軍の?」

「いえ、ロンドンにいます。研究病院で働いています」

大佐はそれ以上何もいわず、デーヴィッドをじっと見つめた。マッシュルームの菌床からシャベルで変な虫をすくい上げたら、こんな目つきをすることだろう。ユーニスは食べ物を取りにいき、皿にサンドイッチを載せて戻ってきた。気持ちが少しほぐれたような顔をしている。父はひとつつまむと、不意に向こうへ行き、サンダーソン少佐のひじをつかんだ。

「家内から聞いたんだが、車をぶつけたそうだね。大丈夫だったのかい?」

「お父さんたら、だめねえ」ユーニスは小声でいった。「サンダーソン少佐の運転は、この辺じゃ、どうしようもないって笑われているほどひどいんです。彼はそれを知っていて、気にしているから、今に怒り出すと思うわ」

「ところで、お父さんはテニスをしないんですか?」デーヴィッドは尋ね、肥料のかすかな臭いが漂ってくるのを感じた。

「時間がないっていうんです。あの、マッシュルームを栽培しているから。あまりよく育たないので、毎日何時間もかかりきりで。帰ってくると、農家の庭を六つくらいひとまとめにしたような臭いがして。お気づきだったでしょう？　わたしはあまり気にしないんですけど、ピーターが嫌がるんです。二人は喧嘩《けんか》ばかり。ピーターは役者になりたがっているんですが、父は費用を出してあげようとしません。バーナードは、どうしてもなりたいなら、その道に進むべきだというんです。ピーターはロイヤル演劇アカデミーに二年行きたがっているんですが、父が反対なので無理だと思っています」

「ユーニス、ウィントリンガムさんのお相手をちゃんとしている？　え、何ですって？　あら、お医者様でしたの？　まあ、そうですか？　それはそれは！　失礼しました。どちらの病院でいらっしゃいました？」

「聖エドマンズです」

「リチャード・ウィリアムズさんがいらした病院よね、ピーター？　リチャード・ウィリアムズさん！　そう、間違いないわ。ウィントリンガム先生、彼をご存知ありませんか？　たぶん、同じくらいのお年ではないかしら」

「ええ、よく知っています。実は学校も同じでして、一緒に聖エドマンズに行ったんですよ」

「アプトン校ですか？　まあ、ご縁が深くて。世間は狭いですわね。だったら、ジム・ランカスターさんもお知り合いでしょう。それとも、彼のほうが少し年下かしら？」

「はあ、覚えているような気がしますね」デーヴィッドは少しして何となく思い出した。アプトンを卒業する年に入ってきた後輩で、クリケットの名野手だった、あのにきびだらけの少年だろう。

「そう、きっと彼のほうが若いわ。それにしても、アダーショットにいた頃、リチャードさんのご一家とは親しくさせていただいたんですよ。彼のいとこの方も、結婚されて、この近くにお住まいですわ。あさっての日曜日にお招きしようかしら。先生はその日までいらっしゃいます？　それなら、昼食をご一緒にいかがですか？　あちらには連絡をしておきますから。ピーター、メイソンさんの電話番号を知っている？」

ミセス・フォサーギルはそういって、軽やかに歩いていった。その後も客に気を配り、饒舌《じょうぜつ》に話しかけている。パブリック・スクールはありがたいなとデーヴィッドは思った。中流の家族が二、三集まるような場へ行けば、共通の知人の六、七人は必ず見つかるものだからだ。

「マッシュルームを見てみますか？」

見回すと、大佐がそばにいた。お茶の時間が終わり、またテニスをする人々はコートへ向かっていく。気が進まない者は連れと共に見事なバラを眺めたり、花々を見比べたりしている。デーヴィッドはピーターが二番目にお気に入りだといって貸してくれたラケットが気に入らず、もうプレーしたくなかったので、この誘いに飛びついた。

「喜んで」

「では、こちらへ」

大佐がどんどん先へ行くため、デーヴィッドも急いでついていった。藪《やぶ》に行き当たると、大佐は枝に引っかかり、無理やりそれを引っ張ってはずした。しかも、それをひっきりなしに繰り返すので、後ろにいたデーヴィッドは絶えず跳ね返ってくる枝に気をつけていなければならない。枝をかきわけながら行ってほしいものだと思ったが、願いは届かず、彼は身をかわしたり、手でよけたりとひやひやしながら歩を進めた。そして、やっと小さな草地に出た。向こうに低いレンガの建物がいくつか並んでいる。二人はそこへ歩いていった。

フォサーギルはその一つに入った。デーヴィッドも中を覗《のぞ》き込み、あとに続いた。そのとたん、あの奇妙な臭いの発生源はここだとわかった。お茶の時間にも、大佐が放っていた臭いだ。それがここには充満している。小屋の端から端に、細長く平行に伸びたいくつかの畝から立ち昇ってくるのだ。だが、肝心なものはほとんど見えない。自生したものだろうが、ドアの内側のむき出しの床から、木が二本ほど勢いよく伸びている。そして菌床の横を見ると、一つ二つ、小さなマッシュルームが不安定な格好で顔を出していた。だが、ぽつぽつと、薄紫や黄色の面白いきのこや埃茸《ほこりだけ》のようなものが生えている。全体としてまともなきのこは、ソーリー・ヘイヴンの野原で、デーヴィッドが一日で収穫していたのと同じくらいの数だろう。

「育てるのが難しくて」フォサーギルは自慢げに茶色の土を見回しながら、いった。「やってみたことはありますか？」

「いえ」デーヴィッドはそっけなくいった。

「絶対、やめたほうがいい。人夫並みに働かなきゃならんし、身体は穴熊みたいな臭いがする。おまけに金がかかってしようがない。自分でも何でこんなことしてるのかわかりませんや」

デーヴィッドはどう答えてよいものかわからなかったので、口をつぐんでいた。だが、畝を順に行っては戻る大佐のあとを、まじめな顔をしてついて歩いた。本当にきのこは育てにくく、働きのわりに実りのないもののようだ。

「スコット君とは昔からの知り合いですか？」主人は唐突に訊《き》いてきた。

「いえ、この夏、ソーリーで顔見知りに」

「いったいどういう男なんでしょうな。ここに来ても、ろくに喋《しゃべ》りもしない。もちろん、娘の婚約者だということは知っているでしょう？」

「ええ、そう聞きました」

フォサーギルはふんと鼻を鳴らし、小屋を出た。まったく同じ状態の隣の小屋へ入ると、次に、道具置き場と屋敷の配電室を兼ねた小屋へ行った。すべてがきちんと収まり、軍隊流に徹底して磨き上げられている。この最後の小屋を出ると、大佐はまた、バーナード・スコットの話を持ち出した。ふっくらした顔に困惑の色を浮かべ、子供たちとそっくりな青い目に不安を漂わせながら、デーヴィッドを見つめた。

「別に恨みがあるわけじゃないんだが、あの男にはどうも苛々《いらいら》するんですよ。それに、教師とは！　そりゃ、先生はいなきゃ困ります。が、男が選ぶ仕事ですかね。ま、かまわんのです、ユーニスを幸せにしてくれるなら。何せ、娘がぞっこんのようですから」

「内気な男なんですよ、本当に」デーヴィッドは当たり障りのない言い方から始めた。「それで損をするんですが、悪いやつじゃない。娘さんは彼をよく知っているんでしょうね？いや、つまり、結婚したいと思うくらいなら、長いあいだお付き合いしているんだろうと思って」

「ええ、そうなんですよ。もう四年くらいになるんじゃないかな。彼はフィリス・ワーウィックさんが溺死《できし》した夏、ここに遊びに来たんですから。待てよ、うーん、やっぱり四年前の八月だ」

「恐ろしい事故ですね」デーヴィッドは急いでいった。「彼女は泳げなかったんですか、それとも何かあった?」

「いや、ひどい話でした」大佐はいった。彼は小屋に鍵《かぎ》をかけ、ポケットにしまった。「コートに戻りましょう」そう続けた。「皆さん、あなたともう一戦と、お待ちかねでしょうから」

数時間後、デーヴィッドは「クラウン」の小さなラウンジで夕食後のコーヒーを飲んでいた。すると、隣のバーからピーター・フォサーギルが現れ、近づいてきた。

「あ、いらしたんですか」ピーターはいい、肘掛《ひじか》け椅子《いす》にどかりと座った。「まったく、さんざんな午後でしたよ。ところで、楽しんでいただけましたか?」

「おかげさまで。ありがとうございました」デーヴィッドは意図的によそよそしい口調で答えた。

ピーターは疑うような目つきをした。

「何だかお義理のようなおっしゃり方だな」彼は口を尖《とが》らせた。

デーヴィッドは返事をせず、代わりに煙草入れを差し出した。好き嫌いは別にして、ピーター・フォサーギルをほめてよいものかどうかはわからない。同じ金髪でもユーニスの場合はかわいらしくウェーブがかかっているが、彼は見苦しいほど無造作に伸ばしている。長すぎるので、余計にそれが目立つ。軍人のように刈り込んだ髪が好きな父は嫌がっていたが、散髪に行きたいと思っても、ピーターにはその金がないせいもあるらしい。演劇青年とはいえ、少し表現方法を間違えているのではないかとデーヴィッドは思う。だから、つい批判的な見方をしてしまうのだ。彼も妹と同じように、自分の魅力的な外見には無頓着《むとんちゃく》なのだろうか。もし、少しでも構う気持ちがあれば、その絡みついたような髪にはパーマをかけるだろう。そうしないから、人に不快感を与えているような気がする。

「エムジーが外にあります」ピーターはいった。「少し走りませんか？　まだ明るいですから」

「それはどうも」デーヴィッドは答えた。「さっそく行きましょうか」

ピーターは一キロ半ほど通りを戻り、海へ向かった。低い崖《がけ》、とはいえここオレボロでは砂地なのだが、それがおよそ十五メートルの高さを持ち、海に張り出している。ピーターは道端に車を止めた。二人は更衣小屋の列を過ぎ、崖際まで行って、海を眺めた。

「土地が崩れて、少しずつなくなっているんですよ」ピーターは説明した。「ここのすぐ先には教会があったはずだな。今は海の底らしいですけどね。引き潮のとき、大きな岩につまずいて足を痛めることがありますから、あり得る話です」

「スコット君は着きましたか？」地形の話を続けたくなかったので、デーヴィッドは訊《き》いた。

「まだです。でも、もうすぐでしょう。そのこともあって、ちょっと逃げ出してきたんですよ。彼が来ると、家の雰囲気が悪くなって嫌なんです。母は大騒ぎだし、父は大佐どころか少将ぐらいの勢いで威張りちらすし。ユーニスにしても、何だかおかしくなってしまう。バーナードさんは芝居の勉強の応援をしてくれるっていってますから、こんなことをいっちゃいけないんでしょうけど。本当は頼みたくないんです。でも、演劇学校のことをいうと、父が真っ赤になって怒鳴るから。そうしてもらうしかないかなって」

「どうしてもやりたいなら、甘えてもいいんじゃないかな。変な意地を張るのは馬鹿《ばか》らしいと思うよ。結局、絶対にその気がなきゃ、人は金銭的な援助なんて申し出ないからね――相手がそれを受け入れそうなときは」

ピーターは声を上げて笑い、明るい顔を見せた。

「妙に親切なんですよね」彼はにこにこしながらいった。「正直いって、ぼくの夢のためじゃないと思うんです。ユーニスのことを思うあまりでしょう。考えてみれば、二人は変な取り合わせですよ。この村の男たちと正反対のタイプだから、妹は夢中になっているのかもしれない。誰かほかのやつだったらよかったのに」

「スポンサーだし、義理の弟になる人なんだから、あまり他人扱いしないほうがいいよ」

「あなたはそうじゃないんですね。友達だからでしょう?」

彼はデーヴィッドのことをバーナードの友人とみなし、いろいろ話しているのだ。だから、デーヴィッドは彼がバーナードを毛嫌いしているわけではないと思い、そのことをいった。

「ええ、結構長く付き合ってますし、いいところもあると思います。でも、ぼくの家がごたごたするんですよ。だから、嫌なんだ」

「まあ、そうですね。ユーニスさんとは周りから見ても仲がいいの?」

「いや、あまり。その事故について彼のまたいとこのフィリス・ワーウィックさんが死んでからの付き合いなんです。その事故については聞いたことがあるでしょう?」

「いいえ、この辺で亡くなったんですか?」

デーヴィッドは海へ手を伸ばした。

「いえ、もっと沖のほう」ピーターはあいまいな言い方をした。そして、車へ向かいはじめた。「暗くなってきました。そろそろ帰りましょう。母に約束したんです。彼が着いたら、一緒に相手をするって。食事がすんだら、ユーニスと出かけるでしょうが、それまではぼくがいろいろ喋《しゃべ》って場の空気を和らげるよと」

デーヴィッドはむかっ腹を立てながら、助手席に乗り込んだ。まったくフォサーギル家の連中は気が利かず、自己本位だ。フィリス・ワーウィックの事故について問いかけているのに、話をそらされたのは、これで三度目ではないか。そのうえ、バーナードもうすぐやって来る。それはつまり、制約のない条件の中で訊《き》きだせるチャンスはもうあまりないということだった。

バーナードとユーニスはしっかりと手をつなぎ、村の北はずれから海辺沿いを歩いていた。久しぶりに会った恋人たちがそうであるように、幸せで夢心地の状態だ。彼は要領よく途中で食事をすませてきた。だから、フォサーギル家の夕食の時間に遅れ、ばつが悪い思いをすることはなかった。大佐はいちゃもんをつける正当な理由を失ったが、またバーナードのせいでユーニスが不安がっていると勝手に思い込み、それは彼の配慮が足りないからだと腹を立てた。今回ばかりは、家族は大佐に反感を抱き、そのおかげで若い二人は早々に家を出ることができた。

辺りは少しずつ暗くなり、川沿いのバンガローにも火が灯りはじめた。だが、海辺の先はまだ見える。バーナードは早く岬まで行き、河口の素晴らしい景色を眺めようといった。

「岬から土手道へ行くことになるのが嫌なの」ユーニスは反対した。「いつも行楽客でいっぱいなんですもの。船着場から動かないのよ。どうして土手がそんなにいいのかしら。だからあの辺全部がごみだらけなのよね。まあでも、そのおかげで、ここの砂浜はきれいだわ」

何も答えず、バーナードは一人で後ろの低い崖《がけ》に上って行き、海と川を見渡した。ユーニスは座ったまま、彼を待った。やがて彼は戻り、ユーニスを見下ろした。その顔には疲労と不安が色濃くにじんでいる。それは、まだ若く、世間知らずの娘である彼女にもはっきりとわかるほどだった。

「ねえ、座ったら?」なるべく落ち着いた声で、と思いながら、彼女はいった。「とても疲れた顔をしているわ」

「もう死にそうだよ」バーナードはぽつりといい、隣に腰を下ろした。ユーニスは手を伸ばし、彼を抱くようにした。すると彼は顔をその胸に載せ、ほっとしたように深いため息をついた。

「バーナード、いったいどうしたの? お手紙でも様子が変だし、何かいえないことでもあって、そんなに困っているの? お願い、話して」

「今はいえないんだ」

「なぜ? だいたいのことでもいえないっていうの? お金のこととか、何かひっかかることがあるのだとしても、わたしは気にしない。お父さんたちがいっているだけよ。それに、十二月にはわたしも二十一になるわ。そうしたら、したいようにするつもりよ。だから、どんなことでも、遠慮なく話して」

「遠慮なんかしてないさ。ただ、どうしてもいえないことなんだ」

彼女の手が離れるのを感じ、バーナードはうろたえ、身を起こした。そして、がむしゃらに彼女を引き寄せ、唇を重ねた。その勢いがとても激しかったので、彼女はバーナードの腕の中でのけぞり、小さな悲鳴を上げた。彼は目に喉《のど》に唇に、何度も何度もキスをした。

「信じてくれ――嫌いにならないでほしい――お願いだ――ぼくがどうあっても」彼は夢中でささやいた。「愛してる。きみしかいない。だから信じて。捨てないでくれ！」

「もちろん！　好きよ！　心から愛してるわ！」

ユーニスは両手で彼の顔を挟んだ。これがわたしの愛しい人だ。その臆病な心をかなぐり捨て、情熱の波の向こうにさらってくれる人。いつものような歯がゆさは見せず、まっすぐにぶつかってきてくれる彼。彼女は恋人の腕に身を任せ、唇を預けた。だが、それを待ちわびていたはずなのに、彼は少し身を引き、ユーニスをそっと向こうへやると、両手に顔をうずめた。

やがて二人は立ち上がり、押し黙ったまま、足取り重く家へ帰った。

大佐の書斎には明かりがついていた。カーテンは閉まっているものの、フランス窓も開いている。

「お父さんに、おやすみなさいと挨拶《あいさつ》したほうがいいわ」ユーニスが芝生で足を止め、彼にいった。

「ぼくはもう少し外にいることにするよ」バーナードは答えた。「でも、きみは行きなさい。心配しなくていいよ」

彼はユーニスの顔を上げ、やさしくキスをすると、暗がりの中へ消えていった。

ユーニスは黙って見送ったが、その胸は二つの思いに引き裂かれていた。彼は私を愛し、求めている。私だってそうなのに、ひと言も結婚のことはいわなかった。今も悩みを打ち明けぬまま、急に行ってしまうなんて。いえ、もう少し耐えなければ。私は代々軍人の家に生まれ、貞淑であることは当たり前のことだと教えられてきた。だから、この世の果てまでバーナードについていこう。

頭を上げ、胸を張り、彼女はカーテンを引いて、明かりのついた部屋へ入っていった。

大佐は本を開き、うたた寝をしていた。ひじの横には半分飲みかけのウィスキー・ソーダがある。ベッドに行きたかったが、女たちがすべて自室へ引き揚げるまで二階へは上がらないのが習慣だ。困ったことに、義理の妹は妻のダイアナを捕まえ、ずっとインドの話をしている。また、ユーニスも世間の目があるというのに遅くまで外出し、あげく一人で戻ってきた。何と変わったやつだろう、スコットは。さっぱり、わからない男だ。

窓の外の芝生で、懐中電灯か何かがどさっと落ちる音がして、大佐は椅子《いす》に座ったまま跳ね起きた。

「だれだ?」きつい声で彼はいった。

カーテンが開き、バーナード・スコットが姿を見せた。青白い顔をして、走ってきたかのように喘いでいる。

「つまずいてしまって」彼は言い訳をした。「ドアへ回ろうと思ったんです。お邪魔をしたくなかったから」

「ドアは全部閉めた」大佐はいった。「十時に。それが常識だろう。そこからしか入れないことになっている」そこで黙ると、しかたなくデカンターを指した。「自分で飲みなさい」

「いえ、結構です」

「ユーニスは少し前に帰ってきた」大佐は続けた。その声にはとげがあった。

「はい」バーナードは答えた。「一緒に帰ってきたんですが、ぼくはもう少し散歩をしたかったので」

二人はぴりぴりしながら見つめあった。結局、初めに目を落としたのは大佐で、彼はもう下がれといいたげに本を手に取った。

「通路の電気のスイッチはわかっているね？」彼はいった。

「はい、ありがとうございます。おやすみなさい」

「おやすみ」

バーナードがドアを閉めると、大佐は本をひざに置き、未来の婿が突然現れたカーテンの辺りを見つめた。こっそりとドアへ行きたかったということか？　ユーニスとあれほど長くぶらついていたのに、なぜまた一人でどこかへ行かなければならないのか。フォサーギル大佐は深々と嘆息を漏らした。

「何を考えているのか、さっぱりわからん」彼はまたいつもの結論を出した。

12

土曜日の朝は明るく、日が輝いていた。雲ひとつない青空が広がり、九月の朝もやが川の上にうっすらとかかっている。

デーヴィッドは早く目覚めた。「クラウン」のベッドのマットレスは薄く、板の上に寝ているようだったからだ。暑い一日になりそうな窓の外を眺めるうち、気持ちは固まった。ミス・ハーコートは水温が冷たいといっていたが、朝食の前にひと泳ぎして、ベッドのせいで凝った身体をほぐすことにしよう。彼は通りを渡って郵便局の脇《わき》の路地に入り、すぐに崖《がけ》の上に出た。ここから砂地を削った小道を行けば、浜へ出ることができる。岬へは二百メートルほどの距離だ。右手後方に川があるはずなのだが、バンガローが並んでいるため、まったく見えない。

彼は低い崖の下に服を置き、水際を岬まで歩いていった。潮はほどよく満ちている。河口を見やると、騒がしく波立っているところがある。そこが土手なのだろう。この時間なので、まだヨットは出ていないが、遠い沖に釣り船が見える。村の漁師がロブスターを獲っているのかもしれない。デーヴィッドは心地よい音を響かせて寄せ返す波を見つめた。ここなら泳いでも大丈夫そうだ。あの防波堤のある辺りとは違う。振り返っても、危険と書いた立て札はない。彼はまた前を向き、海に走っていった。

水は確かに冷たい。ソーリーに比べるとぐっときついが、それもそのはず、もう九月であり、あの頃からは日を数えている。夏の日差しはいつまでも続かないものだ。彼は波に飛び込み、少し泳ぐと、一度下に足をつけ、また泳いだ。水底は硬い砂だ。こういうぜいたくは引き潮のとき以外、南の海では味わえなかったと思う。それに砂底にはさらに良い点があった。あちらは藤壺《ふじつぼ》のびっしりついた大きな岩があちこちに隠れていて危なかったが、ここではそれにぶつかる心配はない。

やがて波間を過ぎるうち、足がつかないところにいるとわかった。仰向けに浮かび、様子を見る。おかしい。ずっと岸辺近くを泳いでいたつもりだったのに、ずいぶん離れている。それに、岸までの水面はとても滑らかだ。いや、左手前は波立っている。そちらへ泳いでみよう。ここよりは波があって面白いだろうし、ずいぶん沖に出てしまったように思う。崖《がけ》がはるか向こうに見えるが、たぶん海の上から見ているせいだろう。彼は反転し、波へ向かいはじめた。

だが、しばらく泳いでも、波には近づけない。岸も遠い。それどころか、先ほどよりもっと離れている。

「しまった!」デーヴィッドは思った。「潮の流れを考えに入れていなかったからだ」手を打たなければ、それも早く。彼は立ち泳ぎをしながら、どう流されてきたかを確かめた。すると、小道から海岸へ出てくる男が見えた。男はデーヴィッドを発見すると、手にしていた板を落とし、手を振って叫びながら、岸辺を走りはじめた。デーヴィッドはありがたく思い、手を振り返した。男は両手を口に当て、わめいている。波に消されてよく聞こえないものの、途切れ途切れにはわかった。

「泳げ……岸に沿って……戻れない……潮」

「楽しんでいるように聞こえるな」デーヴィッドは思ったが、素直に受け止めることにして、崖のてっぺんに目を凝らした。昨夜、ピーター・フォサーギルから、その将来に対する希望や悩みを聞いた場所だ。そして、体力を消耗させないために平泳ぎを始めた。古めかしいかもしれないが、慌てず着実に進める泳ぎ方だ。ときどき、恐怖の念が頭をよぎる。どれほど行かなければならないのだろう。泳ぎつづけることはできるだろうか。

男は一メートルほど海に入り、口に手をあてがい、なおも励ましてくれている。デーヴィッドは「舟」という言葉を聴いたように思い、いったん立ち泳ぎに変え、もう一度手を振った。男は水から飛び出すと、岬の端に回りこむように駆けていき、見えなくなった。

助け舟が来るかもしれないと思うと心強い一方で、デーヴィッドは男に行かないでくれとも願った。なぜか、男の姿があるあいだは安心だったし、彼がこの困難な状況とそこから救い出してくれる責任を担ってくれているような気がしていたのだ。だが、今は心しなければならない。岸辺には誰もいないし、自分は独りきりで海にいる。前に一度だけ死にかけたことがあるが、今もそうなのだ。

可能性を、恐れず冷静に考えてみよう。自分はそこそこ泳ぎはうまい。だが、抜きん出てというほどではない。以前は三十分くらい続けて泳いだこともある。とはいえ、この何年かはさっぱりだ。普段、時間があれば運動をするところだが、何しろ忙しく、思うようにそれができない。だから、抜群に体力があるとはいえない。それに昨夜はよく眠れなかった。朝食もまだだ。水温もかなり冷たい。

灰色の揺れる波を見つめながら分析をして、悲しい結論が出たとき、デーヴィッドはまた岸辺を見た。すると少し安心した。戻ろうとしはじめたところからはやや離れたようだ。やっと、自分を出し抜いた潮の流れから外れたらしい。

「グレートヤーマスの藻屑《もくず》になどなってなるものか」彼は誓った。「頑張れ、頑張って岸を目指すんだ、たとえたどり着けなくとも。力尽きたときは、絶対に陸を見つめながら死んでやる。こんなくそったれの水になんか目もくれないぞ」

だが、岸に目を据えて進んでいるつもりなのに、そう簡単に流れをかき分けることはできない。確実に前進しているはずなのだが、崖《がけ》は相変わらず遠くに見える。

彼はくたくたになり、仰向けになって水に浮いた。ところが、動きを止めたことと、身体《からだ》が冷え切っているせいで、急に寒気を覚え、歯の根が合わなくなってきた。と、波がざぶんと顔にかかり、口に入る。彼はのどを詰まらせ、むせた。

「くそっ!」彼は慌てた。「行かなけりゃ死んでしまう」疲れた腕をもう一度無理やり動かしながら、こうやって人は溺《おぼ》れていくのかもしれないと思った。やがて最後のときがやってくる。もっと身体が冷え、もっと消耗し、今のように息が継げなくなり、もう自分を立て直すことができなくなる。ささやかにもがいたあと、冷たい灰色の世界に勢いよく飲み込まれていく。そしてこの苦しみ、このあがきから解き放たれるのだ。もう疲れすぎた。溺れ死ぬのもそう悪くないかもしれない。医学生にへたくそな麻酔を打たれるようなものではないだろうか。あとは誰かがジルにいうだけだ。彼は死力を尽くしたが、とうとう戻ることはできなかった、と。

ジル! 誰かが告げるのだ。夫は溺死した。検死審問で立証されたが、自らの不注意によって。泳ぎの腕を過信し、地元警察が危険を呼びかけているにも拘らず、海を甘く見た。本来の仕事ではない、引き受けなくてもよいことに関わり、死んでいった。ジルには生活の苦労と悲しみが残される。彼女は死ぬまでぼくを恨むだろう。

そんなことには耐えられない。妻をそんな目に遭わせてはいけない、そしてニコラスも。また波が顔を打つ。だが、彼はそれを振り払い、もう一度体勢を立て直した。戻らなければ。プライドを取り戻すんだ。

一方、海辺にいた男は手をこまねいていたわけではなかった。遠い沖にいる男を見て、一瞬肝が冷えたが、彼がまだ泳ぐ力があり、溺《おぼ》れかけてはいないと判断した。だが、ここの浜が危ないことはわかっている。声を限りに叫び、すぐ岬へ急いだ。川を往復する小さなモーターボートがあればと思ったのだ。運が悪い。浜辺には一隻の小さな舟があるだけで、中ではビル・ハワードが屈みこむようにして、始動ハンドルと格闘していた。エンジンが利かないのだという。

男が事情を話すと、ビルは動かそうとさらに頑張ったが、エンジンは一、二回音を立てただけで、完全に止まった。ビルは立ち上がり、息をついた。

「ボブ、走って戻れ」彼はあえぎながらいった。「おれがもうすぐ助けに来るというんだ。で、方向をいってやれ。クルアー・ポイントを過ぎていたら、大丈夫だ。おれはこいつを何とかして、すぐ行くから。エンジンのやつ、冷え切ってやがる」そう、わかりきったことを付け加えた。

デーヴィッドはもがき続け、ようやく崖《がけ》と平行に泳げるところまで来ていた。そして、手を振りながら叫ぶボブ・ソルターを見つけた。

「言うは行うより易しだ」胸の中で悪態をついたものの、ともかく指示に従い、崖に向かって波をかき分けた。すると信じられないことに、崖がだんだん近く大きく見えはじめた。動いているのかどうかもわからなかったし、ただただ冷たくて、何度も目の前が白くなったが、それでもずっと泳ぎつづけて来たのだ。崖が前にそびえている。男の顔も見えた。初めはかすんでいたが、心配げにこちらを見ているのがわかる。ゆっくりと岸に近づいていく。だが、全身が氷のようで、もう手の感覚がない。二メートルほど進む。と、男が海へ入ってきた。叫んでいるらしい。何も聞こえない。男の口が奇妙に広がっては、すぼまるのがわかるだけだ。

「何でそこにつっ立ってるんだよ」デーヴィッドは腹が立った。「ただ行って帰ってきただけじゃないか」

不意に片足が下についた。もうひと掻《か》きふた掻き。ひざがつく。とたん、頭から波をかぶり、彼は倒れた。

次の瞬間、男が力強い腕で彼をすくい上げた。よろけながらも、そのまま水を掻き分けていく。そして、そろそろと彼を浜辺に寝かせた。デーヴィッドはかすかに微笑《ほほえ》んだ。「ドーヴァー海峡だ、来年は」弱々しい声でいうと、意識を失い、頭を支えるボブ・ソルターの腕からずるりと滑り落ちた。

デーヴィッドはふと気づいた。寒いし、胸に重いものが載っている。死んだのだろうか。冷たい土に埋められ、永遠に閉じ込められてしまったのか。そっと目を開けてみる。ほっとした。日に焼けた男がこちらを心配げに覗《のぞ》き込んでいる。ゆっくりと胸に目をやる。墓土かと思っていたものは、漁師の重い防水服だった。その持ち主のビル・ハワードが足元に立ち、おずおずと笑いかけてきた。

「エンジンが冷えていて」彼は弁解を始めた。「ときどき癇癪《かんしゃく》を起こすもんで。動いたらすぐ行こうと思ったんだが、遅かったようですな。いやあ、よくやりましたよ」

「よくはないです」デーヴィッドはぼそぼそといった。ひどくだるい。「でも、やりました」彼はひじを突いて起き上がった。だが、身体《からだ》ががたがた震え、胸がむかむかする。ボブ・ソルターが彼をまた寝かせた。

「ゆっくり」彼はいいきかせた。「ビルが服を取りに行ってきますから。身体が温まれば、よくなりますよ」

ビルは船を出し、岬へ向かった。デーヴィッドは横たわり、ボブに手足をさすってもらった。少し楽になってきた。

「どれぐらい浜から離れていたんですか？」少しして、彼は訊《き》いた。

「一キロ半はあったでしょうね。でも、それ以上、泳いでます。潮はどんどん人を流しますからね。なめると、えらい目に遭います」

「本当ですね」デーヴィッドは波しぶきと硬い砂底を喜んでいた自分を思い出し、ぞっとした。

「むしろ川より危険ですね」彼はいった。「ところで、向こうには立て札がたくさんある。どうして、こちら側にはひとつもないんですか？」

ボブ・ソルターは一歩退いた。憮然《ぶぜん》とした顔を見せている。

「こんな朝っぱら、人っ子一人いない時間に、誰かが泳ぐとわかっていたら、あんなことはしなかったですよ」

デーヴィッドはきょとんと彼を見つめた。

「あんなことって？」

「立て札を塗りなおしたんですよ」

「じゃあ、もともとここにはあったんですね？」

「当たり前です」

「村に持っていって、きれいにした、と?」

「そう。字が消えかけているし、倒れそうだっていわれて、建て直しに行ったんですよ。仕事ですから。責任がありますし、いいですか? そしたら、本当に字がはっきりしなかったんで、すぐ書き直して、みんなが泳ぐ前に持ってこようと。朝飯前に泳ぐやつなんてここにはいませんからね。それに、この三週間、オレボロがまったく初めての人は来ていなかったし。フォサーギル大佐の知り合いが来たとは聞いてましたけど、まさか一人で泳ぐなんて思わなかった、しかもこんな朝早く」

「すみません。北海のことをよく知らなかったもので。こんなに冷たい海なんだから、分別のある人は昼にならなきゃ泳ぎませんよね。身にしみました。おまけに、そういうことを調べようともしていなかった。とにかく、ぼくが溺《おぼ》れていたら、お困りだったでしょうね」

「困るって? そのとおりですよ。もうまともにお天道様を拝めなくなりますからね」

するとビル・ハワードが戻ってきて、会話は中断した。デーヴィッドは大急ぎで服を着た。身体は温かくなってきたが、まだ滑らかに喋《しゃべ》ることはできない。彼は助けてくれた二人に煙草を勧め、自分もそろそろと少しだけ吸った。そして、ボブ・ソルターにもう一度顔を向けた。

「どうして、二度とお天道様を拝めなくなるんですか?」

「大佐に顔向けができないってことですよ。同じことを二度も繰り返しちゃ」

「前に、ある娘さんが死にましてね」ビルが説明した。「ユーニスさんの友達です。ちょうどピーター君とあなたのような感じかな」

「ミス・ワーウィックのことですか?」

デーヴィッドは思わず上体を起こし、防水服を脇《わき》へよけた。

「ええ。誰かのいたずらでしょうな。立て札がはずされていたんですよ。藪《やぶ》の陰に置いてありましてね。あなたみたいに流されたんだが、そのときは誰もいなくて。あの青年たちも彼女と同じで何も知らなかった。ちょっとひと泳ぎってところだったんでしょう。二人とも泳ぎはうまいですからね。で、浜に戻ったら、彼女はいなかったらしいです」

「青年って——?」

「キース・ワーウィックさん、彼女の恋人だった人ですよ。それから、バーナード・スコットさん。ユーニスさんの婚約者だっていう」

二人の男は不思議そうな顔をして、眉《まゆ》を上げながら顔を見合わせた。これはもう昔の話で、オレボロではさんざん語りつくされたことだ。だから、知らない者がいるということが珍しかったし、何よりそれがフォサーギル家の友人なので驚いたのだ。だが、デーヴィッドはそんな二人に気づかず、フィリス・ワーウィックのことで頭をいっぱいにしていた。海流に流されたときには、青年たちはすでにそばにいなかった。少しずつ彼女と離れていた。そして、岸辺にも誰一人いなかった、とそういうわけだ。

バーナード・スコットも、朝早く起きていた。夜明け前に目覚め、そのまま眠れなくなり、明けてゆく空を見ているうち、階下《した》でメイドが働きはじめる音がした。それで着替え、歩いて草地へ行った。朝もやが川から少しずつ消えていき、かもめがその静かな水面にくちばしを入れる様子を眺めたあと、村へ戻った。郵便局の前に来たとき、一瞬迷ったものの、やはり小道に入り、海辺へ行くことにした。

砂浜に下りようとすると、三人の男が小道を上がってきた。そのとたん、彼は言葉もなく凍りついた。二人の男は顔見知りの村人だ。だがもう一人の、彼らに支えられながら歩いている男はデーヴィッド・ウィントリンガムだった。そして目の前の彼は、血の気のない、いつもとは違うやつれた顔で、やあというように少し笑いかけてきたのだ。

「おはよう、スコット君」彼はひとことといって、両隣の男に軽く寄りかかった。

ボブ・ソルターはデーヴィッドから手をはずし、前へ出た。「確かに、立て札はおっしゃるとおりでしたよ」食いかかるようにいった。「でも、あんなことしなきゃよかった。そのせいで、この人が死にかけたんですからね。もし死んでいたら、私は悔やんでも悔やみきれませんよ。それに、どうしてこの人に注意してあげなかったんですか！　字が消えかかってるなんて、あんたさえいってこなきゃ」

「よせよ！」スコットは三人を押しのけるようにぐいと踏み込んだが、何とか横に出たデーヴィッドにさえぎられた。「ゆうべソルターさんに立て札をどけろといったのか？」

「倒れそうだし、字もかすれているといっただけです」

「昨日の晩か？」

「そうです」ボブがわり込んだ。「『アンカー』が店じまいする頃、いいに来たんですよ。でも、こんな朝早くあなたが泳ぐとはひとことも。いってくれれば、はずさなかったのに」

「たぶん」デーヴィッドは低い声でいった。「スコット君はぼくが朝に泳ぐとは思わなかったんでしょう」

彼はバーナードにまた少し迫り、厳しい目を向けた。

「もう会うことはないかもしれないな、じゃ」両手をポケットにしまったまま、あっさりといった。「今日、帰るよ。仕事は終わった」

三人がのろのろと歩いていくあいだ、バーナードは固まったように突っ立っていた。顔からは血の気が引き、今のデーヴィッドより青ざめている。彼は三人が見えなくなるまでじっとしていた。そして、とぼとぼと海辺へ行き、崖下《がけした》に隠れるように座って、長いあいだ海を見ていた。打ちのめされたようにうなだれ、肩を落とし、明るい灰色の瞳《ひとみ》を絶望に曇らせながら。

13

「よろしいですか、ウィントリンガムさん？」

「あ、きみか！　どうぞ入って」

「聞きましたよ。その、とんだ災難――だったとか。家族も心配しています。父なんか、立て札のことでかんかんですよ。治安判事やら役場の担当者やら、思いつく限り片っ端から電話して。母にもいわれたんです。具合がお悪いようであれば、お世話をして差し上げたいから、お連れするようにと。あなたは母のお気に入りのようですよ」

「それはありがたい。でも、もうすっかり良くなりましたよ。ボブ・ソルターさんに指示をもらえたことが幸いだった。そのとおりに泳いで、何とか足の届くところまで戻れたのでね。もっと泳ぎがうまければ、こんなことにはならなかったんだろうな。それに、仕事が忙しくて、あまり鍛えてもいないから。まあ、座って」

ピーター・フォサーギルは小さな椅子《いす》の端におそるおそる座った。デーヴィッドは身を起こし、笑った。

「医療老人ホームに入った、もう助かる見込みのないおばさんを見舞ってるわけじゃないんだから。熱い風呂に入って、朝飯をたらふく食べてから何時間か寝たんだ。今は心地よい気だるさを感じてるよ。ラグビーの試合で、接戦の末、辛くも逃げ切ったあとのようなね。今、何時だい？」

「十一時半です。すぐに失礼しなければ。ユーニスと十五分後に川で会うことになっていて。小型ヨットに新しい帆を張ったんで、乗ってみるんです。今までのは、このあいだぼろぼろになったんですよ。もう少しでマストもだめになるところだった」

「十分待ってくれないか。着替えて一緒に行くよ」

ピーターは目を丸くした。

「大丈夫ですか？」

「もう平気だったら。そんなささやくような声を出して、病人扱いしないでくれよ」

「だって、村中に伝わってますよ。ビル・ハワードとボブ・ソルターが、死にかけたあなたを引き揚げた。それから一時間近くも人工呼吸をして、やっと息を吹き返したって」

「大嘘《おおうそ》つき野郎！」デーヴィッドは上掛けをはねのけ、ベッドから飛びだした。

「いて！」彼は叫んだ。足や肩がぱんぱんに張って痛い。ピーターは心配から、反射的に前へ出て彼を支えようとした。「さあ、頼む」デーヴィッドはピーターの肩に手をかけ、ドアのほうへ押した。「バーへ行って、好きな飲み物を二つ頼んでくれないか。強くて、適当に量のあるやつを。ぼくの分は取っておいて。五分で行くから」

「わかりました」ほっとした表情でピーターはいい、使命を果たすべくバーへ急いだ。

「こんなふうに寄りかかって」注意深くヨットに身を預けながら、デーヴィッドはいった。「空を見ていられたら、何だっていいって気になるなあ。でも、今日は十分、いや十分すぎるほど海を見たけどね」

「ドライブするほうがよかったんじゃありません?」ユーニスが気を遣って尋ねた。

「いや、今夜はずっと運転して帰らなきゃいけない。だから、舟でゆったりしているほうがずっといいですよ」

「じゃあ、クレイグズ・ミルへ向かって、お昼にしましょう。バスケットに持ってきたんです」

へさき側にいたデーヴィッドはさっと身体を浮かせ、ユーニスを見た。

「スコット君も来るんですか?」何気なく訊いた。

ユーニスは頬《ほほ》を染め、横を向いた。「フェルブリッジへ行ったんです」簡単に答えた。「ピーター、センターボードのところに行ってもいい？」

「そうだね。さあ、準備はいいよ。だめです、ウィントリンガムさん。そこにいてください。この大きさで三人を乗せていくのはたいへんなんですから。ユーニスだって、どうにかやってくれるってところだし」

「お兄さんよりちゃんとやってるわよ、いつも」ユーニスはぶつぶついった。ピーターはヨットを深い水の中へ進ませた。

兄と妹は順調に帆を上げ、センターボードを下げると、進路を上流に向けた。ピーターは落ち着いて舵《かじ》を取り、ヨットは静かに川を渡りはじめた。へさきが楽しげに水をかき分けていく。

「聞かせてくれないか！」穏やかな空気を破って、デーヴィッドがいった。「今朝のぼくみたいなことになった人はいるかい？」

「フィリス・ワーウィックのあとはいません」ピーターが答えた。「遊泳禁止の場所はうるさくいわれていますからね」

「その前は？」

「事故はなかったように思いますねえ。でも、立て札にはここまで気をつけていなかったな。ボブが昨晩はずしたものはもう少し岬よりにあったんです。で、それが倒れていたところで、だれも気にしなかった。実際、フィリスさんたちがここに来た日もそうだったんだろ、ユーニス？」

「ええ。事故のあとで思い出したの。前の晩、藪《やぶ》の陰に置いてあったのよ」

「よければ、どんなことが起きたのか、話してくれませんか？」デーヴィッドはいった。

「面白半分に訊《き》いているわけじゃないんです。どうしても知りたいわけがあって」

ユーニスはためらっていたが、ピーターが認めるようにうなずいたので、口を開いた。

「フィリス・ワーウィックさんとは高校が同じで、でもかなり先輩でした。卒業後、また戻ってきて、わたしの寮の副監督をしていたんです。だから、とても親しかったんですよ。休日をよく一緒に過ごす、またいとことその叔母さんが、夏休みにオレボロへ行く、それで誘われたから、自分も何日か遊ぶといってました。もう一人、またいとこも来るからって。ええ、それがバーナードです。叔母さんのカーショーさん、ご存知でしょう？　彼女が村はずれの家具つきコテージを借りたんです。小さい家だけれど、何とかなるだろうってことで。皆さんが着いた晩、わたしたちは会いに行ったんで――」

「違う」ピーターがさえぎった。「ぼくは将校訓練隊のキャンプから帰る途中だった」

「あ、そうね、忘れていたわ。夜遅くに帰ってきたのよね。覚えてる？　お父さんが――」

「いいから、フィリス・ワーウィックさんの話をしろよ」

「はい。どこまでいいましたっけ？　あ、そうだわ。会いに行ったら、夕食を済ませていらしたので、四人で海を散歩したの」

「四人？」

「ええ、カーショーさんはいらっしゃらなかったんです。荷物を片付けたいからと。バーナードとキースさんが前を歩き、そのあとをフィリスさんとわたしがついていきました」

「彼女に、泳ぐときの注意はしなかったの？」

「ええ。うっかりしていました。まったく違う話をしていたものですから。フィリスさんはあることでものすごく怒っていて、ずっとそのことをしゃべり続けていたんです。そうでなければ、わたし――」

ユーニスは絶句して、ため息をついた。

「その頃は卒業したばかりで、まだ十八にもなっていませんでした。彼女が個人的なことをいろいろ話してくれるものだから、すっかりぼうっとしちゃって」

ピーターが我慢しきれなくなったように、口を挟んだ。

「変にごまかすなよ。彼女はキース・ワーウィックにプロポーズされていたんだろう？　でも、断った。本当にそうだったのかどうかはわからないけれど」

「あら、絶対にそうよ。それにわたし、ごまかしてなんていないわ。ウィントリンガム先生も、キースさんとフィリスさんのことは知っていらっしゃるでしょう？」

兄と妹はお互いに少し決まり悪そうな顔をした。デーヴィッドは険悪な雰囲気になっては困ると思い、話を先に進めた。

「じゃ、海のことは話す暇がなかったんですね？　で、彼らは翌朝泳いだ、今朝のぼくと同じように」

「そうです。あの立て札のことをいっておきさえすれば。でも、その場所についてよく知っていると、ほかの人も知っているように錯覚することってありますよね？　当時は立て札もよく倒れていたし」

ユーニスは息を継ぎ、また小声で話しはじめた。「事故は先生とまさに同じような状態で起こったようです。あとでバーナードがいっていました。彼とキースさんが泳ぐことにして、フィリスさんを十分足の立つ、浅瀬からほんの二、三かきのところに置いていったと。バーナードは後ろを見なかった。キースさんについていくのに必死だったそうで。彼は泳ぎがうまいですからね。キースさんも振り返らなかったんだと思います。たぶん、彼女にふられたことで避けたかったんじゃないかしら。とにかく、少し向こうの岸辺に上がって、戻ってみると、フィリスさんの姿がなかった。タオルと服だけしかなかったから、キースさんはまた海へ入って、バーナードは助けを呼びに走った。少しして船を捕まえて、キースさんを拾い、フィリスさんを探したということです。二人とも動転してましたけど、キースさんは特に」

「でも、立ち直ってたじゃないか」ピーターがいった。「確か、次のイースターに来たとき──」

「やめて！」ユーニスはきつい声を出すと、話題を変えた。

彼らはクレイグズ・ミルの小さな船着場に入った。そこには土手が広がり、水際まで木が生えている。埋め立てられた湿地は川がカーブしているので見えず、ここの水は急に土色に変わり、塩辛くない。ともかく、河口の立ち入り禁止地帯とは違い、素朴で心地よい空間だ。デーヴィッドは心のこもった弁当を食べ、肩の痛みはさておき、とても元気になった。帰りの舟では、ピーターが自分の将来と夢について語りつづけた。ほとんど昨夜聞いた話だったので、デーヴィッドは少し眠気に誘われながら聞き、時折、適切な意見をさしはさんだ。彼は二人とも多少甘やかされている面はあるが、いい子供たちだという感想を持った。

ユーニスは村でちょっと買い物をするというので、ピーターがデーヴィッドと宿へ戻り、荷造りを手伝い、スーツケースを車まで運んでくれた。

「今日、お別れだなんて残念です」彼はデーヴィッドがバックし、Uターンするあいだ、車の踏み板に立ったまま、いった。「母は明日、昼食に来てくださるとばかり思っていたようです」

「たいへん申し訳ない、お詫《わ》びの手紙を書くと伝えてください。でも、どうしても帰らなくては。妹さんにもよろしく。またいつか会いましょうと。結婚する前には無理でも、そのあとには必ず」

「あまり急いでいないようですよ」

「そう? ソーリーでスコット君がぼくの妻にいった話からすると、これまでは早く結婚したいってことだったんじゃないのかい? もう長いあいだ、付き合っているでしょう?」

「そうでもないですよ。二年くらいかな。だって、フィリスさんが死んだ前の日に初めて会ったんですから。ちゃんと話すようになったのは、一年ほど経ってからじゃないかな。それじゃ。ロンドンでお会いしたいです」

「本当だね。ぜひ、遊びに来てください」デーヴィッドは心からそういった。だが、これからしなければならないことを考えると、気が重くなった。そして、フォサーギル家の人々にまた会えるのだろうかと思い、胸が詰まった。

ジルはデッキチェアに座り、小説を読んでいた。あまり面白くない本なので、ときどき気持ちがそれ、いとおしいデーヴィッドやニコラスの姿を思い浮かべてしまう。主人公の青年に比べると、デーヴィッドの暮らしは何と忙しく充実していることだろう。デーヴィッドは好きな仕事を持ち、時間をやりくりして、そのほかのことを楽しんでいる。だから、たとえそう願おうとも、塞《ふさ》ぎこむ暇などない。ところが、この青年は無目的に生き、ただ悶々《もんもん》としている。そういった生き方はつまらないと割り切ってしまえばよいものを、当然ながら、それがわかっていない。だが、ジルがあきれたのは、彼が若い女との情事に人生の答えを見出そうとして、いつも否定的な結論を導き出していることだった。一度に二つのことはできない、とジルは思う。その女たちもジルと同じ考えらしく、次々に彼のもとを去っていく。彼女は改めて、デーヴィッドはいろいろな面で完璧《かんぺき》な人だと思った。両手を頭の後ろで組み、ぼんやりしていると、夫が庭に顔を出し、近づいてきた。

見たとたん、彼女は驚きから、胸が苦しくなった。夫は深刻な疲れ切った顔をしている。「どうしたの?」と叫びたくなったが、無言ではね起き、彼の広げた腕の中に飛び込んだ。

一年も会わなかったかのように、何度もキスをされ、抱きしめられるうち、彼女は夫に何か災難が降りかかったに違いないと思った。恐ろしさがこみ上げ、見開き、おびえた目で彼を見る。それでも、落ち着こうとしながらいった。「明日の晩に帰ってくると思っていたわ。仕事が早めに終わったの、それとも断念した?」

「その両方」デーヴィッドは答えた。

彼はもうひとつデッキチェアを持ってきて、ジルの隣に置いた。だが、彼が腰を下ろすと、ジルは芝生に座った。彼の手を首に運び、その足元に寄りかかる。そうやって顔を見せないようにして、夫の話を黙って身じろぎせず聞いた。話が終わると初めて振り向き、彼をきつく抱きしめ、無事を喜んだ。責めるつもりはない。悲しいけれど、たぶんそんな権利もないのだろう。男の人はこういった無茶なことをするものだ。そして女は、むやみに束縛したがるタイプか、母親でない限り、それを受け入れる。自分とデーヴィッドの関係は、どちらかが一方的に支配するものであってはいけないと思う。何かもっと優雅で知的で楽しい絆《きずな》でつながっているのだ。とはいえ、彼がそれをときどき無視して強く出るのも、心の奥底では嬉《うれ》しいと思っている。夫が頼もしく、自分を守ってくれる存在だとわかり、安心するからだ。

やがて夜になり、ジルは刺繍《ししゅう》をしているニコラスのスモックから顔を上げた。

「ミッチェル警部に会いに行かなくていいの?」彼女は尋ねた。

デーヴィッドは顔をしかめた。

「どうしたらいいか。確信はあるけど、確実な証拠があるとはいえないし、スコットランド・ヤードで馬鹿《ばか》にされるかもしれない。それがフォサーギル家に及ぼす影響を考えると、下手なことはできないしね。大佐はちょっと血の気の多い人だけど、耐えられないだろう。今だって、鬱憤《うっぷん》を募らせているから。奥さんも温かい人なんだ。子供たちもちゃんとしてる。特にユーニスはいい子だ。これがすべてバーナードのしわざとわかったら、立ち直れないだろう。もうこんなこと、やめたいぐらいだよ」

「だめよ！」また恐怖がこみ上げて、ジルは叫んだ。「バーナードにまた狙《ねら》われるわ。あの人はあなたにばれたとわかったのよ。それに今回あなたを殺し損ねて、ますます追いつめられたと思ってるわ。このまま、ことを放っておくわけないもの。やめないで、デーヴィッド。命あっての物種なんだから」彼女は息を詰め、涙をこらえながら悲しそうに夫を見つめた。

「ごめん！」申し訳ない気持ちにかられて、デーヴィッドはいった。「ぼくを責めないんだね？　初めからずっと失敗ばかりしているのに。知ってしまった以上はしかたがないもんな。バーナードだってそうさ。問題は、ミッチェル警部のところへまっすぐ行くか、バーナードを脅かして手を出させないようにするかだ」

「どうやって？」

「古いやり方だけど、弁護士か銀行に署名入りの宣言書を預けるんだ。万一ぼくが死んだら、スコットランド・ヤードに渡してもらうのさ。それをやつにいう」

「でも、デーヴィッド、彼が人殺しなら、ほったらかしておくことはできないわ。あの人はユーニス、あなたのお気に入りのその子と結婚して、それから？」

「そうだね。まったく、こんなことに関わるんじゃなかったな」

「後の祭り。早く決心しなきゃ。ぐずぐずしていると、こっちまで気が変になっちゃうわ」

夕食のために着替えながら、ミセス・フォサーギルはこの週末に起きたいろいろな騒ぎについて、大いに首をひねっていた。そしていつものように、ぼんやりと思った。子供たちが何を考えているのか、もうよくわからないし、この頃の若い人は本当に不可解だ。

あの感じのいいウィントリンガム医師は、なぜ急に帰ったのだろう？　災難に遭ったことは知っている。村ではずいぶん大げさな話になっているけれど、事実、もしそれほど具合が悪いのであれば、よくなるまでゆっくり休んでいけばよかったのに。逆にたいしたことはなかったのなら、計画どおり昼食に来るべきではないだろうか。明日メイソンを呼んだのは、彼に会わせようと思ったからで、これでは失礼ではないか。まあ、そんなものかもしれない。若者は約束を破りがちなものだ。招待を受けておきながら、もっと面白そうなことがあれば、すぐに断ってくる。結局、自分たちで勝手にどこかへ行き、親はしかたなく彼らの代わりに謝らなければならない。だが、ウィントリンガムはそこまでではなかった。きちんとメッセージをよこし、手紙を書くと約束した。とはいえ、それも当たり前だ。彼は私の子供たちほど若くはないのだから。

そして、バーナード。ミセス・フォサーギルはため息をつき、鏡に映る自分を見ながら頭を振った。ユーニスは彼のどこに惹《ひ》かれているのだろう？　もちろん、夫のグレアムは必要以上に話をややこしくしているとは思う。彼は昨晩、バーナードに対する感想を延々喋《しゃべ》りつづけ、いつまでも寝かせてくれなかった。つくづくうんざりさせられたが、朝まで待てないといった様子だった。それもすべて、あの陰気な男が遅く帰ってきたせいだ。しかも、ユーニスと帰ってきたあと、また出かけるなんて、何を考えているのだろう。夫と話したくないと思っているかのようだ。だが、それは当然かもしれない。ただ、私がグレアムにそういえないだけなのだ。今日は結婚のことについて、バーナードとじっくり話したいと思っていた。だが、そのチャンスがなかった。彼は朝食の前にまたどこかへ出かけ、なかなか戻ってこなかったし、帰ってきてもウィントリンガムの話ばかりをしていた。だが、ピーターによれば、その内容はでたらめらしい。そして、ケンブリッジ時代の友人に会うといってフェルブリッジへ行き、アフタヌーン・ティのあとに帰ってきた。それからピーター、ユーニスと一緒にテニスだ。ユーニスは夕食後、彼を庭へ連れて行くだろう。そうなるともう一日は終わり、この不確かさだけが残ってしまう。もし、遺産を相続することになったのなら、それをグレアムにいってやればよいではないか、たとえ私にいわなくとも。

フォサーギルは高価なものばかりとはいえ、数少ない宝石の中から、イヤリングを選んでつけた。そうするとさらに上品な雰囲気になり、まだ美しい首すじが引き立った。またため息をひとつ。鼻に仕上げの白粉をはたくと、綺麗《きれい》なハンカチを夜会ハンドバッグに入れ、下へ降りた。

夕食は静かに何事もなく終わった。若い三人はテニスで一時的にエネルギーを使い果たし、旺盛《おうせい》な食欲を見せて、黙々と食べた。大佐は前浜の立て札に関して、怠慢だった地元の機関、警察や役場を一喝しようとしたが、失敗に終わり、少し静かになっていた。ときどき、低く重々しい声で言い足りなかった文句を並べているが、怒りはほぼ鎮まったようだ。大佐が騒いでも効果はなかったし、何も変わらないことをわかっていたので、家族は彼に構わないでいた。

食後すぐ、ユーニスとバーナードは目立たぬよう庭へ消えた。藪《やぶ》の小道を行き、マッシュルーム小屋を避けて、草地の端へ下がって行った。そして門にひじを突き、肩と肩を寄せ合った。

「やさしいんだね」やがてバーナードはささやいた。「昨夜はあんなひどいことをしたし、今日も出かけていたのに。怒りもしないし、いやな顔もしない」

「いやな気持ちじゃないもの」ユーニスは答えた。「ただ、心配事をいってくれないのが残念なだけ」

「そうできるときは必ずいうよ。もうすぐはっきりする――本当にすぐ。そしたら――」

彼は言葉に詰まり、黙り込んだ。

ユーニスは悲しい顔をして彼を見つめたが、何もいわなかった。

突然、バーナードは彼女の手を握り、話しはじめた。

「頭がおかしくなったのかと思うかもしれないけど――すぐに結婚してくれないか？　すぐ――二週間くらいのうちに」

ユーニスは耳を疑った。これほどまでに驚いたことがあるだろうか。どう聞いてもはぐらかしては黙り込み、自分にはまるで見当のつかないことでひどく困っている彼。だから、結婚は無期延期なのかと思っていた。それなのに今、いきなり結婚しようと言い出すなんて。しかもすぐにとは。気持ちが昂《たか》ぶっている様子もなく、相変わらずつらそうな顔をして、瞳《ひとみ》を曇らせているのに。そんな急な話で、母はどう準備をするのか？　ずっと引き伸ばしてきたくせに、突然ばたばたと結婚することを人はどう見るだろう？　彼女はわけがわからず、彼を見つめた。

「あの――わたし」口ごもり、自信がなさそうに続けた。「お母さんがすごく困ると思うの。どうやってわたしたちで算段――」

「ありきたりの結婚式をしたいのかい？」バーナードは声を荒らげた。「ぼくとしては大げさにせず、戸籍登記所に行くだけにしたい。でも、譲り合わなきゃね？　とにかく、準備はしよう。少しだけ人を招いて、教会に行って、シャンパンと――」

「ウエディングドレス」ユーニスはおろおろしながらいった。「ブライズメイドのドレスも」

バーナードは笑い、彼女を腕に引き寄せた。

「何を着ても綺麗《きれい》だと思うよ」そういった。「ひとつ忘れてはいけないことがあるんだ。ぼくは大おばさんと、またいとこの喪に服しているときだからね。それが静かな結婚式をする理由にもなるだろう?」腕に力を込めた。「ねえ、力になってほしい。そばにいてもらいたいんだ。いつかすべてを話すよ。でも今は、ぼくを本当に愛しているなら、それを見せてくれ。お願いだ——頼むよ——」彼は涙声を出し、ユーニスを抱きしめ、強くキスをした。あまりの激しさに彼女は唇が痛いほどだった。やがて、小さな吐息が聞こえ、彼はユーニスの気持ちをしっかり摑《つか》んだと知った。そして身を離し、彼女の純真な目を見つめた。

「帰って、お母さんに話しましょう」ユーニスはいった。「せめて三週間後にしない?」


デーヴィッドはベッドで身を起こし、枕をまたひっくり返した。これで何度目だろう。蛍光性の時計の針を見ると、まだ二時だった。気持ちがしゅんとする。

「ジル!」すまないと思いながら声をかけ、答えを待つ。隣のベッドからは何の反応もない。

「ジル!」少し大きな声で呼んでみる。

「え——うーん」眠そうな声だ。上掛けが動き、ジルはそっけなく訊《き》いた。「何かいった?」

「ジルっていった」

「なぜ？」

「だって、眠るとすぐ泳いでいる夢を見て、目が覚めるんだ。ベッドに入ってからその繰り返しさ。ずっとね」

ジルはベッドから抜け出し、彼の隣へ潜りこんだ。

「かわいそうに」そういって、乱れたシーツを整えた。

彼の頭を自分の肩に引き寄せる。

「さあ、寝ましょ！」やさしく命じた。

デーヴィッドは妻の温かさと柔らかさを感じながら、いいつけどおり、眠りに落ちていった。

第五部　スコットランド・ヤード

14

「とうとうだな」

「何が？」

「バーナードがユーニスと結婚した。ほら！」

デーヴィッドは「タイムズ紙」を適当な大きさに折りたたみ、妻に渡した。ジルは「結婚」欄の名前を見た。

「スコット――フォサーギル――十月六日火曜日、オレボロ、教区教会。新郎バーナード・マイルドウェイ・スコット、故チャールズ・スコットとエレンの長男。新婦ユーニス・マーガレット・クレア、オレボロ、マナー・ハウスのグレアム・フォサーギル大佐夫妻の長女」

「あんなにぐずぐずしてたのに、どうして急に？」ジルは訊《き》いた。

「そこだよ！」デーヴィッドは声高にいた。椅子《いす》に寄りかかり、テーブルを強くたたいた。

「そこなんだ！」繰り返した。

「そこって、どういうこと？」

「文字通りの意味さ。いっただろ？　ユーニスが、ワーウィックたちとバーナードがやって来た夜のことを話してくれたって。海岸を散歩した。立て札が落ちていたことは知っていたけど、よくあることだったし、みんながオレボロは初めてだってことも忘れていて、そのことをいわなかった。彼らがあそこで初めて泳ぐってことも頭になかった。フィリスにキースとのことを打ち明けられてびっくりしたからね。フィリスはかっかしていて、ただ誰かに聞いてもらいたくて、相手がまだすごく若い娘だってことを忘れていたのさ。ユーニスが高校を出たばかりで、まだ恋愛なんてしたことがないってことをね。でも、ユーニスはあとで立て札のことを思い出して、いまだに悔やんでいる。それをいっておけば、バーナードも含めて、みんな注意したのにって。今は四人のうち、ユーニスとバーナードだけが生き残っている。彼は何もいわないけど、悪知恵の働くやつだから、立て札を見たんじゃないか。で、危ないことを承知のうえで、翌朝泳ぎに出た。だから、今でも立て札が倒れていたことは誰にも言ってもらいたくない。ユーニスはフィリスの検死審問の前に思い出したのか、あとだったのか。どちらにせよ、証人として喚問されなかったんだろうな」

「でも、それが急な結婚とどういう関係があるのかしら」

「おいおい、コーヒーをもっと飲んで、頭をすっきりさせろよ。夫の不利になるようなことを妻がいうとでも思うのかい？」

「あっ、そうね」ジルは心配そうに彼を見た。

「それでどうするの？」

「今夜、ミッチェル警部に会うよ。夕食の時間には戻れないかもしれない」

「わかったわ」

デーヴィッドはジルの椅子《いす》の後ろに回り、肩に手を置いた。

「これで終わるだろう。よかったね」

だがジルは悲しそうな顔で彼を見上げ、ひとことといった。「ユーニスがかわいそう！」


ミッチェル警部はようこそというように笑顔を浮かべ、すぐに椅子から立ち上がると手を差し出した。

「これはこれは、先生。お珍しい！　奥様と坊やはお元気ですか？」

「おかげさまで。ジルがよろしくと申しておりました」

「ごていねいに。で、どうしました？　傘を忘れた、それとも余計なことに首を突っ込んでいるとか？」

「聞いてください、ミッチェル警部。初めにひと言いわせていただきます。あなたがお怒りなるようでしたら、ぼくはすぐ帰ります。で、もう戻りません。でもそうなると、絞首刑執行人はまた騙《だま》されることになります」

「まあ、そういわずに。愉快だな、このあいだウェルズフォードと話したんですよ。彼を覚えているでしょう？　この頃は退屈な事件ばかりだ、もっと面白いことはないかといったんです。すると彼はこう答えた。『そういえば、ウィントリンガムさんはこの頃静かだな。今に、裏庭で死体を発見したなんていってくるさ！』そうしたら、今日あなたが見えた」

「ウェルズフォードさんは勘がいいな」デーヴィッドはいった。「でも、裏庭じゃない。それに、死体は四つ。イギリスのあちこちに散らばってます」

「えーっ！」ミッチェルは声を上げ、どすんと椅子に座り、ペンのキャップをはずした。

デーヴィッドは一連の調査の旅について、日付を追って話し、最後にラントリノッドで見つけた馬具の一部を警部の机に置いた。ミッチェルはそれをじっくり眺め、デーヴィッドの見解にうなずいた。やがて馬具を置くと、ノートを見た。

「ややこしいな」彼はいった。「話があっちこっちに飛んで。もう一度話してくれませんか。事故がおきた順に。で、このスコットという男について考えを聞かせてください。あなたが見落としていることがあるかもしれない。事件を全体から眺めてみようじゃありませんか」

「わかりました。これはそもそもミセス・メドリコットが一度目に倒れたとき、財産分与について意思表示をしたことから始まった話です。五人の近親者、つまりヘンリー・ワーウィック、ヒルダ・マクブライド、フィリス・ワーウィック、キース・ワーウィック、そしてバーナード・スコットに。

最初の犠牲者はフィリス。スコットが初めに彼女を選んだのは、たまたまでしょう。倒れている立て札を見て、思いついたんですよ。でも、そのときやっていなくても、何かほかのことを企んだと思います。あきれるほど我慢強く機会を狙《ねら》って、一人ずつ殺していますからね。この計画の大枠は、初めから考えていたような気がします。フィリスがキースのプロポーズを受けていた場合も、もちろん彼女から殺したでしょう。キースが、またいとこと結婚したがっていたのを知っていたんですよ、きっと。一緒に暮らしてしまえば、殺しにくいですからね。事故死に見せかけた殺人はそう簡単にはできませんよ。バーナードの気持ちからいえば、フィリス殺しは幸運な思いつきだったということになる。自分は泳ぎがうまいけれど、彼女はそうじゃない。たぶん、あの浜が危険なこと以外は何もわからない状態だったと思います。それで、とっさにやって、うまくいった。ぼくも溺《おぼ》れるところでしたからね。フィリスがどうなったかはわかります。ぼくも指示をしてくれる人がいなかったら、海岸沿いに流れに乗って泳ごうとは思わなかったでしょう。彼女にはそういう助っ人がいなかったから」

「満潮干潮、いずれにせよ同じような状態ですか？」

「ぼくもそれを考えました。満ち潮のときは少しのあいだ、海岸に近いところ以外、足が届かなくなるから、流されるほど遠くには出ない。潮が引いているときは普通に泳げる人が流されるほど、海流の勢いは強くないんです。でも、そのほかのときは、潮がどう流れるにせよ運ばれてしまう。昔の潮汐表《ちょうせきひょう》をご覧になってください」

「そうします。検死審問の記録から事故の時間はわかりますからね。さて、これがいわゆる殺人事件であることを裏付けるものは、あなたの災難やその二人、ハワードとソルターの話だけ、ということですかな」

「いわゆるとは！　絶対に、フィリスは殺されたんです。ぼくだって、スコットに同じ手口でやられそうになったんだから」

「いや、深い意味はありません。ひねって取らないでください。さあ、続けて。まじめに聞いてますから、本当に」

「冗談がきついなあ。じゃあ、次に進みます。七か月後にヘンリー・ワーウィックが死にました。スコットはそのとき、同じ下宿にいたんです。ロンドンで新しい仕事について、半年ほど。だから、糖尿病のことをじかに知るチャンスがあった。ミセス・チャップマンによると、インシュリンを注射してやっていたそうですからね。注射器や、ゴムのキャップのついたインシュリンの壜《びん》の扱い方にも慣れていた。インシュリンと水を入れ替えることなんて簡単ですよ。年寄りのヘンリーを夜のブリッジ遊びに引きずりこんで、夢中にさせて、新しい部屋に移るとき、最初の無意味な注射を打った。まったく、よく考えたもんだ！　バーナードはおとなしい男ですからね。自分が引越しで忙しいときに、他人の命を狙《ねら》っているなんて誰も思いませんよ。でも、インシュリンを打ってやっていた。ヘンリーはただの水を注射されてパーティに行った。もちろん、食事も取っていたし、パーティでもサンドイッチなどを食べたかもしれない。さらに不運なことには、帰り道、寒いなか長く外で待たされた。運はバーナードにまた味方した。そのあいだ、犯人は雲隠れですよ。引越し先も告げずに」

「信じられないくらいあくどいな」ミッチェル警部はつぶやいた。

「そうですか？　でも、実際のバーナードを見てくださいよ。いつも少しずつ怪しまれるようなことをしているやつですから」

「なるほど。では先へ。ヘンリー・ワーウィックのあとは、ヒルダ・マクブライドですね。この件に関して、あなたは明快な論理を展開しておられる。私もこの留め金は動かされた、そしてそれが事故につながったと思います。そのスコットなる人物が馬具の装着を手伝ったとおっしゃいましたよね。ところで、彼は前の日、何時ごろラントリノッドに着いたんですか？」

「さあ。それが何か？」

「ちょっとひっかかりますね。夜遅くだったなら、彼はミス・マクブライドの日課を知らなかったということになる。翌日、客を残して出かける彼女を見るまでは。それだと、その罠《わな》を思い立つにはあまりに時間がない、そうでしょう?」

「ええ、そのとおり。でも、ミス・マクブライドが変わり者だということは親戚中《しんせきじゅう》知っていましたからね。決まった時間に出かけることは聞いていたんじゃないかな。ミス・スチュアートに訊《き》けばわかります。証拠固めになるはずですよ」

「すべてスコットさんの仕業だと?」

「でなきゃ、ここには来ませんよ」

ミッチェル警部は馬具をもう一度調べた。そして傍らに置くと、メモを見た。「前の二人とミス・マクブライドの死のあいだには長い時間がありますね。それについてはどうお考えです?」

デーヴィッドは考え込んだ。

「たぶん、チャンスがなかった。ウェールズは彼の守備範囲じゃないし、金もない。高い旅行代をなかなか捻出《ねんしゅつ》できなかった。休みにはユーニスに会いたいし。それに、相続人をどんどん減らしていくのはまずいと考えた。すべてはミセス・メドリコットの健康状態にかかった話ですからね。初めはみな、またすぐ倒れるかもしれないと心配したでしょう。人はそんなものですよ。でも、老婦人が麻痺《まひ》は残るものの、回復してまあ元気でいたので、ずっとこんな調子で行くのかと思いはじめた」

「なるほど。では、ヒルダ・マクブライドを三人目に加えることにしましょう。ヘンリー・ワーウィックの二年一か月後に殺された、と。さあ、最後の犠牲者です」

「えっと、ここでわからないのが、犯行はどれくらい前から計画されていたのかということです。スコットはボーイ・スカウトのキャンプを積極的に手伝いたいと思うような男ではない。まるでやる気がなさそうでしたからね。ミス・カーショーがソーリー・ギャップにバンガローを持っていることは知っていた。だから、八月にキースが一緒に来ることもわかっていた。で、事故死に見せかける方法があればと、あえてキャンプに参加した。スコットのような男にとって、あの崖《がけ》は願ってもない場所ですよ。とはいうものの、前の三人には巧妙な手段を使ったのに、キースはずいぶん乱暴なやり方で殺している。この違いについては、ひとつしか説明が成り立たない。メドリコットがまた倒れた、もうまもなく臨終だろうという知らせが突然入り、一か月ほどかけて周到に機を狙《ねら》うつもりだったのが、二、三日のうちにやってしまわなければならなくなった。そう思うあいだにも、老婦人の容態の悪化が伝えられてくる。一切自由な身であれば、もっと早くできたのかもしれないが、何しろキャンプの仕事が忙しい。責任者のロバートソンにも居所をはっきりさせておかなければならない。

きっと切羽詰ったんでしょう。一方、キースにも、すぐ会えるというわけではない。彼は一日の大半をアニー・ホードとの逢瀬《おうせ》に使っていましたからね。キースがぼくたちと一緒に海辺にいるときかバンガローにいるときしか、スコットは彼に会えない。とうとう冷静ではいられなくなり、奇妙なメモを書いたんですよ。ぼくの息子のニコラスと、海で絵を描いて遊んでくれていたときに。キースが現れなかったので、メモを持ってバンガローへ行った。できればじかに会って約束しようと思って。でも、いつものように彼はいなかった。それか、崖の上でアニーと会っているキースを見かけた。二人のデート場所ですからね。そこで渡したか。だから、その瞬間をアニーが見たかどうかなんですよ。でも、わからない。肝心なのは、それが奇妙なメモで、キャンプの子供たちが使う紙だった、そして、うちの子守にそのクレヨンを置いていったということです」

「クレヨンはお持ちですよね」

デーヴィッドはポケットからそれを出し、包みをほどいた。「バーナードの指紋が出ればいいですが、たぶんだめでしょう。気づいたときには、子守とニコラスが使っていましたから。それに、描いてもらった絵も捨ててしまったようです。イースト・ロサムの刑事は、アニー・ホードの弟がそのクレヨンを持っているといっていますが、同じ色ではありません。同じノートもあるようです。すでに処分していなければの話ですが」

「調べてみますよ」ミッチェルは真剣な顔で答えた。

「メモの一件から見ても、スコットの行動はだんだんおかしくなっていきますよね。でも、考えてもみてください。ミセス・メドリコットが重体だという電報が入ったんです。いつ死ぬかわからないというのに、キースの取り分を巻き上げるチャンスもなかなかない。これは数字の魔力ですよ。一人殺すたびに、取り分が跳ね上がるから、次々に殺したくなっていった。五分の一から四分の一、四分の一から三分の一、三分の一から半分、そしてとうとう、半分だったのが全部。最後は、初めより四倍も五倍も強い殺人衝動にかられて、おかしなことになったんですよ」

「初めから全員殺す計画だったということですか？」

「そう思います。ところで、今の話は面白いでしょう？」

ミッチェル警部は腕時計を見た。

「いや、数学を勉強したいときは夜学に行くとして」彼はいった。「そろそろ話をまとめていただけませんか。十分後に行かなければならないところがあるもので」

デーヴィッドは深く息をつき、また口を開いた。

「だいたいこれで終わりです。ワトキンズ刑事がまだ担当しているかどうかわかりませんが、キースの件はイースト・ロサム署でお調べになってください。間抜けなスコットはヘモックのパブに閉店までいたんですよ。十時半に出るつもりだったたんでしょうね。店の時計が止まっていたと知ったときは慌てただろうな。時間を訊《き》いてみなかった。閉店時間に出ればいいと思っていたら、誰かがもう十一時だと気づいた。だから、待ち合わせには三十分ほど遅れたはずです」

「では、二人は会ったと考えるんですね？　スコットがワーウィックを罠《わな》のある場所に連れて行き、つまずいたところを後ろから押して、突き落とした」

「そういう感じだと思いますね。でも、押す必要はなかった。あのプラット警官も、ぼくが突き飛ばさなければ落ちたでしょうから」

「でも、そのとき、押し戻してやるだけの空間はあったんですね？」

「前には編み枝のフェンスがあるだけです。あれじゃ、男の体重は支えられませんから」

「スコットはなぜ、罠を取り外さなかったんですかね？」

「わからない。それがひっかかるんです。ものすごく焦って仕事を片付けたから、すっかり忘れたのかな」

「こうは思いませんか？　キース・ワーウィックはスコットが遅いから待ちくたびれて帰った。だが、真っ暗な夜道を歩いているうちに、罠に足を引っ掛けて落ちてしまった。スコットが三十分遅れで来てみると、崖《がけ》には誰もいない。ワーウィックは帰ったんだと思い、キャンプに戻る。またのチャンスのために、罠はそのままにして。そして翌朝早く、あなたを泳ぎに誘った。ワーウィックを殺し、死体が崖下にあるとわかっていて、あなたを現場に引っ張っていくようなことをするかなと思うんですがね」

「そういう男なんですよ。ぼくが調べて歩く中でも、少しずつといろいろな事実にぶつかるよう、仕向けている気がする。でも、ワーウィックが一人だったという仮定も確かにできますね。罠《わな》がそのままだったことの説明になりますよ。本当に真っ暗な夜でしたから。スコットは罠をきちんと見なかった。ただ、その位置にあることを確かめただけで。だから、残っていた。これですべて納得がいきますね、そう思いませんか？」

ミッチェルはふっとため息をついた。

「いや、ちょっと」彼は申し訳なさそうにいった。

「え？」デーヴィッドは驚いて彼を見た。

「考えさせてください」警部はノートの前のページをめくった。「ああ、あった。スコットは仕事にはついていたが、稼ぎは少なかったとおっしゃいましたよね。だから大金を手に入れたいという決定的な動機がある。ミス・フォサーギルと結婚して、彼女にそれまでのような暮らしをさせてやるために、と。それを聞いて、フォサーギル家には不労所得があるのかと思いましたよ。知る限りじゃ、軍人はそれほど裕福ではありませんからね。ま、それはさておき、スコットは結婚のために金がほしかった。給料じゃやっていけないし、この先もあてにはならないということで」

「ええ」

「どうも合点がいかないなあ」ミッチェル警部はつらそうに首を振った。「いいですか、スコットはミス・ワーウィックが死ぬ前の晩に初めてミス・フォサーギルに会ったんですよ。お話だと、そのときもあまり彼女とは親しくなっていないようだ。なぜなら、彼女はミス・ワーウィックとばかり喋っていたから。一目惚《ひとめぼ》れで即座に遺産目当ての殺しをしたんですかね。彼女とろくに口をきいてもいないのに」

「あっ！」デーヴィッドは虚を突かれたような顔をした。「そうか！」彼はうめいた。「ひどいなあ、あなたって人は！　ぼくの推理をめちゃくちゃにして、おめでたい顔でにたにた笑いながら座っているなんて！」

「悪しからず、先生」ミッチェルは何とか表情を変えないようにして答えた。「あなたが話をしていくうちに、推理は崩れていったんですよ。スコットが四人を殺したとすれば、それはミス・フォサーギルのためではない。金ほしさじゃないかな。どう思います？」

「いや、違いますね。そんなタイプではない。ユーニスのため、あの家族に文句をいわせないようにするためなら、どんなことでもするでしょうが、金の亡者ではありませんよ。でも、もう訊《き》かないでください。ぼくはだめだ。一人で調べていたことがよくなかった。想像が勝手に膨らんでいったようです。あなたの落ち着いたご判断を仰ぎたい」

「まあ、何も悪いことをしたわけじゃなし」ミッチェルは慰めるようにいった。「ただ、ご自分の時間をお使いになって、もったいなかったですよね」

「恐縮です」デーヴィッドは遠慮がちにいった。「ありがたいお言葉ですよ」

「そう卑下なさらないでください」警部は少し励ますような言い方で続けた。「どうしてそのスコットが怪しいと思ったんですか?」

「わかりません」デーヴィッドはいった。「初めからの思い込みかもしれない。背が高くて痩《や》せっぽちで、陰気な男なんですよ。物事を何でも暗く考えて、それに振り回されてるような」

「ほらほら」警部は強い声でいった。「いったでしょう、自己卑下は禁物ですって。だめですよ」彼はノートをぽんぽんと叩きながら続けた。「全部が全部、でたらめな想像というわけではないですよ。はっきりいって、連続殺人の線は消えたと思いますが、この崖《がけ》の件は匂《にお》う。あなたの説はかなり当たっているんじゃないかな。少なくとも、この事故は怪しい。えっと、あの娘さんの名前は——あった、あった、アニー・ホード。私としては、この人の父親をもう少し調べる必要があるような気がしますね」

「テッド・ホードはまったく関係ないと思いますよ」

「ええ、おっしゃることはわかります。でも、動機はあるじゃありませんか。娘が夜にこのワーウィックとこっそり会うのを見つけた。ワーウィックが崖を歩いていく姿を見て、彼を追いかけたとしたら？　なじって、つかみ合いになった。そのとき、ワーウィックが転落した」

「争ったような形跡はなかったんですよ、それに、針金の罠《わな》があった」

「罠ね。忘れてはいませんよ。スコットが、またいとこを陥れようとして置いたのかもしれないとも思います。でも、彼は約束の時間に遅れた。約束を持ちかけたのが彼だとして、それなのにひどく遅かった。よくわからないが、スコットの罠がテッドのパンチに一役買ったのかもしれない。ひとつ可能性があるとすれば、ワーウィック殺しは愛のためだったのかなと。婚約が危うくなりかけていましたからね。日曜日にはソーリーに行って、様子を見ることができるかもしれません、個人的にね」

「車でお連れしましょうか？」

「いえ、それは結構」ミッチェルは笑みを浮かべながら立ち上がり、手を差し出した。「でも、何かわかればご連絡しますよ。すみません、失礼していいですか？　もう五分の遅刻でして」

ソーリーは一週間、雨と風の日が続いていた。フェンスは倒れ、丘の羊はちりぢりになり、岸辺の流木やごみが崖下《がけした》に叩《たた》きつけられ、石浜に乱れ飛んでいる。満ち潮になると、ソーリー・ギャップの草地から海岸へ降りる木の階段には、大波が打ちつける。ヘイヴンでは川が最後に蛇行する部分に、小石の土手があるのだが、それを越えて海水が流れ込んでいる。その海水は湿地から谷までを覆い、一帯を湖のように変えていた。海岸へいく谷の道も遮断されたままだ。

デーヴィッド・ウィントリンガムと話したあとの日曜日、ミッチェル警部はソーリー・ギャップの崖に立っていた。頭上には薄灰色の空に流れるちぎれ雲。そして、その下には荒れる海に薄く差す十月の低い太陽。いつ来てもいいものだ、海を見るのは。そう思う。だが、暮らすにはどうだろう。沿岸警備員の家に目をやった。壁には黒っぽい雨のすじがついており、小さな庭もわびしい限りだ。数本、ひょろひょろと生えた菊が横倒しになり、枯れて茶色に変わっている。彼は首を振った。やはり、ロンドンがいい。確かに、霧にはいささか閉口する。交通事故は増えるし、犯人がその中に姿を隠し、逃げてしまうこともある。だが、肺が弱くない限り、害はない。それに霧はうるさくない。もし、こんな崖の上に住み、日夜大きな波音を聞いていなければならないとしたら、一週間のうちに頭がどうかなってしまうだろう。彼は手早く見て回り、遅めのお茶の時間までには帰ろうと思った。

レインコートの襟を立て、帽子を目深にかぶり直し、彼は例の編み枝の柵《さく》へ向かった。その欠け落ちた部分は新しい枝が組まれ、修繕されていた。ありがたいことに、周りの部分よりもいくらか明るい色なので、すぐにわかる。ミッチェルは位置をメモし、辺りの草むらを調べた。デーヴィッドがいっていたフェンスのもとの穴はもう見当たらない。直した作業員が踏みつけ、そのあとを雑草が覆ってしまったのだろう。だが、崖際ぎりぎりにあるところを見ると、動かされたところにまた建てられたらしい。気をつけながら下を覗《のぞ》くと、キース・ワーウィックが初めにぶつかり、致命的な怪我を負った岩棚が見えた。

イースト・ロサムに立ち寄り、ワトキンズ部長刑事に話を聞いて、彼は少なくともこの初めての調査ではその岩棚に降りなくともよいと考えていた。それで、崖がまた海に張り出したほうへ、ゆっくりとフェンスに沿って歩いてみることにした。

ぼうぼうに伸びた黄色い枯れ草が、雨風に打たれ、もつれ濡《ぬ》れた塊となって編み枝にからまったり、地べたに張りついたりしている。ミッチェルはそばのハリエニシダの茂みから、短い棒切れを見つけ、枯れ草を持ち上げて、ひっくり返し、辺りを調べはじめた。辛抱強く三メートルほどそうして進むと、手ごたえがあった。伸びきった雑草の下に小さくまっすぐな何かがある。覗き込むようにして拾うと、懐中電灯だった。ガラスのカバーや電球も割れてなくなり、錆《さ》びているが、その形は保たれ、濡《ぬ》れた乾電池も入っている。

「草に落ちたから、この程度ですんだんだな」ミッチェルは思いながら、それをくるみ、ポケットにしまった。「フェンスに強くぶつかったんだろう。なくならなくてよかった」

ワトキンズの話では、海岸をじっくり検証したが、腕時計しか見つからなかった、それも叩《たた》きつぶれて手がかりにはならないものだったという。もちろん、この懐中電灯が誰のものかはわからないが、いずれにせよ事故のあとに落ちたのではないだろうか。ここまで錆びているのは先週の長雨に打たれたからで、事故以前にそのような日々はなかったはずだ。だが、これがキース・ワーウィックのものだとわかったら、つまり、損なわれてはいても誰かが彼のものだと認めたら、つまずいて落ちたときに手から飛んだか、誰かが突然襲いかかり、取り上げて投げ捨てたかだろう。ウィントリンガムの推理では、犠牲者は暗闇《くらやみ》をふらふらと歩き、自分がどこにいるのかわからぬまま針金に足をかけたということだった。だが思い返せば、テッド・ホードが懐中電灯を持つ彼を見ている。そして、このスイッチはオンの状態にあるところから考えると、彼は明かりを持ち、足元を照らしながら歩いていたのではないだろうか。だから、フェンスは見えていたのだ。とはいえ、針金には気づかなかった。なぜなら、そんなものがあることなど知らなかったし、疑いもしなかったから。ただフェンス沿いに帰ろうとしたときに、転んで転落したのかもしれない。であれば、彼は襲われたのではないし、懐中電灯もつまずいた拍子に飛んでいったということになる。

ミッチェルはそのあとも十メートルほどの距離を捜索した。それ以上は何も発見できず、彼は考えながら小道に戻った。

転落現場の検分はだいたいこんなところだろう。あとは沿岸警備員の家とその家族の件が残っている。ミッチェルはデーヴィッドの言葉を思い出していた。事故の朝、彼はアニー・ホードを見かけている。

「小道の脇《わき》の小さなくぼ地にいたため、危うくぶつかるところだった」警部はノートを見た。「さて、どこだろう?」

少し探すと、ホード家の近くに一つそれらしきものがあった。さらに見回してみたが、そのほかはどれも小さな穴のようなもので、くぼ地と呼べるほどではない。彼は初めに見つけたくぼ地へ行き、そこをまた棒切れでせっせとつついた。ふたたび、努力は報われた。あちこち動いているうちに、右足の下に何か固いものが当たったのだ。脇へどけると、それはペンチだった。草の上から踏みつけていたらしい。カーブした柄と丸っこい先端部を持つ、中くらいの大きさのものだ。針金を挟んで切るものだが、錆《さ》びて茶色になっている。

警部はしばらくのあいだ、じっくりと見て、先を開いてみた。堅くてなかなか開かなかったが、しっかり握るため片方の柄にハンカチを巻きつけ、何度か力を加えると、ようやくうまくいった。と、光った細かなものがぽとりと落ちた。急いで拾ってみる。針金の小さな切れ端だ。

「しめた！」警部は思った。「大当たりかもしれない！　もしかすると、これは罠《わな》の針金と同じ太さのものではないだろうか。だとすれば、これは決定的な証拠になる。誰がこのペンチを持っていたか、だ。ボーイ・スカウトか？　それは監督に訊《き》いてみればいい。ええと彼の名前は？　ロバートソンだ。それに子供たちにも。スコットがこれを借りたかどうかも調べなければ」

彼は吹きさらしにひっそりと見捨てられたように建つ一軒家に目をやった。

「訊いてみるのも悪くないだろう」そうつぶやき、小さな門を抜けて玄関ドアをノックした。しばらくあと、よれたスカートとセーターを着て、紺色のエプロンをつけた中年女が顔を出した。

「こんにちは」ミッチェルは礼儀正しく声をかけた。「近くでこのペンチを見つけたんですが、お宅のものではないかと思いまして」

女はそれを手に取り、驚いて声を上げた。

「あれま、たぶん！　テッド、いえ亭主が長いこと探してましてね。八月に庭の柵《さく》を直そうと思ったら、なかったんですよ。だから、しかたなく古いやつを使って」彼女は何かを思い出したように、目を細くした。「テッドは今出かけてますけど、娘のアニーがわかりますから、持って行って確かめてきます。待っててください」

「ホードさんの奥さんですか?」警部はペンチを彼女の手から取り、そう尋ねた。

「ええ」彼女は口ごもった。名前をいわれて、びっくりしたらしい。「お嬢さんと少しお話させていただけませんでしょうか、ホードさん。このペンチのことと、あと一つ二つお訊きしたいことがありまして。私はスコットランド・ヤードのミッチェル警部です」

「えっ!」ミセス・ホードは彼の肩書きに仰天し、あんぐりと口をあけた。だが、壁に寄りかかり、彼が入れるよう、ドアは開けたままにしていた。ミッチェル警部は帽子を取り、足を踏み入れた。居間から、ぼそぼそと話し声が聞こえる。彼がドアを開けると、アニー・ホードとその父が暖炉の両端を前に座っていた。沿岸警備員の父は怒って立ち上がり、心中を表す何か適切な言葉をいおうとしたようだったが、しゃべる前に妻が部屋に入り、ドアを閉めた。

「いわれたとおり、あんたはいないといいましたよ」彼女は無頓着《むとんちゃく》にもそういった。「でも、怒らないでくださいよ。スコットランド・ヤードの人だっていうから」

「そのとおりです」ミッチェルは沿岸警備員にいい、バッジを見せた。警備員は独り言をいいながら、椅子《いす》に腰を下ろした。警部はペンチを差し出した。「これを見つけまして」説明を始めた。「お宅のものではないかと思ったもので」

「そうだったら、何か?」テッドは怒鳴るようにいった。

「そのことはあとで話します。あなたのものですか?」

テッド・ホードはペンチを手のひらに乗せ、何度もひっくり返した。「確かに、そうだが。おまけに、ぼろになって返ってきた。夏になくしたんですよ。娘が使ったんでしょう」

「あたしじゃないわ」アニーは即座に否定した。「ただ——」

彼女は急に口をつぐみ、おびえた目で父を見た。

「さあ、では」ミッチェル警部は場を取り成すようにいった。「少しお話を聞かせていただけませんか?」

15

驚いていたといえば、控えめな表現になるだろう。ミスター・ガーサイドは憤慨していたのだ。机の向こう側には、バーナード・スコットとその若妻が、背もたれのまっすぐな椅子《いす》に神妙な顔つきで座っている。彼は二人を見ながら、ゆっくりと首を振った。「こんな話は初めてですよ」怒った口調だ。「聞いたことがない」

名誉毀損《めいよきそん》の条文のすべてが頭をかすめた。だが、どう頑張ってもこの条件では、バーナードが読んでくれと持ってきた一通の手紙に、それを適用することはできないだろう。このウィントリンガムという医師には心してかからねばならない。ガーサイドはふたたびその不快な手紙に目を落とした。医師はこう書いているだけだ。丹念な調査の結果をスコットに報告してきたが、その内容をスコットランド・ヤードに伝える義務があると思い、ミッチェル警部なる男に話した。だから、白黒をはっきりつけるために、バーナードは警部と会ったほうがいいと思う。何かあれば、警察は聞いてくれるだろう。

「この人は個人的に探偵のようなことをしたということですね？　あなたのまたいとこが不幸に遭ってから、ワーウィック家の私事に首を突っ込んだ。しかも、そうしたのはあなたが頼んだからだ、と」しばらくして彼は尋ね、手紙を置くと、大きな文鎮で隠すようにした。

「はい」バーナードは沈んだ声で答えた。ガーサイドの質問には、驚きと非難が込められているると感じたからだ。「そうです。あのいわゆる『うさぎ捕りの罠《わな》』説には納得できなかったんです。イースト・ロサム警察は結論を急ぎすぎたと思った。ウィントリンガムさんは少し前にもある事件を解決しているし、たまたま知り合いだったので、お願いしたわけです。あそこにいましたし、きっと興味を持ってくれるだろうと思って」

「何だってそんな！」ガーサイドは抗議した。怒りが先に立って、言葉が続かない。時代は変わった、実に。複雑で微妙な一族の問題を、顧問弁護士にもいわずに、見知らぬ他人に相談するとは。彼はぐっとこらえ、落ち着いて論理的に話そうと思った。スコットはまだ若く、人生経験も浅い。それに、妻も同席しているのだ。彼はウィントリンガム医師がスコットに宛《あ》てたこれまでの手紙の束をひっくり返した。それには、ありがたくないほど詳細かつ明快に、冷静な文章で、ここ数年にあった四人の死にはある邪悪な意図が働いていると書いてある。だが、それを責めるような文言はない。それどころか、犯人の正体や動機などはきっちりと割愛されており、それでも、殺人があったことは明確にわかるようになっている。

「まず、あなたに相談すべきだということはわかっていました」バーナードは泣き出しそうな声でいった。「ですが、わかりますか？　ぼくは騒ぎを大きくしたくなかった。おかしいと思ったけれど、キースの検死審問の評決は受け入れるしかありませんでした。痛くもない腹を探られるようなことを、誰がします？　キースはもう帰ってこないんですよ。でも、あのロバートソン先生がぼくのことを怪しいといい始めた。だから、手を打たなければならなかった。ここへ来ればよかったんでしょうが、すぐに調べてくれる人がいいと考えて。それに、こんな結果になるとは思いもしなかった」彼は手紙の束を指した。「地元の人間ということになるだろうと思っていた。はっきりいうと、もし誰かの仕業なら、それは沿岸警備員のホードだと」

「事故ではなく、殺害されたのなら、それができるのは彼だけですわ」ユーニスが固い口調でいった。「ガーサイドさん、バーナードの取った行動はご存知ですわね。愚かなことをしたものだと思います。それに、このことはわたしにもまったく打ち明けてくれませんでした。でも、今はすべてを聞いています。もう、彼がそのとき何をしたか、どうしてそんなことをしたかを、とやかくいっても始まらないと思います。スコットランド・ヤードが騒ぎ出してはおかしなことにならないうちに、早く手を打ったほうがいいのではないでしょうか。いえ、それよりもっとたいへんなこと、新聞沙汰《しんぶんざた》にでもなっては困りますし、刑事さんがレディングに来たりすれば、使用人がどう思うか。まだこのことは彼らに何も話していませんし、話したくもありません。でも、噂《うわさ》になれば、わかってしまう。父もうるさくいってくるでしょう。とにかく窮地に追い込まれることは確かです。ですから、どうぞこのミッチェル警部に電話をして、今どうなっているのかを訊《き》いていただけませんか?」

ガーサイドはこの訴えを熱心に聞き、安堵《あんど》の表情を見せた。なかなか率直でいい女性ではないか。そのうえ美しい。断絶の危機にあり、問題の多いワーウィック一族にとって、もっとも得がたい新人のような気がする。彼は立ち上がり、ユーニスに少し頭を下げた。

「いいご提案だと思います、奥様。ご主人と別の部屋でお待ちいただけますか? 用件が片付いたら、またお呼びしますから」

彼は机の上のベルを鳴らした。スコット夫妻はやって来た事務員に連れられて、出ていった。やがてまた、二人がガーサイドの事務室に戻ると、彼は妙に興奮していた。

「ミッチェル警部と話しましたよ」そう説明しはじめた。「初めに、お二人は何も恐れることはないとはっきりいいました。でも、あまりよくない知らせがあるそうです。つまり、キースさんは殺された疑いがあるということではないでしょうか。だが、詳しいことはいわなかった。私に、お二人を連れてきてほしい、二、三訊きたいことがあるからということです」

バーナードはユーニスと目を合わせ、疲れたようにうつむいた。

「わかりました」彼は答えた。「早くしましょう。ぼくたちはレディングへ戻らなければならなかった。手紙が新婚旅行中に届いたんで、すぐに帰ったんです。何なら明日はどうですか？　早くけりをつけたいですから」

「潔白の証明もね！」ユーニスは叫ぶようにいい、夫の腕に手を滑り込ませた。「それが大事なことよ」

ガーサイドは彼女に感心し、応援する気持ちから、もう一度頭を下げた。

ニコラスは子供部屋で、おもちゃのミルクカートを押していた。壁に向かって突き進み、ぶつかると、木製の牛乳壜《ぎゅうにゅうびん》がいっせいに倒れ、ブリキのタンクの蓋《ふた》が音を立てて床に転がった。だが、そのまま方向転換し、反対の壁を目指して同じことを繰り返した。子守はおもちゃの棚を片付けている。ジルも子供部屋にいたので、仕事から帰ってきたデーヴィッドもやって来た。両親は炉辺の両端に座り、活発な子供の様子を目を細めて見ていたが、できることならもう少し静かにしてほしいものだと願った。これでは話もろくにできないからだ。

「あと五分もしたら、お風呂に入れなきゃ」ジルは叫ぶようにいった。カートの車輪ががらがらと横を過ぎていく。「今やめさせるのはかわいそうかしら」

「いずれにしても、もうこんな遊びには飽きるよ」デーヴィッドが答えた。

「どんな遊びでも、飽きるってことはないのよ。無理やりやめさせるか、憑《つ》き物《もの》が落ちたように突然、本人がやめるかのどっちかなの」

「またあの蓋《ふた》が転がったら」デーヴィッドがいった。「ひやっとして、窓から投げ捨てるかも」

「ひやっとじゃなくて、かっとでしょ？　ニッキー、お風呂の時間よ。汗をかいちゃったわね。ママのおひざにいらっしゃい。パパがお絵かきをしてくれるって」

ニコラスは母の誘いには乗らず、遊びつづけている。だが、子守がそっと上手に気をそらし、暖炉の前へ連れてきた。

「ひとつ描いてもらいましょう、それからお風呂ね」子守は笑いかけながらいった。

「お絵かき？」ニコラスは不思議そうな顔をした。すると父が手品でも見せるように、ベストのポケットから鉛筆を出し、ひざに紙を置いた。

「絵」彼ははっきりといった。「パパ、お絵かき！」

「お気に入りを描いてあげるよ」デーヴィッドは、目を輝かせ、ふっくらした頬《ほほ》を上気させた息子を見つめながらいった。「ナニーが疲れちゃったときに、こうするよね。Aはａｐ《アッ》ｐｌｅ《プル》、Ｂは――」

「ｂｅ《ベ》ａｒ《ア》！」ニコラスが元気よく答えた。

お絵かき作戦は成功し、喜ぶ彼のためにアルファベットは繰り返し書かれることとなった。四度目の中ごろで、ついに子守がニコラスのそばに来て、ささやいた。いつまでも起きていてはいけない、すぐに風呂に入り、おやすみをいわなければ。そうしないと、パパのように強くて大きな男の人にはなれない、と。だが、そんな子守の脅迫にはひるまず、ニコラスは父のもう片側のひざへもぞもぞと移った。デーヴィッドは顔を上げた。

「変だな、どうしてＭはｍｅ《ミー》なんだろう？　ニック、なぜなの？　Ｍはｍｕｍｍｙ《マミー》じゃないの？」

「ぼく《ミー》」ニコラスがいった。

「以前にもお話ししましたが」子守が説明しはじめた。「キース・ワーウィックさんにソーリーで字を書いてもらってから、こういうようになったんです。彼は初めにアルファベット、そのあと確か言葉を書いていたような気がします。あまり注意していなかったんですが、今のだんな様のお話から、Ｍ—Ｅ—ＭＥとか何とか繰り返していたことを思い出しました。坊やはそれを口真似していたんです。彼がいなくなっても、このアルファベット遊びしか喜ばなかったものですから、続けたんですが、ＭとＥのあとに必ず、先ほどのようにミーといいました。それがすっかり染み付いてしまったようですね。今じゃ、どうしてそういうのかも忘れちゃったわよね、坊や？　さあ、いらっしゃい。お風呂ですよ」

「ワーウィック君が何を書いていたかは覚えていない？」デーヴィッドは尋ねた。

子守は額にしわを寄せた。

「ええ、思い出せませんねえ。スコットさんがクレヨンと紙を置いていったことしか。彼のあとにワーウィックさんが座って書いていたんです」

「海辺できみにもらった緑のクレヨン？」

「差し上げましたっけ？」子守は自信のなさそうな声を出した。「そうでしたかしら。さあ、ニッキー！」

「おんぶ」ニコラスはいい、彼女のエプロンにすがりついた。

子守は彼を背中に乗せ、連れて行った。子守が足を踏み出すたびに、彼の頭が上下に揺れるのが見えた。

デーヴィッドは息子のことを忘れたかのようだった。座ったまま、ひざに置いた紙をじっと見つめている。ふと湧《わ》いた考えが、光る大きな気球のように膨らみはじめた。だがやがてしぼみ、また高く大きく浮かび上がり、とうとう見事に空を流れるまでとなった。デーヴィッドはしっかりそれにつかまり、息を呑《の》みながらも得意満面だ。

「ジル！」彼は重々しい声で妻を呼んだ。「つかんだよ！」

「え、何を？」ジルは最近流行している伝染病のことを連想し、蚤《のみ》でもいたのかと不安に思った。

「答えをさ。少なくとも、そう思う」感慨にふけるように声を落とした。「キース・ワーウィックが死んだわけがわかったんだ」

「えっ、そうなの！」バーナード・スコットが犯人ではないとわかって以来、ジルはその話に興味を失っていた。「全部思い違いだったたっていってたじゃない」

「そんなことはいってないさ。思い違いでもないし。恐ろしいくらいの事実だよ」

「へえ、ほかの三人のことも？」

「そのとおり！」デーヴィッドは立ち上がり、ドアへ向かった。「まず、ミッチェル警部に連絡するよ。きみにはあとで話すから」

ジルもつられて腰を浮かせたが、思いとどまり、ニコラスが風呂から上がるのを待つことにした。デーヴィッドは一刻も早くと思っているのだろう。だったら、自分はあとでゆっくり聞けばいい。彼女はいつもそのように、夫を見守っているのだった。

ミッチェル警部はデーヴィッドに電話をもらい、笑みを浮かべた。

「すべてがわかったんですね？」彼は暖かい声でいった。「はあ、ひらめいた？　お宅で推理なさった、と？」

「ええ」

「それは結構。いいことじゃありませんか。いえ、犯人はいわないでください。わかっていますから。ソーリーに行って、一つ二つ仕入れてきたんですよ。ええ、証拠を」

警部はソーリーのことをほとんど語ろうとしなかった。だが、電話からデーヴィッドのがっかりしたようなため息が聞こえたので、情けをかけてやることにした。

「お話しますよ」そういった。「明日、問題を片付けにレディングへ行きます。昨日フォサーギル大佐に電話で少し話を聞きましてね。そうしたら、騒ぎはじめたんですよ。それに、ガーサイド弁護士も少々鼻息が荒いようで。ですから、みなをスコットさんのお宅に集めて、私の話を聞いてもらおうと思っているんです。よろしければ、いらしてください。とにかく、あなたが教えてくださらなければ、こちらにはわからなかった事件ですしね」

「それはありがたい！」デーヴィッドは嬉《うれ》しそうな声を上げた。「一番の山を見逃すのかと心配しましたよ。バーナードの顔が見ものだな」

「パディントン駅で会いましょう」ミッチェルはいった。「朝早いうちに、電話で何時の汽車に乗るかをお知らせします」

デーヴィッドの意見としては、その部屋には人が多すぎた。自分の登場もみなにとって意外だったようなので、なおさら気詰まりに思えた。だが、ミッチェル警部は何も気づかない様子だった。まず、デーヴィッドが彼をバーナード・スコットに紹介した。バーナードは隣にいたユーニスだけを彼に紹介すると、不安そうな顔をした彼女を連れ、壁際の椅子にさっさと座った。大きな部屋のあちこちに、残りの人々は座っている。デーヴィッドは険しい顔つきをした彼らを見回し、落ち着いた面持ちの警部に目をやった。そして、最近読んだ『フォーティ・サウザンド・アゲインスト・ジ・アークティック（北極圏に挑む四万人）』という本を思い出し、今の場合、こちらのサイドは自分と警部の二人だけであることを悔しく思った。なぜなら、この家の主人とその妻のほかに、フォサーギル夫妻と息子のピーター、フォサーギル夫人の妹であるミス・ハーコート、ミス・フルー、そしていわずと知れたミスター・ガーサイドという面々を敵に廻《まわ》しているのだ。どの表情にも、苛立《いらだ》ちと冷ややかな怒りがにじんでいる。その感情は、仕事だという名分のある警察の代表者より、素人探偵のような真似をして他人の私事に首を突っ込んだ闖入者《ちんにゅうしゃ》に、明らかに強く向けられていた。

「ちょっとよろしいでしょうか」口を開きかけた警部の機先を制し、ガーサイドが切り出した。「皆様のため、特にスコット夫人のために、ひとこと申し上げたい。こういった事情聴取のような場にのぞまなければならないことが、われわれは残念でなりません。ウィントリンガム先生の行為は責められてしかるべきではないでしょうか。それも大いに」

ミッチェル警部はデーヴィッドを押しとどめるように、彼の腕にそっと手を置くと、すかさず反撃に出た。

「お言葉ですが」あらたまり、よく響く声できっぱりと話しはじめた。「ウィントリンガム先生が私のところにいらしたことは正しい行為です。それに、お忘れなくいただきたいのは、彼はスコットさんに頼まれて、この調査を引き受けたということです。区切りごとに、スコットさんに結果を報告し、その後も調べを進めてほしいと連絡を受けました。そして、きちんとした結論を出してから、私に話に見えました。実を言うと、事件直後、ヘモック署のガトリー巡査も彼と同じ結論を出し、様子を見ていたのです。しかし、彼の上司が異なる結論を出したので、それ以上捜査はできなかった。ですが、彼は一貫して見方を変えませんでした。ですから、ウィントリンガム先生が何もしなかったとしても、ヘモック署が動き、たいへんなことになっていたかもしれない。初めの捜査、検分に基づいた結論が引き出されていたことは間違いないでしょう」

一同は怒りから身を震わせたが、ミッチェルは動じなかった。

「あなたが」彼はバーナードに顔を向け、じっと見据えた。「ワトキンズ刑事やガトリー巡査にもう少し正直に接していれば、もしくは検死審問できちんと話していれば、このように困ったことにはならなかったはずです」

「何も悪いことをしていなかったから、お話することもなかったのですわ」ユーニスが叫び、夫に寄り添った。

「すみません、奥さん」ミッチェルはことわり、ノートを取り出した。「失礼ですが、そうは思いません。さて、スコットさん。ワーウィックさんの亡くなられた日のことを思い出していただけませんか」

バーナードの陣営が、戸惑いと怒りからざわめいた。大佐は一定の間隔で怒鳴り声を発しているし、大佐夫人も取り乱して泣き、ユーニスは憤慨して立ち上がった。ガーサイドがみなをなだめるように手で制し、素早くいった。「依頼人に、どんな質問にも答えぬよう助言します」

ミッチェル警部は軽く笑った。

「つまり、みなさんはスコットさんが、またいとこを殺したとお考えだからですね」彼はにこやかにいった。一同はぎくりと身をすくめた。「私がここへ来たのは」彼は続けた。「事実をきちんとするためであって、取調べを行うためではありません」

「キースさんは本当に殺されたんですか?」ユーニスがたたみかけた。

「ある意味では――そうです」

「あとの方――フィリス・ワーウィック、ヘンリー・ワーウィック、ヒルダ・マクブライドさんも？」

「ええ」

「では、いったい誰が？」

ミッチェル警部は背筋を伸ばし、おびえた表情のみなを見回した。

「キース・ワーウィックです」彼はひとことといった。

驚きと恐ろしさから、みなは息を呑《の》み、声を殺した。ガーサイドは震える手で額をぬぐった。

「われわれにとって、これほどの驚きはありません」彼はおずおずといった。

「お察しします」警部はやさしく声をかけた。「さあ、スコットさん、話を戻しましょう。キース・ワーウィックさんがなくなった日、あなたは崖《がけ》で彼と会う約束をしていましたね。それは口頭でですか、それともメモで？」

「メモです。ブロック体の大文字で書かれていて、署名はありませんでした。『今夜十一時、ギャップの真ん中で会おう。必ず来てくれ』という内容でした」

「誰が持ってきたんですか？」

「彼です。午前中、海辺にいて、キャンプに戻ろうと崖を歩いていたとき、会ったんです。彼は昼食に帰宅するところでした。ぼくの手にメモを押し付け、説明している時間はない、もう昼飯に遅れているから、というようなことをいって、さっと行ってしまいました」

「夜は会いに行くつもりだったんですか?」

「ええ。変な時間に呼び出すものだと思いましたが、キースのことですからね。普通のことを謎《なぞ》めいたようなことにして、楽しむのが好きなんですよ。それに、いずれにせよ、その夜はヘモックに行くつもりでしたから。崖を通って帰り、会えばいいと思いました。ただ、時間にすごく遅れたので、まっすぐキャンプへ戻ったんです」バーナードは口ごもりながら話し終えた。

「ヘモックのパブが三十分遅く店を閉めたからですね。ガトリー巡査がイースト・ロサム署に、それを報告しなかったのが、あなたに幸いした。当然ですが、彼は知っていたんですよ。ですが、店の主人のために見逃してやった。そして、犯人に結びつく証拠を考えているとき、それを思い出したわけです」

バーナードは強気の構えを見せようとしたが、うまくいかなかった。

「メモはどうしました?」警部はずばり訊《き》いた。

「焼きました」

「いつ?」

「ウィントリンガムさんがロンドンへ帰ったあとです。彼にはぼくたち一族のことをいろいろ訊かれました。そのとき、キースの死の裏には何かあると疑っていると思いました。それがすごく嫌だった。大おばさんが亡くなって、ぼくがどういうことになるか聞いたばかりだったからです。奥さんもぼくを怪しんでいたようだったし」

ユーニスが恨めしそうにデーヴィッドを見たが、彼は気づかないふりをした。

「だから、テントへ戻って焼いたんです」

「遺体から見つかったメモは、キースさんに送られたものだとみな思いましたよ。さあ、そのメモについてです。どう思いましたか？　遺体のそばにいたでしょう？」

「メモを見て、ただもうびっくりして、頭が真っ白になった」

「倒れそうだったじゃないか。誰が書いたかを知っていると顔に書いてあった」デーヴィッドがなじった。

「では、沿岸警備員のお嬢さんが書いたものではないんですね？」ユーニスが尋ねた。

「ええ、奥さん、違います。キースさん本人が、ウィントリンガム先生の坊ちゃんと遊んでいるときに、書いたんです。彼はそれを面白がっていたようですね、私には何が面白いのかわかりませんが。だから、たくさん書いたんでしょう、よくあるように。何度も書いたから、先生の坊ちゃんがそれを覚えてしまった。それで、先生が昨日気づいたわけです。坊ちゃんは言葉の響きだけを記憶していた。キースさんのもうひとつの失敗は、メモを捨てずにポケットに入れておいたことです。ちゃんと始末していたら、彼が犯人だとはわからなかったかもしれない。ですが、とにかくいい加減だった」

「キース君が書いたものだとわかっていたんだね?」デーヴィッドが念を押した。

「そう思いました」バーナードは答えた。「でも、どうしてあのメモを書いたのかわからなかったし、恐ろしくなったんです」

「だったら、なぜそのことをいって、自分が持っていたメモを見せなかった?」

「信じてもらえないと思ったからです。約束をいってきたのはキースだということにするために、彼の死後、同じようなものを書いたと疑われるはずだ。みんな、ぼくから会おうといったと思い込むだろうと。大おばさんが死にそうなときに、あんなメモを書くなんておかしいですからね」

「まあ、そうかもしれない」警部がそっけなくいった。「でも、長い目で見れば、真実をいうに限ります」

「ところで」ガーサイドが話題を変えた。「キースさんは、またいとこを葬ろうとして罠《わな》を仕掛けたんですか?」

「そうです。でもスコットさんが遅かったので、たぶん痺《しび》れを切らして、辺りをうろうろしていた。そのうちに、うっかり足を引っ掛けて、落ちたんでしょう」

「では、ほかの殺し、なるものは?」

「ウィントリンガム先生がおっしゃるとおりに行われたんだと思います。先生がスコットさんに送った手紙を読めば、おわかりでしょう。その動機も先生のお考えのとおりです。キース・ワーウィックさんは、またいとこのフィリスさんと結婚して、遺産を倍、手にしようと思っていた。ところが、彼女にその気はなかった。オレボロに行った日、はっきり断ったわけです。彼は海辺へ行く途中、危険の立て札を見たんでしょう。で、即座に遺産を増やす方法を思いついた。それがばれる心配はありません。何もしないで、ただ泳げばいいだけですから。スコットさんと一緒に。若い男の人が海へ行って泳ぐのを不思議に思う人はいない。でも、ここが肝心です。二人が浜辺へ戻ったとき、彼女の姿はなかった。それで、スコットさんが助け舟を呼びに行き、ワーウィックさんがまた海に入った。舟が来ても、もう彼女はいないということを確かめるために」

「そんな！」ユーニスが叫んだ。フォサーギル夫人の顔が青ざめていく。

「そういえば」バーナードがぼそぼそといった。「舟を呼びに行けといわれました。彼のほうが泳ぎがうまいし、長く泳いで帰ったのに、まったく疲れていないように見えた。逆にぼくはすごく疲れていて、もう無理だと思ったんです。当時、彼はフィリスと婚約しているのも同然だと思っていたな」

「つまり」長いあいだ黙っていたデーヴィッドが口を開いた。「ぼくがオレボロへ行ったとき、きみがしたことは怪しいと思ったけれど、あれはぼくを心配していたからだったんだね？」

「ええ。あの夜、立て札がまた倒れかけていたうえに字もはげていたのを見て、恐くなったんです。だから、ユーニスを送ったあと、ソルターさんを探して話しました」

「直接ぼくのところに来て、話してくれたほうが手っ取り早かっただろうに。フィリスさんが溺《おぼ》れた危険な場所があると」

「あなたはぼくを疑っていたでしょう。信じてもらえないと思ったんです」

デーヴィッドはそれ以上何もいわなかったが、ユーニスが気の毒だと思った。将来、子供をしつけるときに、このように不正直な父の真似をされては困るだろうと思ったのだ。彼女は失望したような表情を見せている。また、大佐も今にも癇癪《かんしゃく》を起こしそうなので、デーヴィッドは話題を切り替え、ミッチェル警部に、なぜキースが犯人だと確信したかを尋ねた。

「ソーリーに行ったとき」警部は話しはじめた。「気持ちを白紙の状態にしました。あえてお話すれば、ウィントリンガム先生の推理には少し飛躍があると思えたからです。ですが、その私の思いを覆す二つの証拠が見つかりました。一つはキースさんの懐中電灯。柵《さく》の下に転がっていて、彼が転んだとき、手から外れたように思えました。カーショーさん、彼女のバンガローで働いていたタックさんの二人とも、それは彼のものだと証言しました。そして、崖《がけ》の上のくぼ地にあったのが、ペンチです。ペンチには針金のかけらが挟まっていました。罠《わな》に使った針金と同じものです。ペンチはホード家のもので、アニーさんがキースさんに事故の二日前、貸したとわかりました。彼はアニーさんに針金も見せて、うさぎ捕りの罠を作るといったそうです」

警部はバーナードを清らかな目で見つめながら話していた。デーヴィッドは呵責《かしゃく》を覚え、少しむせて背中を軽く叩《たた》いてもらうこととなった。

「ペンチは崖に行ったときに、ポケットから落ちたんでしょう。彼はアニーさんと、そのくぼ地でよく会っていましたから。返すつもりでポケットに入れていたんだと思います。もちろん、罠をあとで取り外してから。証拠をそのままにしておく馬鹿《ばか》な犯人はいません。自分が自分の罠にはまって、それが犯罪の証明になるとは夢にも思わなかったでしょうね」

「だとしても」ガーサイドが口を挟んだ。「彼は罪を自分でかぶったことになる。それ以上は何も起こらなかったのだから」

そして、遠慮して「われわれにはありがたいことだった」という言葉を飲み込んだ。だが、いかにもそう言いたげだったので、みなは同じ思いでうなずいた。

ミッチェル警部が立ち上がり、デーヴィッドもそれに続いた。二人は寒々しい空気の中で、みなにいとまごいをした。するとじっと静かにしていたミス・フルーが、彼らを玄関に見送りに出た。彼女は子どもに対する幻想を打ち砕かれた母親のような顔をして、デーヴィッドに悲しい目を向けた。

「素晴らしいお宅ですね」ミッチェルは車に向かいながら、屋敷を振り返った。

「本当に」デーヴィッドはうなずいた。「でも」沈んだ調子で続けた。「もう二度と、あの中に入ることはないだろうな」


「ねえ、みんなあなたに噛《か》みついたの？」

「うん、誰も彼もね」

「かわいそうに。ミッチェル警部はかばってくれた？」

「凄腕《すごうで》の刑事だよ、彼は。ぼくの正当性を認めてくれた」

「あら、デーヴィッド。あなただって最後の最後で、考えが逆だったことに気づいたじゃない！」

「警部がキース・ワーウィックの犯罪を立証したとき――ワトキンズの顔を見たくてたまらなかったよ。ペンチを目の前にしたら、どうなるか――」

「バーナードが犯人じゃないってことはわかったけど、そのペンチがホード家のものだったら、彼らの誰かが罠を作ったとはいえないの？」

「ほかに何人も殺しているしね。きみはまだ信じられないかもしれないけど。それに、罠がそのままだったってことがおかしいよ。ホードさんの仕業だったら、同じ針金を玄関のところに置いておくわけないさ。だろう?」

「そうね。まあ、もういいわ。事件は解決したんだから」

「同感。馬鹿《ばか》なことをして寿命が縮んだよ。もう探偵ごっこはたくさんだ」

ジルは彼の首に両手を巻きつけた。

「嘘《うそ》ばっかり。でも、元気になってくれてよかった。ねえ、今夜映画に行きましょうよ」

「もっといいことをしよう。優雅にお祝いだ」

デーヴィッドはポケットを探り、青い紙切れを二枚見せた。

「お芝居! まあ、何て素敵なだんな様なの!」

「きみこそ、素晴らしい奥さんだよ。これはずっと我慢してくれたお礼さ」

「キスして、デーヴィッド」

16

デーヴィッドが腰を下ろしても、しばらくのあいだミス・カーショーは何もいわず、物思いに沈みながら、暖炉の火をつつき、新しい薪をくべた。デーヴィッドはそんな彼女を黙って見ていた。いいにくく憂鬱《ゆううつ》な話を切り出すのはつらかったので、沈黙が耐え切れなくなる前に、彼女から声をかけてもらいたいと思っていたのだ。やがて、ミス・カーショーはいつもどおり、礼儀正しく話しはじめた。

「なぜ私があなたに来ていただいたかはおわかりでしょう」肘掛け椅子《ひじかけいす》に腰を落ち着け、デーヴィッドではなく、はぜる薪を見ながら、彼女はいった。「昨日、ガーサイドさんから長いお手紙をもらいました。それには、あなたのお調べになったことと、その結果が書いてありました。スコットランド・ヤードの警部の裏づけがあるということで、結果は事実として受け止めざるを得ないとのお話でした。私もキースが罪を犯したことは認めます。ですから、あなたを責めたり、キースは無実だと主張したりするために、お呼びしたのではありません。私はずっと不安でした。小さなことですが、引っかかりを感じていたからです。でも、疑うのは愚劣なことだと思いましたし、何もかも表面的には自然なことのように見えました。証拠もありませんから、どうすることもできない。それに、すべて事故だと思いたかった。頭の中でも、その反対の考えと向き合うのは苦しかったのです。ガーサイドさんがおっしゃるように、キースは自分の命と罪を引き換えにした。もうこれ以上、問題は起きません。ですが、一つ二つもう少しお訊《き》きしたいと思ったのです。まず、どうしてバーナードを疑ったのでしょうか？」

「遺体が発見されたときから、やましいところがあるような態度を見せていたからです。でも、遺産が入るということが主な理由ですね」デーヴィッドは答えた。「キース君の死は彼に莫大な財産をもたらしますから。信じられないくらいの幸運ですよ。それから、罠《わな》も見つけて、事故はたくらまれたものだと確信しました。そのときは思いもよらなかったし、聞いたこともなかった。しかけた本人がその罠にはまるなんて。で、キース君は殺されたと思い込んだんです。子供部屋にいたときに、はっと気がつきましてね。彼がバーナード君に緑のクレヨンでメモを書いたんだと。息子とそれで遊んでくれたんですね。ぼくは逆の考え方をしていました。同じメモを書くとは自分だけの皮肉なユーモアですが、彼らしいやり方かもしれません。もしキース君が無実で、罠があることさえ知らなかったのであれば、バーナード君からもらったメモを書き写すなどということはしないでしょう。考えられないことではありませんが、まずあり得ない」

「そういう悪ふざけをする子でしたわ」カーショーはいった。「賢くはないし、むしろ馬鹿《ばか》な子だったけれど、能力があるとひけらかしたいのです。自分にさえ」

「なるほど。いやそれより、ぼくがバーナード君のとった行動をよく考えていれば、キース君のほうが怪しいとわかったはずです」

「とおっしゃいますと?」

「話しても構わないのでしょうか?」デーヴィッドは困った顔でカーショーを見つめた。

「お気遣いなく」彼女は悲しげな笑みを浮かべながら答えた。「もう気持ちは落ち着きましたから。それにすべてを知っておきたいのです――忘れるために」声を落として続けた。

「では、フィリスさんのことから」デーヴィッドはいい、彼女の事故と自分も溺《おぼ》れそうになった話、その二つからわかることを説明した。

「もちろん、証拠はありません」そういった。「ヘンリー・ワーウィックさんに関してもです。でも、キース君にもバーナード君と同じように、インシュリンを水にすり替える機会があった。いや、インシュリンを買ってきていたから、もっとあったでしょう。そして、車が故障したときも、必要以上に時間をかけたのではないかと思います」

カーショーは顔を上げた。

「整備工の話では、あの夜、キースはプラグ、だったと思いますけど、それを抜き取って、また元に戻しただけだということでした。翌日、私が点検に出したのです。キースは修理などからきしできないので、余計だめにしたのではないかと恐かったものですから」

「スチュアートさんのウェールズ人のメイドも、彼は修理が苦手だといっていましたよ。そのことも思い出すべきでした。車が動かなくなったように見せかけたんですね。糖尿病のことを勉強するのが面倒になったのかもしれないな」

「さあ、それはどうでしょう。ヘンリーさんは病気のことをいつもいっていましたから。どうすると大変なことになるか、それに合併症についても」

「そうでしょうね。ぼくはチャップマンさんやメーザーズさんと話した内容をもっと深く考えなければならなかったんです。でも、チャップマンさんはキース君を誉めていた。本当に好感を抱いているようでした。だから、彼の借金癖のことを重視しなかった。この一連の犯罪の目的は金です。それもできるだけたくさんの金を手にすること。彼はあなたから離れ、自立したかった。でも、そうできるよう努力をしない。やがて、メドリコット夫人の遺産を全部もらうことを思いつき、ことを進めていった。フィリスさんに結婚を断られたことで、彼女の命を狙《ねら》い、その成功に味をしめて、次々に殺したんです。すべて悪賢く、残酷で荒っぽい犯罪ですよ。ひどいことをいうようですが」

「いえ、続けて」カーショーはいった。「私の甥《おい》だということは忘れてください。私はあの子をいつも厄介に思っていましたし、あの子も私が嫌いだった。私にとっても、あの子が死んでくれて、よかったのかもしれない」彼女は顔をゆがめながら付け加えた。「年金で暮らす身ですから」

「そういっていただいて、恐縮です。彼は殺すということに、だんだん麻痺《まひ》していったのかもしれませんね。ヒルダさん殺害は簡単でした。なぜポニーが暴走したかは証拠がありますから、はっきり説明がつきます。キース君はポニーに砂糖をやりに行った。だから、ここでもバーナード君と同じように、馬具を工作するチャンスがあるということになります。それに、キース君はしばらく前からラントリノッドにいた。一方、バーナード君は前夜遅くラントリノッドに着いている。たぶん、マクブライドさんの変わった習慣を知らなかったんじゃないかな。前に来たことがあるなら話は別ですが」

「いえ、あのときが初めてでした」

「話はこんなところです」デーヴィッドはぽつりといった。「ですが、今でもキース君が自分の罠《わな》に足をひっかけたことが不思議でしょうがない。時間がなかった、だから雑にしか罠を作れなかった。だとしても、あの月のない夜、そこが真っ暗だということはわかっていたはずです。それどころか、前もってバーナード君と崖際《がけぎわ》で話していますからね。罠《わな》に印か何かをつけていたんじゃないかと思います。自分が足を取られずに、バーナード君をそこへ連れて行くために」

「ええ」カーショーは静かにいった。「そうしていました」

デーヴィッドが目を丸くして見つめるなか、彼女は腰を上げ、書き物机まで行った。そして、引出しから折りたたんだ新聞を取り出し、戻ってくると彼に渡した。それは「タイムズ」紙の一面だった。しわくちゃになり、かなり汚れているが、右上の隅に鉛筆で「崖《アンダークリフ》」と書いてある。

「バンガローのことは覚えていらっしゃるでしょう?」彼女はまた座り、話しはじめた。「私はごみを片付けずにはいられなくて。キースが死んだ日の夕方、崖の上でこの新聞を見つけました。近づいてみると、私の『タイムズ』紙でした。拾い上げたら、針金に巻きつけてあったのです。私はほかのごみと一緒に袋に入れて、これを持ち帰りました」

「でも、これだけは焼かなかったんですね?」デーヴィッドは彼女を見つめながらいった。

「ええ」カーショーは答えた。「そのときは」

彼女はデーヴィッドの手から新聞を取ると、暖炉の前にひざまずき、火に投げ入れた。それはめらめらと燃え、黒い灰となって静かに煙突へ吸い込まれていった。

「キース君が懐中電灯で探していたものは、それだったんですね」デーヴィッドは炎を見ながらいった。「下ばかり見ていたから、柵《さく》が目の前に来ていることに気づかなかったのか。針金も光らなかったんだな」

「草が伸び放題でしたからね」カーショーがいった。

「つまり」デーヴィッドは続けた。「必要があればバーナード君の無実を証明しようと、取っておいたわけですね？　いや、違う。誰も崖《がけ》から落ちていないときに、しまったんだから、バーナード君のためではない。ということは、罠がキース君の仕業だと知っていた――あなたはキース君を――」

彼はぐっと背筋を伸ばし、カーショーをきらきらした目で興味深く見つめた。

カーショーはまだ炉辺の敷物に座っていたが、彼を見つめ返し、額の上のカールした白髪の辺りまで、そろそろと眉を上げた。そして背を向けると、呼び鈴に手を伸ばした。振り返ったとき、彼女はいつもの明るい笑顔を浮かべていた。

「お茶を飲みましょうか？」彼女はいった。

訳者あとがき

本書は、ジョセフィン・ベル著*Fall over Cliff*（一九五六年、米マクミラン社。初出は一九三八年、英ロングマン社）の全訳である。

ベルは一八九七年マンチェスターで生まれた。医師の家系に育ち、自らもケンブリッジ大学からロンドン大学の付属病院を経て、医学博士となる。一九二三年、同業のノーマン・Ｄ・ボールと結婚し、夫婦で開業した。一男三女に恵まれたものの、三六年に夫が他界。その前年から、診療の傍らミステリを書きはじめ、五四年から作家業に専念する。五三年、イギリス推理作家協会（ＣＷＡ）の創立メンバーの一人となり、五九年には会長も務めた。八七年、八十九歳で生涯を閉じたが、その五年前まで精力的に執筆を続け、四十五作の長編ミステリのほか、一般小説、短編などを残している。また、ドロシー・Ｌ・セイヤーズはソールズベリーにあるゴドルフィン校の先輩であり、寄宿舎生活を共にしたという。

その経歴から、医師を探偵にしたミステリは本領といえるだろうが、ベルはウィントリンガムを登場させた*Murder in Hospital*で、一九三七年デビューした。本書はシリーズ三作目に当たり、五八年の*The Seeing Eye*で終わる十五作の中でも、代表作との評価を受けている。

遺産目当ての殺人。仕事熱心で正義感が強く、拝金主義を嫌う若き主人公。真相解明のための舞台となる観光地。どの要素もイギリス黄金時代ミステリの一つの定番だが、ここはぜひ、ベルの知見に基づいたトリックやディティール、そしてラストのサプライズをお楽しみいただきたい。また、ウィントリンガムを案内役に、古き良きイングランドの旅をご堪能いただければ幸いである。

最後に、論創社と本書を読んでくださった皆さんに、心から感謝申し上げます。

［邦訳リスト］

長編　*The Port of London Murders*『ロンドン港の殺人』中川龍一訳（ハヤカワ・ミステリ344、一九五七年）

短編　The Thimble River Mystery「シンブル川の謎」井上一夫訳（東京創元社『十五人の推理小説』所収、一九六〇年）／「シンブル河殺人事件」田口俊樹訳（ミステリ・マガジン一九七八年二月号）

エッセイ　The Psycho-pathology of Crime「犯罪の精神病理学」岡崎康一訳（三一書房『推理小説をどう読むか』所収　一九七一年）

A Face-to-Face Encounter with Sayers「セイヤーズの思い出」堀内静子訳（ミステリ・マガジン一九八六年九月号）

Fall over Cliff

(1938)

by Josephine Bell

〔訳者〕

上杉真理（うえすぎ・まり）

札幌生まれ。藤女子大国文科に学ぶ。訳書にM.モーリー著『生命と若さの秘密』。近訳にR.ガットフォセ著『ガットフォセのアロマテラピー（仮）』（ともにメディアート出版）など。

断崖《だんがい》は見《み》ていた

——論創海外ミステリ 14

2005年3月10日　初版第1刷印刷
2005年3月20日　初版第1刷発行

著　者　ジョセフィン・ベル
訳　者　上杉真理
装　幀　栗原裕孝
編集人　鈴木武道
発行人　森下紀夫
発行所　論 創 社
〒101-0051 東京都千代田区神田神保町2-23 北井ビル
電話 03-3264-5254　振替口座 00160-1-155266

印刷・製本　中央精版印刷

ISBN4-8460-0527-5

〈毎月続々刊行！〉

4　フレンチ警部と漂う死体

F・W・クロフツ／井伊順彦 訳

大富豪の一族を襲った謎の殺人事件。フレンチ警部は、緻密かつ地道な捜査で証拠を集め、数々の仮説を立て、検証の果てに、ついに真相に辿り着く。名作『樽』で知られるリアリズム・ミステリの巨匠クロフツ。30作品以上に及ぶ「フレンチ警部」シリーズ中、待望の未訳作品のヴェールがいま開かれる！　本体 2000 円

5　ハリウッドで二度吊せ！

リチャード・S・プラザー／三浦彊子 訳

「私の無実を晴らしてくれ！」――依頼を受けた私立探偵シェル・スコットは、きな臭いショー・ビジネス界を探る中、数々の危険と引き替えに真実を摑む。悪党どもをいぶり出すためにとった奇想天外な作戦とは？　1950、60年代のアメリカで人気を博したプラザーの名キャラクター“シェル・スコット”が、華麗なるハリウッドを舞台に縦横無尽に活躍する、珠玉のコメディー・アクション！　本体 1800 円

6　またまた二人で泥棒を――ラッフルズとバニーⅡ

E・W・ホーナング／藤松忠夫 訳

ラッフルズと別れて数年、穏やかだが満たされぬ日々を送っていたバニー。寄越された奇妙な就職斡旋の電報は再会へのパスポート、再び盟友との熱く張りつめた時間へといざなわれる……。二度と開かれるはずのなかった二人の事件簿に、新たに綴られる八つのエピソード。アルセーヌ・ルパンに先駆ける「泥棒紳士」シリーズ、第2弾登場！　本体 1800 円

論創海外ミステリ

1　トフ氏と黒衣の女〈トフ氏の事件簿❶〉

ジョン・クレーシー／田中孜 訳

貴族でありながら、貧民街イーストエンドをこよなく愛するトフ氏は数々の凶悪犯罪を解決してきた。ある夜、若く魅力的な女性アンシアとレストランで食事を楽しんでいたトフ氏の前に、雌豹に似た美しさをもつ、黒いドレスを着た殺し屋アーマが現れる。トフ氏とアーマ——ロンドンの闇に浮かび上がる二人の因縁。Ｊ・Ｊ・マリック名義のギデオン警視シリーズで知られるクリーシーのもうひとつの代表作〈トフ・シリーズ〉初登場！　本体 1800 円

2　片目の追跡者

モリス・ハーシュマン／三浦亜紀 訳

舞台は1960年代のニューヨーク。横領事件の調査中に姿を消した相棒を探索する、隻眼《せきがん》の敏腕探偵スティーブ・クレイン。男と女、優しさと裏切り、追跡と錯綜、果たして友の消息は……？ニヒルなキャラクターと乾いた描写が魅力の緊迫感あふれるハードボイルド・ミステリ。

本体 1600 円

3　二人で泥棒を——ラッフルズとバニー

Ｅ・Ｗ・ホーナング／藤松忠夫 訳

バカラ賭博で莫大な借金を負ったバニーは、友人ラッフルズに助けを乞う。それが二人の冒険の始まりだった……。青年貴族ラッフルズが、スポーツマンシップにのっとり、大胆不敵に挑む盗みの事件簿。甘く危険な友情とサスペンスが織りなす異色ピカレスク！「アルセーヌ・ルパン」に先駆け描かれた、「泥棒紳士」の短編集第１弾！

本体 1800 円